云南省传承发展中华优秀传统文化丛书

大家文丛

## 《传承发展中华优秀传统文化
## 云南文库·大家文丛》编委会

主　　任：曾　艳
副 主 任：马志刚　张昌山
学术顾问（按出生年月排序）：
　　　　　张文勋　殷光熹　杨文瀚　谢本书　何耀华
　　　　　赵浩如　余嘉华　伍雄武　林超民　吴宝璋
委　　员（按姓氏笔画排序）：
　　　　　王文成　王文光　王维真　方　铁　石丽康
　　　　　刘　旭　朱端强　和少英　周学斌　范建华
　　　　　杨福泉　赵增昆
主　　编：张昌山　段炳昌
副 主 编：李银和　杨和祥

丛》，是承传云南学术文化，保存云南记忆的基础性文化工程。从古至今，云岭大地孕育了诸多硕学鸿儒、名家大师、文化先贤，可谓星光灿烂。长久以来，红土高原产生了大批思想深邃、智慧非凡的传世经典，蔚为大观，逐渐形成了具有云南自身特点的学术特色与知识谱系。今天，我们拾起历史长河中的明珠，拂去历史典籍的蒙尘，重新整理和展示云南学术史上的高峰之作，就是为了重构云南地方知识与文化，增强传统文化区域性叙事中存在的精神感召力，传承和弘扬地方优秀民族文化，以滇云文化和云南记忆，填充中华民族共同体的文化版图。

编纂《传承发展中华优秀传统文化 云南文库·大家文丛》，是打造云南文化品牌、增强文化自信的重要举措。云南悠久的历史文化、光荣的红色文化、多彩的民族文化、独特的生态文化，是中华文化百花园的重要组成部分。以云南学术大家及其皇皇巨著为承载的云南文化，是云南社会发展的文化源泉，是云南人民的智慧。编纂本丛书，是为了回归滇云文化的本源，筑牢文化根基，为更多的人了解云南搭建平台，为研究云南、为发展云南提供借鉴，在更高层次和更宽领域弘扬云南文化精神，打造云南文化品牌。

编纂《传承发展中华优秀传统文化 云南文库·大家文丛》，是弘扬优秀传统文化，促进文化繁荣兴盛的根本保证。2023年6月，习近平总书记在中国国家版本馆考察调研时叮嘱大家："我最关心的就是中华民族历尽沧桑留下的最宝贵的东西。中华民族的一些典籍在岁月侵蚀中已经失去了不少，留下来的这些瑰宝一定要千方百计呵护好、珍惜好，把我们这个世界上唯一没有中断的文明继续传承下去。"这是全体中华儿女光荣而神圣的责任。我们将努力以编纂《传承发展中华优秀传统文化 云南文库·大家文丛》等文化精品为契机，继承中华优秀文化传统，发挥地域优势，突出地方特色，提高格局站位，积极推动学术创新，努力创造更多优秀学术成果和文化精品，整理出版经典文献，让典籍里的文字活起来，用优秀传统文化及滇云文化涵养各族人民，助力云南跨越式发展。

《传承发展中华优秀传统文化 云南文库·大家文丛》的编纂出版，凝聚着先哲大家的心血和智慧，离不开今贤同仁的奉献与付出。省委宣传部精心组织，省社科联、省文史馆、云南大学、省图书馆、云南人民出版社等相关单位和参与整理编校的专家学者不辞辛劳，通力协作，玉成丛书。翰墨流芳，文化永续。在此，向所有的参与者表示崇高的敬意和衷心的感谢。《传承发展中华优秀传统文化 云南文库·大家文丛》是《云南文库》的压轴之作，从构思到付梓，离不开广大读者和社会各界人士的支持，在此谨致谢忱。

文化建设没有终点。希望社会各界继续支持《传承发展中华优秀传统文化 云南文库·大家文丛》的编纂出版工作，欢迎各方有识之士积极参与到云南文化建设的伟业中来。

《传承发展中华优秀传统文化
云南文库·大家文丛》编委会
2023年12月

# 目 录

木芹补注序言 …………………………………………… 1

方国瑜《云南志》概说 …………………………………… 24

《四库全书》史部载记类蛮书提要 ……………………… 36

 《蛮书跋》…………………………………… 卢文弨 38

 《书樊绰〈蛮书〉后》………………………… 冯 浩 39

 《蛮书校本跋》……………………………… 沈曾植 41

向达《蛮书校注》序言 …………………………………… 43

卷一 云南界内途程第一 ………………………………… 54

卷二 山川江源第二 ……………………………………… 67

卷三 六诏第三 …………………………………………… 75

卷四 名类第四 …………………………………………… 90

卷五 六赕第五 …………………………………………… 109

卷六 云南城镇第六 ……………………………………… 116

卷七 云南管内物产第七 ………………………………… 130

卷八 蛮夷风俗第八 ……………………………………… 145

卷九 南蛮条教第九 ……………………………………… 150

卷十 南蛮疆界接连诸蕃夷国名第十 …………………… 156

附 录 ……………………………………………………… 174

《太平御览》所录《南夷志》之文 …………………… 174
《新唐书·南蛮传》摘录樊绰《云南志》之文 ………… 182
《白孔六帖》有关云南史事之文 ………………………… 189
洱海民族的语言与文字 ………………………… 方国瑜 194
后　记 …………………………………………………………… 209

# 木芹补注序言

唐代樊绰所撰《云南志》，为研究南诏前期最重要的史籍，世人颇重其书。向达搜罗版本，拾遗补阙，经20余年之考究，著成《蛮书校注》一书，于1962年问世。向氏博于隋、唐史，且于此书用力较多，颇多创见，使该书成为一个比较好的本子。《校注》优点甚多，但也还有不足。现汇录札记，撰成《云南志补注》。

## 一、书　名

樊书的名称繁多，诸如《云南志》《云南记》《云南史记》《蛮书》《南夷志》《南蛮志》《南蛮记》等等，均为一书异名，然有不察而误为不同之书的。究其原因，樊绰撰成此书十卷上进朝廷，未命书名所致。四库馆从《永乐大典》辑出，认为《新唐书·艺文志》著录可信，"题曰《蛮书》，从其朔也"。1935年初，方国瑜《滇南旧事》中，已提出此书应称《云南志》，不能从《四库提要》之说（载《云南旅平学会会刊》第一期）。惟向达以为"《新书》所纪差得其实"，故"书名仍循《四库》之旧"。然而，樊书所依据的资料，以袁滋《云南记》为主要，《云南记》又以云南自己编纂的《南诏图志》为基础；书中称南诏为蛮或南蛮，不过称地名则多作云南；卷一篇名题"云南界内途程"、卷六题

"云南城镇"、卷七题"云南管内物产";书中所述为云南安抚使司政区范围及与其有关者;宋以来见于藏书著录皆称《云南志》,以后亦不称《蛮书》。方国瑜教授有详说,在此不赘述。基于以上事实,《四库》之说不可从,恢复《云南志》之旧名,则名实相符,故此次整理,题为《云南志补注》。

## 二、《云南志》的史料价值

关于此书的史料价值,方国瑜先生已有详说,这里补充几点。

### (一)简明、全面

《云南志》(《蛮书》)共十卷,即云南界内途程、山川江源、六诏、名类、六赕、云南城镇、云南管内物产、蛮夷风俗、南蛮条教、南蛮疆界接连诸蕃夷国名。也就是说,不到三万字的《云南志》,将从开元二十六年(公元738年)至贞元十年(公元794年)的半个多世纪中,南诏统治区内的交通、名山大川、六诏历史沿革、民族分布、首府区、主要城镇、物产、各民族风俗习惯、南诏政治制度,与南诏地方民族割据政权相毗邻的国家或民族,做了全面的记述。读了之后,人们看到的是一幅当时现实社会的图景。其书在叙述政治、经济、文化等社会的各个方面的同时,又围绕着南诏地方割据政权这一中心,所以给人以既有鲜明"主题",又有清晰"层次"之感。

《云南志》记述全面而不繁杂,可称得上言简意明,面面顾及而又中心突出。

### （二）富有时代风貌

全面记述，是志书的要素之一，但仅此是不够的，显然还要表现整个时代风貌，或者说，要深深地打上历史的烙印。而《云南志》基本具备这一条件，在卷七"云南管内物产"中有如下一段记述："从曲、靖州已南，滇池已西，土俗惟业水图。种麻豆黍稷，不过町疃。水田每年二熟（按：原作一熟，今据下文改）。从八月获稻，至十一月十二月之交，便于稻田种大麦，三月四月即熟。收大麦后，还种粳稻。小麦即于冈陵种之，十二月下旬已抽节，如三月小麦与大麦同时收刈。……每耕田用三尺犁，格长丈余，两牛相去七八尺，一佃人前牵牛，一佃人持按犁辕，一佃人秉耒。蛮治山田，殊为精好。悉被城镇蛮将差蛮官遍令监守催促。如监守蛮官（按：原夺'官'字，据上下文义补）乞酒饭者，察之，杖下捶死。每一佃人佃，疆畛连延或三十里。浇田皆用源泉，水旱无损。收刈已毕，蛮官据佃人家口数目，支给禾稻，其余悉输官。"

这一段文字的内容大概有四个方面的含义：首先，自今日贵州毕节、云南昭通地区至曲靖地区，自昆明及其西楚雄、大理二州地，以农业生产为主，已耕土地中水田为主，农业作物中以稻谷为主，这里遍用牛耕，一年二熟，生产水平是比较高的。

其次，作为农业生产者的农民叫作佃人，而"佃"字应该是"赕"或"甸"字的音写，赕或甸也就是平坝，故不宜当作佃农解，若然，则说的是居于小平坝的农民。自然村落的土地，大都方圆约三十里，或绵延约三十里，作为自然村落成员的农民个人，就在这村落所拥有的土地上劳动生产。

再次，到了播种季节，南诏地方民族割据政权的城镇首领派官吏下到农村，他们的任务是督促农民及时播种，加强农田管理。在这期间，这些官吏如果骚扰农民，哪怕只是吃农民的酒饭，被发现了，就将遭到严厉的惩罚，甚至捶死。

最后，还有一层意思，就是农民的收割是在这些官吏的监督下进行的，而且在粮食进场之后，这些官吏给农户按人口数目留下粮食，剩下的就被南诏的地方民族割据政权所榨取。留给农民的粮食数量大抵有多少，这里没有具体数字，惟卷九"南蛮条教"中有"战斗不分文武，无杂色役，每有征发，但下文书与村邑理人处，克往来月日而已。其兵仗人各自赍，更无官给"的记述，又有"每出征军役，每蛮各携粮米一斗五升，各携鱼脯，此外无供军粮料者"的制度，即实行乡兵制。打仗时，从农民中征调，而农民每到农闲时期，都得接受军事训练，有马者编为马军，无马者编入步军。由此看来，留给农民的当是大头，为官府榨取的应是小头，否则随时应从征调、当兵打仗的农民，则既无力自备兵仗，也不可能拿得出一斗五升米去应役了。

在《新唐书·南诏传》中有这样一条材料："然专于农，无贵贱皆耕。不徭役，人岁输米二斗。一艺者给田，二收乃税。"这是录自徐云虔《南诏录》之文，所记当是贞元十年（公元794年）以后南诏后期的情况。这时候不再有官吏下农村监督农民播种、收获了，也不包办粮食的分配了。却形成了每人每年交纳二斗米的制度。更有甚者，原来已脱离了农业生产的手工业劳动者，又分予一份田土，重新被束缚在土地之上。当然，刚回到农业劳动的手工业者会得到免税优待，但是两年之后，也同其他农民一样，还得按"人岁输米二斗"交税。这样，贞元前和贞元后一比较，前期没有定制，后期有定制，从中似乎可以得出如下的结论：南诏自开元年间统一洱海区域，并逐步统治了初唐所设之巂州、姚州、南宁州三都督府辖区后，处于急剧封建化的过程中。如果这一说法能够成立,那么,前面所录那段记述正好是反映了过渡性的这一时代特征,或者说富有时代风貌,抑或说是历史的烙印,我们以为这一点对一部志书来说是至关重要的。

**(三)反映多民族的有机体**

我国是一个多民族的国家,在边疆分布着众多的少数民族。边疆旧志大都反映了这一情况,在《云南志》中处理得也比较得当。《云南志》把南诏地方民族割据政权统治下的各民族,诸如爨、独锦蛮、弄栋蛮、青蛉蛮、裳人、长裈蛮、河蛮、施蛮、顺蛮、麽些蛮、扑子蛮、寻传蛮、裸形蛮、望蛮、金齿蛮、茫蛮、勿邓、两林、丰巴、崇魔蛮、桃花人等,均有一个简略的记述。

在顾及全面的同时,又有主次之分,即将洱海、滇池、嶲州三个区域的民族放在重要的地位加以叙述,应该说这样的处理是妥当的,因为这三个区域是南诏统治的中心,三个区域中的民族扮演着主要的角色。

还值得重视的是《云南志》对上述三个区域民族中的"乌蛮""白蛮"的区分。滇池区域,卷四"名类"载:"西爨,白蛮也。东爨,乌蛮也。当天宝中,东北自曲、靖州,西南至宣城,邑落相望,牛马被野。在石城、昆川、曲轭、晋宁、喻献、安宁至龙和城,谓之西爨。在曲、靖州,弥鹿川,升麻川,南至步头,谓之东爨,风俗名爨也。……阁罗凤遣昆川城使杨牟利以兵围胁西爨,徙二十余万户于永昌城。乌蛮以言语不通,多散林谷,故得不徙。"

自今云南昭通诸地区的爨人(族)为乌蛮;今曲靖、昆明(包括玉溪)至禄丰县诸地的爨人(族)为白蛮。蜀汉时的滇叟,南北朝称爨,隋、唐相依,惟由于住地不同而分为东爨西爨。社会经济文化发展不平衡，有高有低，高的为白蛮，低者称乌蛮。一句话，同是一个爨族，以地望而分东西；因发展不平衡而有乌、白蛮之分。

在嶲州地区，卷一"云南界内途程"载："邛部东南三百五十里至勿邓部落，大鬼主梦冲，地方阔千里。邛部六姓（按：原夺"六姓"二字，今据《新唐书》补）一姓，白蛮五姓，乌蛮又有（按：原夺此二字，据《新唐书》补）初裹（按："裹"原讹作"止"，据《新唐书》改）五姓，在邛部、台登中间，皆乌蛮也。乌蛮妇人以黑缯为衣，其长曳地；白蛮妇人以白缯为衣，下不过膝。又束钦两姓在北谷，皆白蛮。〔又有粟蛮二姓，雷蛮三姓，梦蛮〕（按：〔 〕号内之文字，据《新唐书》补，下同）三姓皆属梦冲。……勿邓南七十里有两林部落，〔有十低三姓，阿屯三姓，亏望三姓隶焉。其南有丰巴部落，阿诺二姓隶焉〕。"

今四川西昌、大凉山地区，两汉时的邛都或邛人，蜀汉时称作斯叟、夷叟，到了唐代称邛部、勿邓、两林、丰巴，总称东蛮，他们大都同属一个族群，惟内部分别形成邛部、勿邓、两林、丰巴等较大的势力，而其社会内部又分裂成乌蛮和白蛮两种不同的家支，即引文中所言之姓。这样的划分，一是源于不同血缘的家族公社，二是居于统治地位的家支属乌蛮，而被统治的家支属白蛮，后来该地区彝族中的黑彝、白彝家支的区分，盖源于此。

在洱海区域，据卷四"名类"及卷五"六睑"所记，今洱源县境有施蛮、顺蛮，大理县境有河蛮，巍山县境有蒙舍蛮，宾川县境有麽些蛮，这些均称乌蛮。今姚安、祥云、弥渡、凤仪诸地的弄栋蛮、青蛉蛮、裳人，以及王、杨、李、赵四姓等，均称白蛮。前者除麽些蛮为汉晋时期称作摩沙夷和由一部分哀牢人、昆明人融合而成的蒙舍蛮外，其余皆属汉晋期间的昆明族系统，而以上各族的社会经济文化发展比较落后，故泛称为乌蛮。另外，僰人（族）和早已移居该地的汉人，由于他们的社会经济文化水平发展较高，被泛称为白蛮。

虽说洱海、滇池和嶲州三个区域的民族都称乌蛮、白蛮，但其内容及族别则不同，而《云南志》不以乌蛮、白蛮称呼一样而把各族相互混淆，这一点是不容易做到的。

这样看来，《云南志》具有简明全面，富有时代风貌，以及反映出多民族有机整体等长处。

## 三、补注的内容

《云南志补注》以向达《蛮书校注》为基础，即向氏原书篇目、段落顺序及校语仍保留原样，注文（约占全书四分之三）大部分删去。补注的内容为向氏失校、误校、误读、错简失校、误释、存疑及无考等7个方面，共250余条。

失校例。卷七沙牛条："弥诺江已西出牦牛。开南已南养处，大于水牛。一家数头养之，代牛耕也。""养处"之"处"字，当是"象"字之误。因失校，向氏读作"弥诺江已西出牦牛，开南已南养处，大于水牛。一家数头养之，代牛耕也"。致使弥诺江已西之牦牛赶到开南以南代牛耕地了。如此者尚多。

误校例。卷四河蛮条载："及南诏蒙归义攻拔大城，河蛮遂并迁北。"向氏以为大城是大厘城之讹，而补为"大厘城"，其实当是大和城之讹。又如卷七记"犀出越赕，高丽其人以陷井取之"。向氏以为高丽当是丽水之误，因此改作"犀出越赕、丽水。其人以陷井取之"。至不可通，实则"高丽其人"当是"高丽共人"（即高黎共人）之讹，因越赕即在高黎共山之麓。似此误校者不少。

误读例。卷四两爨条载："日用子孙，今并在永昌城，界内乌蛮种类稍稍复振，后徙居西爨故地。"此言西爨白蛮被南诏强徙于永昌，而未被迁移之东爨乌蛮，稍稍复苏，而逐步移入西爨故地，则拟当如是读，而向氏读如"日用子孙，今并在永昌城界内。乌蛮……"。是为不当。又如卷七载："小麦即于岗陵种之，十二月下旬已抽节如三月，小麦与大麦同时收刈。"此言小麦种之早，熟亦早，当如是读。而向氏读作"小麦即于岗陵种之，十二月下旬已抽节，如三月小麦与大麦同时收刈"，则不可解。

错简失校例。卷六"越礼城在永昌北……又西至拔熬河"，共八十字，当是永昌城下之文，错简于银生城与丽水城之间，因为越礼城在永昌节度辖区之内。

误释例。此分两种情况，一为失校而误释的，如卷一黎州条载："邛部一姓白蛮，五姓乌蛮。初裹（按：裹原作止，据《新唐书》改）五姓，在邛部台登中间，皆乌蛮也。"向氏失于初裹之校，因而，不但误读作"邛部一姓，白蛮五姓，乌蛮初止五姓，在邛部台登中间，皆乌蛮也"。且误释为"最初止有五姓乌蛮"，至不可通。又如卷四弄栋蛮条载："贞元十年，南诏异牟寻破掠吐蕃城邑，收获弄栋蛮（按：蛮原作城，今改）迁于永昌之地。"弄栋城本是南诏弄栋节度所在地，贞元十年用不着去攻破，所收获者，指的应是原已徙于吐蕃控制区之内的弄栋蛮，然而，向氏失校并误释为"姚州当先陷吐蕃，贞元十年始从吐蕃归于南诏"，实大误。二是地名之误释，如味县（今曲靖）释为宜良，穹赕（今潞江坝）释为湾甸，等等，此种情况甚多。

存疑未改例。卷二载："……谓之磨些江。至寻声。"（按：声原作传，寻传为寻声，亦即双舍之讹，今改）因向氏在此失校，故在卷四寻传蛮条注文说："凡此皆位置寻传于今滇西也。唯本书卷二记东泸水，谓诺矣江自蕃中流出至寻传部落与磨些江合云云。是又以寻传为在金沙江上游也。兹并识诸说，以待续考。"如是者往往有之。

向氏作为无考例。《樊志》所记地名甚多，尤以卷一、卷六为最，犹如向氏所言，《樊志》"也是有关云南古代民族和地理的一部大辞典"。然而向氏释之不多，且释之有误，十之八九则注记为"无可考"。因空间不明，读者困难就大，故现在所补地名考释数量较多。

以上为校补的内容及所补之举例。

## 四、向氏校注缺误的原因

向达《蛮书校注》失校、误校、误释者较多的原因，想到的有以下几个方面。

首先，樊绰《云南志》的资料来源，主要录自袁滋《云南记》（方国瑜先生《云南史料目录概说》中有详论），而向氏却以为仅参考了袁书而已，此其一。《新唐书·南蛮传》近四分之一的文字录自《樊志》（已辑录附载于书后），而向氏也说《新唐书·南蛮传》主要取材于《蛮书》（序言），又说如《新唐书》所记册封异牟寻事，"与樊氏书同出一源"。（末卷注文）既肯定又疑惑。总的是向氏犹豫不决，因而《新唐书·南蛮传》所录《樊志》之文只作为参证材料，前面提到的所谓"初止五姓"甚为显著。又如卷一所记："又有束钦两姓在北谷，皆白蛮。三姓皆属梦冲。"显然有脱文，《新唐书·南蛮传》作"束（原作东，今改）钦蛮二姓，皆白蛮也，居北谷，妇人衣白缯，长不过膝。又有粟蛮二姓，雷蛮三姓，梦蛮三姓……"。此段文字正足以补正今本《樊志》之脱误，然而向氏仍作"束、钦两姓在北谷，皆白蛮。三姓皆属梦冲"。又原作"勿邓南七十里有两部落"。《新唐书·南蛮传》作"勿邓南七十里有两林部落，有十低三姓，阿屯三姓，亏望三姓隶焉……"。向氏仅补"林"字，余皆不顾，则当可补正者未加以补正。

其次，樊绰《云南志》所记自交至拓东有二道。一是自交趾城二十五日水程至贾勇步（今河口），即峰州路，自贾勇步十日陆程至步头（今元江），自步头十四日陆程至安宁城，即步头路。向氏却不查步头路的存在，致使走通海路之三十八日程，走步头路之四十八日程裹绞在一起。向氏干脆把建水之步头，元江之步头，以及贾勇步（河口）三地合为一地，甚至提出"《元史》之说不可遽废"，此为不考究步头路之存在而致误。

第三，因为误释某地名，而带来一系列的问题。就说向氏把曲州、靖州释为今曲靖地区，不但造成对东爨、西爨地区及石门路沿途地名之误释，而且导致失校，如卷一石门路纪石门（今大关县豆沙关）九程至鲁望（今鲁甸），从鲁望九程至制长馆（今马龙县），又三程至拓东（今昆明），已言至鲁望，"即蛮汉两界"，而到了制长馆，又说"皆汉地"，则不可解。而当作"皆类汉地"，夺"类"字。此为一例。

第四，同名不同地，不加分辨，或辨之不当，乃至误释。云南山高路险，多有石门之地名。《樊志》中就有这样的问题。因向氏不加细察，而说《樊志》所记南路石门之隋初刊记为误，并提出黄荣所修编梁桥阁，当在清溪关路上，即"西昌东五十里之石门关"。实则史万岁出兵走清溪关路（北路），归途过石门路（南路），隋初刊记在归途之石门，此向氏不明樊绰误录"通越析州、津州"之语于隋初刊记下而致误。

第五，樊绰《云南志》所记主要为开元至贞元十年间即南诏前期之情况，这是非常清楚的。如南诏六曹之设，向氏以为"尚属贞元初情形"，而后期有了发展变化，改设九爽，樊绰就纪有"近年已来，南蛮更添职名不少"之语，向氏亦认为如此，但又认为六曹与九爽并存，故提出"至后期既有诸爽，其所掌与六曹略同，不知如何分工"的问题。又如《樊志》并无用贝作货币的记录，而《新唐书·南诏传》则载："以缯帛及贝市易，贝者大若指，十六枚为一觅。"南诏前期不用，后期以缯帛与贝市易，这似乎是可以肯定的，然向氏以为唐以前云南就用贝为货币，言下之意，南诏前期亦当如此，欲言而止。此为向氏往往存疑之由（当然，材料不足而不能决者当存疑）。

第六，向氏《校注》关于吐蕃对南诏的影响，估计往往过高，因此造成对一些问题误释，如不察"弄栋城"为弄栋蛮之讹，而有弄栋城先陷于吐蕃，贞元十年归于南诏之误释。

## 五、《云南志》所反映的南诏前期社会

樊绰《云南志》所纪范围十分广泛，内容也非常丰富，叙事记物亦比较具体，限于我的水平低，只是初学，不可能完全揭示出其所反映之全貌，然经过校补《云南志》，对南诏前期之状况得到一些初步认识，在此简要提出，以供研究者参考。

南诏起于巍山，先统一洱海地区，进而统治较为广阔的境域，成为中国西南地区的一大政治势力。樊绰《云南志》所反映的正是这一发生于公元八世纪的事件。

初唐时期，洱海周围居住着不同的族群：其北是施蛮、顺蛮，

出现了浪穹、施浪、邆赕诸诏；西南为哀牢，以蒙舍、蒙嶲二诏最盛，蒙舍兼并了以白蛮为主的白崖等南部诸地；东边是磨些蛮，越析诏最强；苍山脚下，洱海之滨则为河蛮所居。随着各族群之间经济文化联系的加强，各诏之间的政治活动亦频繁起来。蒙舍诏因先据有经济文化发展较高的白崖诸地，社会经济条件较为优越，政治上就比之其他各诏更为活跃。蒙舍诏与浪穹诏时傍家族联姻，并与施浪诏加强联系，从而造成了这一区域中一股潜在的势力。恰好当时吐蕃势力南下，唐王朝与其矛盾加深，实行了扶持蒙舍诏以遏制吐蕃的方针。蒙舍诏乘此有利时机，迅速兼并河蛮，北败三浪，东击越析，西营永昌，在比较短的时间内，基本上统一了洱海区域。开元二十六年，唐王朝册封皮罗阁为云南王，建立了洱海地区之蒙氏统治政权。这一政权以它刚刚建立而特有的朝气活力，利用当时西南地区各种矛盾，不停地向四周发展势力。四五十年间，东面"威慑步头，恩收曲靖，颁诏所及，翕然俯从"；西面"刊木通道，造舟为梁。耀以威武，喻以文辞，款降者抚慰安居，抵御者系颈盈贯。矜愚解缚，择胜置城"。"裸形不讨自来，祁鲜望风而至"；北面，"伐越嶲，围逼会同。越嶲固拒被夷，会同请降无害"，"越嶲再扫，台登涤除，都督见擒，士兵尽虏。于是扬兵邛部，而汉将大奔。回斾昆明，倾城稽颡"；南面，"建都镇塞于黑嘴之乡"。（上引文均见《南诏德化碑》）至于西北，异牟寻攻收"吐蕃铁桥以东城垒十六，擒其王五人，降民众十万口"。（《旧唐书·本纪》）于是其境东踞石门，东南至贾勇步（今河口），西镇丽水城（今打罗），南迄"黑嘴之乡"（今西双版纳），北抵大渡河。贞元十年，唐王朝册封异牟寻为南诏。设云南安抚司统摄，倚重地方势力，从此南诏称强于中国西南边疆，经其后期及大理，延至十三世纪中叶，奠定元代云南行省之规模。

南诏辖境，划为八政区：六赕区，即南诏直辖区（洱海地区）；弄栋节度（今楚雄、姚安等地区），其下有会川都督（会理至大渡河一带）；拓东节度（滇池、曲靖、昭通等地区），其下有通海都督（通海至河口一带）；宁北节度，后改剑川节度（包有洱源、剑川、鹤庆、兰坪等地）；永昌节度（今保山、临沧地区及德宏州）；开南节度亦称银生节度（今景东、思茅、西双版纳诸地区）；丽水节度（伊洛瓦底江上游两岸）；铁桥节度（今迪庆、丽江地区及盐源、盐边诸地）。这样的区划，显然不是南诏统治者的主观意图，也并非偶然。首先，这是汉晋以来云南建立之郡县的继续和发展。说继续是因为有了近千年实行郡县的基础（尤为突出者是蜀汉时之南中七郡），这是南诏划分政区的历史前提；说发展是因为没有也不可能完全照旧，而是有新的变动。其次，这一区划与民族的分布基本相吻合。概括地讲，拓东节度区以爨族为主要，其下通海都督辖区以和泥、僚子为主要；永昌节度区以朴子、金齿为主要；弄栋节度下会川都督辖区以勿邓、两林、丰琶为主要；铁桥节度辖区以磨些、西蕃为主要；开南节度区以茫蛮为主要；丽水节度区以寻传（裸形）为主要。至于六赕及弄栋、宁北（今剑川）节度区，原居民族属较多，然处于南诏统治的中心，遂逐步融合成为白族。最后，每一地区内，各族经济联系紧密，因此，这一区划就具有一定的稳定性，经过南诏后期至大理时期的经营和发展，成为中国一个强固行省。

南诏有清平官、大军将每日与之议事，设内算官（清平官充任）及外算官（清平官或大军将充任），内算官掌机密文书，外算官统六曹，又设有断事曹长、军谋曹长，各司其职。外设节度、城使、镇使（以上均以大军将等充任）、赕首领，最基层就是村邑理人处。村邑是按照军事组织编制起来的，大凡丁壮，有马者编为马军，无马者编为步军；百家以上设总佐，千人以上设理人官，万家以上有都督；每年农闲时，进行严格的军事训练和认真的演习；遇有征发，即自带武器粮食应征。这一暴力机器带有浓厚原始军事民主主义色彩，七世纪中叶那种"尚战死，恶病亡"（《新唐书·南蛮传》），"凡相杀必报，力不能，其部助攻之。祭祀杀牛，亲联毕集，助以牛酒，多至数百"（《通典》卷一八七）诸如此类的痕迹是显而易见的，也就是说南诏这部暴力机器正从原始军事民主主义中脱胎。另一方面，吸收内地的某些制度，也是同样的明显。六曹的设置就是如此，即把内地的某些制度增改删削，使其适应当时当地的情况。南诏前期的统治机构，总的说来是比较简单的。几十年间，能把民族复杂、经济文化发展不平衡的广大地区统一起来这一事实，也就已经说明了问题。当然也如同一切刚出现的事物一样，有其不可避免的脆弱性。但是，南诏政权刚一出现，就处于唐王朝和吐蕃两大政治势力的夹缝之中。南诏统治阶级充分利用了唐、吐之间的矛盾，得以迅速地发展壮大，正好弥补了它的脆弱性。另外，南诏把滇池区域二十余万户西爨白蛮徙居永昌地区，又将滇西成千上万户汉裳、磨些、河蛮、施蛮、顺蛮、朴子蛮等移于滇池区域，这种大规模的移民措施，乃是巩固其统治的重要补充手段。

南诏政权赖以存在的基础，大体上有三个方面。一是作为社会最基层的农村公社，这是以地域为纽带组织起来的，二三百户、五六百户不等。从"每一佃人，佃疆畛连延或三十里"，以及"收刈已毕，蛮官据佃人家口数目，支给禾稻，其余悉输官"之记录看，显然实行的是公有（村社）私耕（个体家庭），但已经不是原生形态的农村公社，因为劳动者为统治阶级所榨取，实际上村社已沦为负担单位，村社居民被奴役，还有村社居民是按军事组织编制起来以供驱使。这样村社既是生产单位，也是负担单位和军事单位，三者结合在一起，这是统治阶级取之不尽、用之不竭的财力人力来源。这是六赕及弄栋、拓东、剑川和永昌（部分）等节度辖区内的大概情况。二是对永昌（一部分）、开南、丽水、铁桥节度及会川、通海都督辖区各族居民则攻战即召之，并征收一定数量的土特产，是南诏军队人力物力的重要来源之一。三是南诏以庞大的军队（平时常备军三万，有战事随时征召乡兵）四处掠夺奴隶和财物，填充他们不断增长的贪欲。至于贵族占有一定数量的土地和奴隶（上官授田四十双，上户三十双）也是肯定的，不过在南诏前期还未居于十分突出的地位。

南诏前期社会的各个领域中，阶级之间的界限和对立是明显的，所谓贵者富者"纺丝入朱紫以为上服"，而"庶贱"者不得服，只许衣粗绢；最大统治家族（蒙氏）食用金银器皿，其他贵族则用竹箪，而所谓贱者只能"抟之而食"；盐井"劝百姓自煎"自食，"无榷税"，惟"览赕城内郎井盐，洁白味美"，蒙氏一家独享；"既嫁有犯者，男子格杀无罪，妇人亦死"，惟"强家富室"可用资财赎命；然而突出者为土地占有的悬殊，其制"上官授田四十双（二百亩），上户三十双（一百五十亩），中户各有差降"。而农民被圈禁于农村公社之中，一年劳动收获，仅得口粮，实际上已经农奴化。然而，其法甚苛，却非常简单，或杀或流放。惟以军功最重，军律为严。仍带有原始军事民主主义所特有的痕迹。《樊志》所记不多，惟其阶级对立之状况大略可知。

南诏财用，其来源有三。一是榨取农民，即"收刈已毕，蛮官据佃人家口数目，支给禾稻，其余悉输官"。（丽水、开南、铁桥三节度区不在内）二是向邻近（特别是四川）掠夺人口及财富。三是对金、银、珠宝的垄断。对金、银、玉石等"禁戢甚严"，尤以金为甚,"蛮法严峻,纳官十之七八,其余许归私。如不输官,许递相告"。所谓犯罪者及掳掠来的人口,往往送丽水淘金;产金地的百姓皆得纳金。除以上三项外,尚有别的来源,如与四邻之贸易等。

七世纪末至八世纪,云南的生产力水平有了较大的提高。自曲州、靖州已南(今曲靖地区)至滇池区域,自滇池达洱海之滨,肥沃的土地,多已开辟成水田,就在坡头,梯田层层相望。农作物的品种已多样化,唯以稻麦为主,耕作技术,二牛三夫,犁耕为主要。由于生产技术的发展、水田的增多,达到了一年二熟的较高水平。与此同时,人们养蚕植麻,抽丝织锦,工艺水平已相当精致,陶瓦铜铁器用,已广为发展,所制郁刀、浪剑尤为著称,至于弓弩箭镞,戈矛皮甲,那更是蓬勃发展起来。总之,农业、手工业迅速发展,各地经济往来频繁,与战争增多是基本相适应的。至于开南、丽水节度及会川、通海都督辖区的情况,不知其详,仅从开南已南养象代耕,通海已南野水牛一千二千成群,大羊多从西羌、铁桥三千二千博易,银生、拓南、寻传诸地编织娑罗布等情形看,这些地区的农业、畜牧业和手工业均有进展。以上就是南诏统治政权赖以产生、存在和发展的物质基础。

云南地多盐井,当时已广为煎煮。安宁井盐,滇池、通海、升麻各族赖以为食;泸南井盐供河赕白崖、云南居民之需;昆明盐井为满足勿邓、两林、丰琶、磨些各族之间交往的重要媒介。随着生产力的发展,各地区各族之间的经济往来也就频繁起来,商人开始活跃,尤以河赕(洱海区域)商人为最突出。与此相适应的是虽以物易物为主,然"以缯帛幂数计之",或以"颗盐"计之(每颗盐一二两,有交易即以颗计之)。即缯帛、颗盐成为交换的等价物。再则度量衡亦出现了一致的趋势("一尺,汉一尺三寸,一千六百尺为一里。汉秤一分三分之一。帛曰幂,汉四尺五寸也。田曰双,汉五亩也。")这就是南诏之所以能够把分散的各民族各地区捏拢在一起的经济纽带。

南诏以较为强大的政治势力,出现于中国西南边疆,是一重大历史事件。南诏的历史是中国历史的有机组成部分,南诏本身就是在当时唐王朝扶植和有效的帮助下产生的。其后的发展,亦在唐王朝政治经济文化等各个方面的交互作用下前进。南诏统治政权所统辖的地域,也就是云南安抚使司地,为中国版图不可分割的组成部分。如唐王朝的政策得当,即大体适合南诏具体情况时,相互关系是正常的,开元年间和贞元年间就是这样;反之关系就紧张,乃至造成一度的破裂,如天宝年间唐对南诏的征战。这是问题的一个方面,当然也是主导的方面。南诏前期,处于社会剧烈变动时期,其本身就带有离心力和破坏性,南诏不断到内地掠夺人口和财富,就是具体表现。这种历史现象不能不归结为内地与云南之间经济发展的不平衡性,以及当时各阶级的阶级局限性。然而,这种历史现象,也预示着不平衡性的缩小和政治上更高基础上的统一,这为后来的历史发展所充分证明。

总而言之,在第八世纪,南诏先统一了洱海区域,从而结束了初唐时期那种比较分散的局面,即"数十百部,大者五六百户,小者二三百。凡数十姓,赵、杨、李、董为贵族,皆擅山川,不能相君长"(梁建芳《西洱河风土记》)的状况,建立了地方政权,确立了阶级对阶级的统治。南诏进而把四周各地各族(大约相当于元代云南行省的范围)置于它的有效统治之下,这是云南地方史上的一个重要时期。在当时的南诏社会中(前期)既有掠夺人口财物的奴隶制色彩,也能看到农村公社成员农奴化的封建制成分,同时,还保存着原始社会的痕迹(最为明显的是平时为民、战时为军的乡兵制等）。又丽水、开南二节度辖区及永昌节度部分辖境内的各民族大抵仍处于原始社会末期。因此，是奴隶制，抑或封建制，大局未定。走向何方取决于其后的发展，因此，过渡无疑是南诏前期社会的基本特征。

## 六、南诏后期的社会状况

经天宝年间洱海地区的战争后，唐诏关系破裂，南诏势力迅速发展，其中由于战争而流落于洱海地区的汉人，还有安置于洱海地区被俘虏的唐朝士兵，据历次战役的规模看，不会少于十万人。这些汉人一则是具有较高生产技能的穿上军装的农民，二则均为青壮年之男子，再则当时阁罗凤对唐王朝不是完全决裂，正如刻《德化碑》以明"不得已而叛唐"之由，因此，对于所俘汉人，概加安置，不久，这十余万人逐步融合于洱海居民之中，即白族之中，从外力、外因转化为合力、内因，这就促进了洱海区域经济文化的发展。

紧接着，贞元年间，异牟寻采取了有利于南诏发展的措施，其中之一就是唐王朝与南诏的和解，此后出现了较长时期的和平安定局面，这就加速了南诏社会的发展进程。其后与唐虽有战争和其他敌对活动，然而，双方在政治、经济、文化方面的联系却从未中断，来往使者不绝于途。从某种意义上讲，则更为密切。这里当特别提出者，大和三年（公元829年），王嵯巅攻入成都，掳掠工技子女数万人而回，这对洱海区域社会生产力的飞跃，具有决定性的意义。

首先，农田水利有较大的发展，胡蔚《野史》所载："武宗乙丑（按：当为辛酉之误）会昌元年（公元841年），佑遣军将晟君筑横渠道，自磨用江至于鹤拓，灌东皋及城阳田，与龙佉江合流入于河，谓之锦浪江。又潴点苍山玉局峰顶之南为池，谓之高河，又名冯河，更导山泉共泄流为川，灌田数万顷，民得耕种之利。"《白古通纪浅述》亦记"遣军将晟君开茫涌溪，作横江合十二溪，以入龙溪而止，每遇三月清明节，诸侯群臣，乘舟鼓乐游湖，号锦江春。开点苍高河"，所记与贞元十年以前"遇塞流潦，高原为稻黍之田"（《德化碑》），"浇田皆用源泉，水旱无损"（《樊志》）的情况相比，共同者以农为主、以水田为主、以稻谷为主，前后均重视水利灌溉。不同者修横渠使诸江汇流，并开沟引导小泉合流成川，以及于山顶建蓄水池。总之，水利的综合治理和利用为其特点，表明当时技术的提高，水田及水浇地之扩大。又《野史》所记"先是鹤庆地水淹，僧杖剌东隅泄之"。所谓僧杖剌云云，虽为佛教徒之附会，实则反映了劳动者开渠排涝之情况和能力，农田水利的普遍发展，此可得而说者。其次，手工业亦有很大变化，《樊志》卷七："俗不解织绫罗。自大和三年蛮贼寇西川，掳掠巧儿及女工非少，如今悉解织绫罗也。"《新唐书·南诏传》载："西川节度使杜元颖治无状，障候弛沓相蒙，时大和三年也。嵯巅乃悉众掩邛、戎、雟三州，陷之。入成都，止西郛十日，慰赉居人，市不扰肆。将还，乃掠子女、工技数万引而南，人惧自杀者不胜计。救兵逐，嵯巅身自殿。至大渡河，谓华人曰：此南吾境（原作此吾南境，从向达校改），尔去国，当哭。众号恸，赴水死者十三。南诏自是工文织，与中国埒。"共同点是前后均有拓蚕，抽丝织锦等手工业，不同者在于能织绫罗了，更为重要的是"一艺者给田，二收乃税，不徭役，入岁输米二斗"。（按：原作"不徭役，人岁输米二斗，一艺者给田，二收乃税"。今据方国瑜先生说改）对于有技艺者非常重视和优待（至于制度的变更，说见下），又其官制中有厥爽，主工匠营造，这足以说明手工业发展的状况。

又贞元以前，"东北自曲、靖州，西南至宣城（元江），邑落相望，牛马被野"。（《樊志》卷四）"猪、羊、猫、犬、骡、驴、豹、兔、鹅、鸭，诸山及人家悉有之。"（卷七）畜牧业也是比较发达的，到了后期，有所改进，徐云虔《南诏录》载："乞托主马，禄托主牛，巨托主仓廪，亦清平官、酋望、大军将兼之。"（《新唐书·南诏传》引）《白古通纪浅述》谓："次立三托：一曰乞托（原作气托，今改）主马群；二曰禄托，主牛群；三曰巨托（原作食托，今改）主仓库。"这些说明了畜牧业的发展，已在社会经济中占有相当重要的地位，其中又以牛、马为最。又《新唐书·地理志》："昆明土贡黄牛"，《宋会要辑稿》一九九册，大理段和誉奏，有"特进麝香、牛黄、细毡、碧玗山、衣、甲、弓箭"语，与《樊志》"沙牛……天宝中，一家便有数十头。通海以南多水牛，或一千二千为群"之记录相比，推测所养黄牛的数量增多，饲养之法亦有提高，又饲养水牛之数量亦当有增长，因水田的数量加多了，如此推测不致大谬。

农业、手工业和畜牧业的发展，促进了商业的发展。《新唐书·南诏传》载："以缯帛及贝市易，贝之大若指，十六枚为一觅。"《樊志》卷八纪："本土不用钱，凡交易缯帛、毡罽、金、银、瑟瑟、牛、羊之属，以缯帛幂数计之，云某物色直若干幂。"又纪以贝为饰。方国瑜先生谓："南诏用贝为货币，在唐咸通初年以后始通行。"又曰："云南用贝为币，滥觞于南诏晚期，至大理时而盛。"虽然仍以缯帛牛羊之属为主，惟出现了以贝作交换的等价物，仅作为辅币，却是一个重大的进步，由于生产力的提高，与此相适应的生产关系及上层建筑亦发生了变化。

徐云虔《南诏录》载："王坐东向，其臣有所陈，以状言而不称臣。王自称曰元，犹朕也；谓其下曰昶，犹卿、尔也。官曰坦绰，曰布燮，曰久赞，谓之清平官，所以决国事轻重，犹唐宰相也。曰酋望，曰正酋望，曰员外酋望，曰大军将，曰员外犹试官也。幕爽主兵，琮爽主户籍，慈爽主礼，罚爽主刑，劝爽主官人，厥爽主工作，万爽主财用，引爽主客，禾爽主商贾，皆清平官，酋望，大军将兼之；爽，犹言省也，督爽总三省也。乞托主马，禄托主牛，巨托主仓廪，亦清平官，酋望，大军将兼之。曰爽酋，曰弥勤，曰勤齐，掌赋税；曰兵獹司，掌机密，大府主将曰演习，副曰演览；中府主将曰缮裔，副曰缮览；下府主将曰澹酋，副曰澹览；小府主将曰幕㧑，副曰幕览；府有陀酋，若管记，有陀西，若判官，大抵如此。"（《新唐书·南诏传》引）所记情况同《樊志》记录相比，有了显著的变化，首先称谓增多而复杂，首重事者，原称清平官，而此有称坦绰之清平官，往往是尚未即王位时之南诏世子。有称布燮之清平官，还有称久赞之清平官。其次是扩大原六曹为九爽，其中幕、琮、罚、劝、引五个和巨托同原六曹职权相当外，新增了主礼乐风俗的慈爽、主工匠营造的厥爽、主商贾的禾爽，以及主库藏出给的万爽。第三，增设了新的机构，即主马群的乞托，主牛群的禄托和主仓库的巨托。第四，原有大军将、军将、诏亲大军将，出领要害城镇，有称节度、有称都督、有称城使，而此立府大、中、下、小四级治百官，府衙以演习、缮裔、澹览、幕㧑主事之外，设有管记、托西之类官职〔以上情况《白古通纪浅述》亦载之，文字大略一致，惟纪于异牟寻之世，盖从异牟寻始，已经发生变化，惟至乾符年间（公元874～879年）已具规模〕。《白古通纪浅述·异牟寻传》："自太和城迁都于杨赕城，别都鄯阐。设官分职，首要国事者三，曰坦绰，曰布燮，曰久赞，即三公也。立九爽……次立三托……次立府治百官……"胡本

《野史》亦载：德宗丙寅贞元二年，设官立九爽三托。按：九爽、三托实当为异牟寻时所立，乃是统治机构一次重要的改革，即扩大完善了原来的机构，惟时间不应在贞元二年，当在贞元十年被唐王朝册封之后。

　　总的说来，贞元（公元785～805年）以后，南诏社会发生了新的变化。首先，社会经济发展了，这突出地反映在两个方面。一是作为社会经济部门之一的手工业，有了较大的发展。"一艺者给田，二收乃税，不徭役，人岁输米二斗。"（《新唐书》录自徐云虔《南诏录》，原作"不徭役，人岁输米二斗，一艺者给田，二收乃税"，今从方国瑜先生校改）即鼓励和优待手工业劳动者；又大和三年（公元829年），南诏寇扰西川，"虏掠巧儿及女工非少，如今悉解织绫罗"。总之，手工业发展了，从厥爽（主工）的设置看，独立的手工业亦已存在。然非奴隶劳动，而是"一艺者给田"，即大都附着于土地，实行税收制。一是"以缯帛及贝市易。贝者大若指，十六枚为一觅"。（《新唐书·南诏传》录自徐云虔《南诏录》之文），则使用贝作货币，并从禾爽（主商贾）的设置来看，商业的范围不但扩大，而且已脱离农业、手工业、畜牧业而独立存在。这一切必然加速了农村公社的瓦解，使村社成员的农奴身份明朗化，并逐步固定了下来（主要是洱海、滇池等地区）。随着社会经济的发展，政治制度相应地有了改变，以大者言，原来的兵、户、客、刑、士、仓六曹改为幕（主兵）、琮（主户籍）、慈（主礼）、罚（主刑）、劝（主官人）、厥（主工作）、万（主财用）、引（主客）、禾（主商贾）九爽；南诏统治腹里地区从原来的六贱，发展到十贱，原来六节度改变为七节度、二都督。从以上情况看来，贞元以后，即南诏后期，封建领主制似乎在南诏社会中逐渐居于主导地位。

最后，还需说明二事。首先，方国瑜教授40多年来，一直从事云南史地的研究工作，成果极富。对樊绰《云南志》亦有全面研究，多为精审之见，此次补注多数采录他的意见。根据其1954年所著《云南民族史》（油印本），1962年所著、1987年中华书局出版的《中国西南历史地理考释》二书，以及《樊志》眉批。其次，1962年向氏校注成书后，有考究南诏史实而征引《樊志》之文，并有所考说的著作和文章，已经得到并采用某些意见者，如王忠《新唐书南诏传笺证》（中华书局1963年版）、马长寿《南诏国内的部族组成和奴隶制度》（上海人民出版社1961年版）、秦佩珩《南诏经济制度渊源略论稿》（郑州大学1977年油印本）。向达《校注》出版后，评论其书而提出意见者，如李家瑞《读蛮书校注札记》（云南《学术研究》1963年第4号）、穆药《吊鸟山考》和陈松年《释乌啄》（同上，第6号）、周维衍《蛮书校注读后》（《历史研究》1965年6期）。另有赵吕甫《云南志校释》（社会科学出版社1985年版）、李永清《蛮书校注》四册已散佚，一再寻求而未果，仅得方国瑜先生眉批于《樊志》的两条，深以为憾。

向达《蛮书校注》对此书的研究做出了很好的成绩，从校的方面说，收的本子较全，所校益精，成为至今所能看到本子中之最好者；从注释方面说，解决了一些问题，提出了一些问题，对一些问题提供了较为详细的资料，书后有一个较大篇幅的附录，以利读者。又《补注》不全收向氏注文，请读者参阅其书。自感学力浅薄，用力也不够，并所见不周，粗疏乃至不当之处，在所难免，请教于研究者，以利今后之补正。

丽江　木芹
1980年10月

# 方国瑜《云南志》概说

　　此书为唐人著述云南史地之专著仅存于世者，亦为考究南诏史事最重要之典籍。兹就此书本身有关问题作简要考说：

　　此书之著录及名称。晁公武《郡斋读书志》卷七《伪史类》著录"《云南志》十卷，唐樊绰撰。咸通中，南诏数寇边，绰为安南宣慰使，纂八诏始末、名号、种族、风俗、物产、山川险易、疆场连接闻于朝"。此为"衢州本"所载；而"袁州本"卷二《地理类》作："《云南志》十卷，唐樊绰记云南山川、物产、杂事，止咸通中。"《玉海》卷十六引《中兴书目》："《云南志》十卷，咸通中樊绰撰。以南蛮途程、山川、城镇名号、诸蛮族类、风俗物产纂为十卷。"《宋史·艺文志·地理类》著录："樊绰《云南志》十卷。"见于宋代著录者如此。自后元李京《云南志略序》说："尝览樊绰《云南志》。"明初程本立《巽隐集》卷二《云南西行记》说："余留丽江，通守张矞出示樊绰《云南志》，字多谬误，非善本也。"则元代至明初，在云南有传本。万历《云南通志》卷二"大理府风俗"条、卷三"楚雄府风俗"条并引樊绰《云南志》，但非亲见《樊志》之记录。曹学佺《蜀中广记》卷五十三"郡县古今通释·东川军民府"说："杨用修引樊绰《云南记》曰：'界有蒙乐山，出比翼鸟，即蔡蒙旅平之蒙山也。'"瑜未查出杨慎所作何书有此语，有之，亦属妄说，《樊志》中无此语也。

明嘉靖时，沐朝弼《纪古滇说序》曰："樊绰之《云南志》，名存而实已亡矣。"天启《滇志》卷十说"滇中古书，《樊绰志》绝无传本"，并不见有传本也。惟《永乐大典》录此书，题作"《云南史记》"，为明初以来仅有之本。清乾隆间，四库馆从《永乐大典》辑出，刊入《聚珍版丛书》中，流传于世。

聚珍本易书名为《蛮书》，《四库提要》说："《蛮书》十卷，《新唐书·艺文志》著录。今考司马光《通鉴考异》、程大昌《禹贡图》、蔡沈《书集传》所引《蛮书》之文，并与是编相同，则《新唐书·志》为可信。题曰《蛮书》，从其朔也。"按：《新唐书·艺文志·地理类》著录："樊绰《蛮书》十卷，咸通岭南西道节度使蔡袭从事。"《崇文总目》《玉海》卷十六亦著录"樊绰《蛮书》十卷"，《通鉴》《禹贡图》《书集传》诸书亦引《蛮书》；所称之《蛮书》，与《云南志》实为一书而异名者。周中孚《郑堂读书记》卷二十六"蛮书"条曰："《读书志》有《云南志》，以晁氏之说校之，一一吻合，盖一书而二名也。"所说甚是。《太平御览》卷七八九、卷九二五、卷九三七、卷九六一、卷九六六、卷九七二、卷九七五、卷九八一、卷九八二、卷一〇〇〇并引《南夷志》。天启《滇志》卷三十二亦引《南夷志》，则是转录自《御览》。取所引《南夷志》之文与聚珍本《蛮书》校对，并相合，是则此书又称《南夷志》也。又政和《证类本草》卷十六引《图经本草》樊绰《云南记》言象事，则此书又称《云南记》也。又《玉海》卷十六引书目："樊绰《南蛮志》十卷，载南诏事。"万历《云南通志》卷十四所载，即转录自《玉海》。又《宋史·艺文志·地理类》著录："樊绰《南蛮记》十卷。"顾祖禹《古今方舆书目》说："《蛮书》，亦作《南蛮记》也。"《南蛮记》与《南蛮志》当为同名异写。

如上所举樊书之名，《云南志》《云南记》《云南史记》《蛮书》《南夷志》《南蛮志》《南蛮记》，名称繁多，实为一书异名。然有不察其实，误为不同之书，如《玉海》著录《云南志》《蛮书》《南蛮志》为三书，《宋史·艺文志》著录《云南志》《南蛮记》为二书（万历《云南通志》、郭棐《炎徼琐言》同），道光《云南通志》卷一九一著录《蛮书》《南蛮记》为二书（光绪《通志》同）。道光志按语："《南蛮记》《宋史·艺文志》与《云南志》列为二书，自不得混而为一，特《唐志》偶未著录耳。或因《云南志》为《蛮书》之误，而并《南蛮记》而削之，则非。"此不知《宋志》之误而说之。史部书目只凭书名著录，以名目不同，一书误作二书者，往往有之。

樊绰于书末说："臣去年正月二十九日已录蛮界途程及山川、城镇、六诏始末、诸种名数、风俗条教、土宜物产、六赕名号、连接诸蕃，共纂录成十卷于安南郡州江口，附襄州节度押衙张守忠进献。"即指此书，但不言其书为何名。又于书中附录之前说："咸通五年六月，左授夔州都督府长史，问蛮夷巴夏四邑根源，悉以录之，寄安南诸大首领，详录于此，为《蛮书》一十卷事，庶知南蛮首末之序。"此为左迁夔州长史以后所说，而纂录成十卷于安南郡州江口，在赴夔州之前。盖于夔州任所，访问黔、泾、巴、夏四邑之事为《蛮志》。此处"一十卷事"，文意难解，疑当作"为《蛮志》一十事，庶知南蛮首末之序"，后传抄者误增一"卷"字，至不可读。此十事附于十卷之后，所谓《蛮志》十事，仅限于在夔州所作。向达《唐代纪载南诏诸书考略》引樊绰此条说："这一段文字，也许就是樊书的自序，错简在此。"所说非是。向达又以为"樊书自称为《蛮志》"，亦非。樊书初纂成十卷，未命书名，以致后来名称歧异，令人迷惑。所有名目，都未必为樊绰初名，而为后人所臆加者也。

此书名称繁多，乃由于世人重视传抄流行，各以意题书名，至无专称。樊绰于书中称南诏为蛮或南蛮。然称地名则多作云南，凡十余见。既为地志之作，不宜称蛮书。且蛮为通称，其意广泛，《樊志》卷一题"云南界内途程"，卷六题"云南城镇"，卷七题"云南管内物产"，篇名已称云南。且此书自宋以来见于藏书家之著录，皆称《云南志》，宋以后亦不称《蛮书》，《四库提要》所说，不可从，宜复《云南志》之旧名。1935年初，瑜作《滇南旧事》（载于《云南旅平学会会刊》第一期），考究樊绰《云南志》，已言此书应称《云南志》，不能从《四库提要》之说。

著书之年月。樊绰从蔡袭至安南访求南诏事迹，纂录成书。关于蔡袭至安南之年月，史载略有出入。《新唐书·南诏传》说："咸通三年，安南经略使王宽不能制边，以湖南观察使蔡袭代之，发诸道兵二万屯守。"是知事在咸通三年，而不言何月。《旧唐书·懿宗本纪》"咸通三年五月，南蛮陷交趾，征诸道兵赴岭南。十一月，遣将军蔡袭率禁军三千会诸道之师，赴援安南"，则在咸通三年十一月。《通鉴》咸通三年二月《考异》引《实录》"以前湖南观察使（蔡袭）为安南经略等使"，则事在二月，与《旧唐书·本纪》异。按《樊志》卷四说："臣于咸通三年春三月四日，奉本使尚书蔡袭手示，密委臣单骑及健步二十以下人深入贼师朱道古营寨，三月八日入贼重围之中。"又于"桃花人"条及《附录》并记咸通三年三月八日入朱道古营栅事，则是年三月初樊绰已从蔡袭在安南，则二月任命之说可信，且奉命即启行也。

又蔡袭死难，樊绰幸免而归。袭死之年月，史载亦有出入。《新唐书·南诏传》说："咸通四年正月，（安南）城陷，蔡袭阖宗死者七十人，幕府樊绰取袭印走，渡江。"则事在四年正月。

《通鉴考异》引岭南道节度使韦宙奏说："正月三日，贼众围城，进攻甚急，袭城上以车弩射之，至七日城陷，袭左膊中弩箭死，家口并元从七千余人悉陷于贼，从事樊绰携印渡江。"则在正月七日。故《通鉴》以此事系于正月庚午（是年正月朔日逢甲子，庚午，当是初七日）。惟樊志《附录》说："本使蔡袭去年（按四年）正月十四日内，四度中矢石，家口并元随七千余人悉陷于贼所。臣长男韬及奴婢一十四口，并陷蛮陬，臣夙夜忧忆本使蔡袭，行坐痛心。"则正月十四日蔡袭四中矢石，犹未死也。又卷四"望苴子"条说："咸通四年正月二十三日，蔡袭城上以车弩射，得望苴子二百人，马三十匹；二月七日城陷，及臣本使蔡袭在左膊中箭，元从已尽，臣右腕中箭，携印浮水渡江。"可知蔡袭之死在二月七日。樊绰亲身经历，所说可信，而韦宙远在广州，传闻失实。故二月七日误作正月七日，且以正月十四日至二月七日之事亦混为同日事。《通鉴考异》已疑韦宙奏稿为后人伪作，又从其正月七日之说，非也。

樊绰从蔡袭入安南，在咸通三年二月，事败在四年二月，居留安南一年，作书即在此时。《樊志》所说"臣去年正月二十九日纂录成十卷于安南郡州江口进献"云云，此去年即咸通四年（公元863年）。又《附录》"本使蔡袭去年正月十四日内"云云，此去年亦咸通四年，盖蔡袭死于是年，在二月以后，樊绰离安南（不知在何月日），九月二十一日在滕州，可以确定樊绰纂录成十卷书在咸通四年正月，而附张守忠进献在二月。又《附录》之文，则在五年补入。《附录》有贞元十年《誓文》，而卷三说"容臣亲于江源访觅誓文，续俟写录真本进上"，足见纂十卷书进献时无《誓文》也。《附录》所载纪年，有咸通四年六月六日、九月二十一日，咸通五年六月，可知《附录》诸条进上于五年六月至十二月之间。

依据之资料。樊绰从蔡袭入安南，乃为应付南诏之侵扰，故必须对南诏情况做一定之调查了解，于是采集前人记载及访闻所得，分目条举，纂成十卷。前人对此书史料价值，有不同之意见：胡渭《禹贡锥指》考究黑水，言及樊绰之书曰："绰所亲行者惟交趾，目未窥滇，况梁与雍乎？"此以绰未亲至云南而贬低其书之价值。马长寿《南诏国内的部族组成和奴隶制度》前言中则说"樊绰在交州做官多年，有些云南城镇，他亲自去过；有些军事上、政治上的报道，是他亲耳所闻，亲目所见。因此《蛮书》对于研究南诏史的价值，由古及今，真是第一手的可靠史料"。但据樊绰自述及其他记载，不能说明其曾到过云南城镇，其活动只在交趾，且所记亲身经历之事不多，而亲自闻见者大都为所载事实之附记，此显而易见者。其绝大部分资料，乃根据前人记录。各卷之中，有附载陈说成段者，聚珍本低格录之，可能原书如此。盖樊绰著书以纂录旧文为主，而附以己见耳。

《樊志》所记载之年代，贞元十年（公元794年）有十七次，为最多。尤可注意者，卷三载南诏世系事迹，止于贞元十年异牟寻与崔佐时盟于点苍山，继异牟寻后袭位者，有寻阁劝、劝龙晟、劝利、丰祐而至世隆。樊绰作书在世隆时期，其间有七十年事迹缺而不书。卷四记袁滋册封异牟寻后有"牟寻男阁劝已后继为王"之语，乃据传闻录之，且不记寻阁劝之立在何年。至于贞元以后年代之记载，卷七记土产丝织品后有"俗不解织绫罗，自大和三年（公元829年）蛮贼寇西川，掳掠巧儿及女工非少，如今悉解织绫罗也"。此数语为樊绰得诸传闻附记之。又卷十记弥诺国后有："太和九年，曾破其国，劫金银，掳其族三二千人配丽水淘金。"又在骠国后有："蛮贼太和六年劫掠骠国，虏其众三千余人，隶配拓东，令之自给，今子孙亦食鱼虫之类，是其种末也。"此数语亦得诸传闻。《附记》之两处言"今",记当时之情况也。其他记大中八年(公元854年)李琢残暴,以致李由独降南诏事有三处(卷一、卷四),亦为访闻所得,附记于路程及族类之后。《樊志》所记之年代如此,显知所载史料,大都录自前人著作,附记传闻所得,及亲身经历而已。

　　樊绰所根据者为何书?卷五"六赕"标题下注曰:"韦齐休《云南行记》有十赕。"疑此为后人校记,非樊绰原文,因无十赕之记载。又卷一从嶲州至阳苴咩城路程,在清溪铺八十里渡绳桥注引《云南行记》云"渠桑驿",亦后人校记之文。《樊志》未采《云南行记》。《太平御览》引韦齐休《云南行记》,或称《云南记》,有二十三条,都不见于《樊志》,足证樊绰未见韦齐休书。又张国淦《中国古方志考》著录《云南土俗传》曰:"樊绰《蛮书》,山川江源引《土俗传》一条。"按《樊志》卷二金马山曰:"土俗传曰,昔有金马,往往出见。"乃地方土俗相传如是,非书名也。而《樊志》所载韦皋及袁滋事迹较多,显知录自《开复西南夷事状》及《云南记》。《旧唐书·本纪》:"贞元十四年(公元798年)十一月己未,韦皋进《西南事状》十卷,叙开复南诏之由。"《唐会要》卷三十六说"贞元十三年,宰臣袁滋撰《云南记》五卷上之",此二书见《新唐书·艺文志》著录,亦见《新唐书》及《通鉴》征引。樊绰得此二书,为编书时主要根据,尤以袁滋《云南记》为重要。可明知取材于袁滋书者如卷一由戎州至拓东路程,为袁滋行程所记录;卷三记南诏世系事迹,止于异牟寻与崔佐时会盟,即在袁滋至南诏前数月;卷四屡记南诏破吐蕃,迁徙各族人口,亦袁滋至南诏以前事;卷七载异牟寻献琥珀,即遣使与袁滋同行至唐朝,附录自拓东城至阳苴咩城行程,及袁滋册封异牟寻事,并出自袁滋书。其更重要之史料,记南诏物产、风俗、条教、城镇、族类、六赕、六诏、山川等，亦主要出自袁滋书也。

袁滋以贞元十年十月二十六日至阳苴咩城，十一月七日事毕而返，仅留十日（是年十月小），在云南境内往返行程不过两月，不暇访问南诏故实和社会生活，从容作记，其所记者仅可能是行程经历及政事而已，当不超过一卷书，而《云南记》有五卷，疑其余四卷录自已成之书，此书当出自留心故实与熟悉社会生活者，且有较长时期经过调查研究之撰述，疑为南诏文臣纂成之地方志，为袁滋所得而录入《云南记》，此实有可能。《新唐书·南唐传》说"贞元十年，异牟寻遣使献地图"，即南诏文臣所作，则记载故实风物，亦为应有之事。袁滋册封异牟寻，亲善友好，以所纂地方志赠袁滋，亦意中事，而袁滋录之于《云南记》。作此推测，实属可能。

《樊志》十卷中之大部分材料，为亲历目睹者之记录。樊绰采录已成之书，可以推测主要为袁滋《云南记》；而《云南记》又录自南诏文臣之撰述，其史料来源如此。《樊志》所载为熟悉社会生活、熟知地理与故实者所作，细读自可玩味得之。其中所记城镇沿革，凡所谓"汉"，皆非两汉时期地名，而是初唐设治之地名；称之为汉，显知南诏文臣追述初唐设治。南诏称唐为汉，如《南诏碑》之"汉帝""汉不务德"，异牟寻誓文之"汉界""誓为汉臣"；称汉皆指唐朝。足证所记出自南诏所作地方志书，则史料大体保存第一手之记录。史料之时代，在唐贞元十年（公元794年）稍前，可以确定。不能以樊绰著书在咸通四年（公元863年）而认为是时所记。其大部分为樊绰成书前七十年之记录，即南诏前期之社会情况也。

大抵《樊志》分目之"山川江源"第二，"六诏"第三，"名类"第四，"六赕"第五，"云南城镇"第六，"云南管内物产"

第七,"蛮夷风俗"第八,"南蛮条教"第九,"南蛮疆界接连诸蕃夷国名"第十,凡九卷,原出自南诏文臣在贞元十年编成地方志之书。樊绰从袁滋《云南记》转录,大体保存旧文。樊绰附记所见闻于有关各条之后(为数不多)。至于云南界内途程第一,有从安南府城至阳苴咩城之路程,为樊绰在安南访问所得;有自西川成都府至云南蛮王府之路程及记黎州清溪关南各部族,此两段当出自韦皋《开复西南夷事状》;又一段记从戎州石门关南各部族,当出自袁滋行程。又卷十之后所载,四库本注曰:"以下皆别说他事,盖附录之文,传写失其标目耳。"有记咸通四年安南事一段,为樊绰附记之文;又有记安宁至阳苴咩城沿途仪仗及册授异牟寻为南诏举行仪式事毕返至石门一段,当录自袁滋所作之文;又有异牟寻与崔佐时誓文,异牟寻遣使赍书至安南府以及记巴夏等地事,则为樊绰离安南一年所录之资料。四库本注曰:"以下六条,又附录中旁及之文。"附录之文编次无条理,且多错简讹夺也。

《樊志》之版本。樊绰之书,从见于著录者,自唐至明初传抄流传,收藏者多有其本,以后则无闻。惟此书全文录在《永乐大典》,《大典》于永乐五年十一月编成,凡二万二千八百七十七卷,目录六十卷。嘉靖间曾抄附本分藏南京、北京,明亡时只存藏于文渊阁之一部。乾隆间移贮于翰林院,已有散失。馆址在东交民巷。至庚子(公元1900年)八国联军之役,横遭侵略军蹂躏,《大典》被毁劫而尽。近来留心者搜寻劫后零散之本,由中华书局影印二十四函,惟无《云南史记》。据灵石杨氏《连筠簃刻永乐大典目录》,《云南史记》凡四卷。乾隆间,四库馆辑出此四卷,稍加整理,改名《蛮书》,收入《四库全书·载记类》中,至今获见者即此本也。

所知之版本,初即《武英殿聚珍版丛书》,福建、广东有翻刻本；又《琳琅秘室丛书》《渐西村舍丛书》并收之；桐叶馆、知不足斋有单刻本，《云南备征志》亦收之为一卷。惟此书尚多有错简，讹夺犹待校理。《丁丙善本书室藏书志》卷十著录有卢文弨之《蛮书校本》，后归江南图书馆，1934年瑜曾假读之，批记不多。沈曾植有《蛮书注》十卷，仅见序文，附载《沈寐叟年谱》后，闻其书现存浙江省文物保管委员会。卢文弨《抱经堂文集》卷九，冯浩《孟亭居士文稿》卷四并有跋文，所知清人留心樊绰书者如此而已。

近人校注樊绰此书成稿者，所见有两家：1941年，昆明李永清（子廉）作《蛮书校注》十卷，瑜假读之，谓避居昆阳一年完成。瑜与讨论若干事，后闻修改待印而未见也。1952年秋，李氏逝世，藏书流散，瑜为云南省图书馆当事人言收李氏遗著，数月询之，答以无所获。然1956年曾在图书馆书库中存有一册（原分装四册），后不知如何也。瑜读李氏校注时，摘录其精到之数条，后晤向达，以录文告之。今向氏《蛮书校注》卷二"滇池"条注有"方国瑜云某君校此……"即其中之一事，惟不言李永清名，且其余各条未注明也。李氏此书，用力不多，惟以散失不全，为可惜也。

而精审之作，则为向达之《蛮书校注》十卷，1962年中华书局出版。向氏自序，此稿经始于1939年初来云南时，至42年成初稿写清本，又经二十年累积，重新写定此本，说："在文字校勘和史实注释方面，做一些初步整理，为读《蛮书》者提供新的比较有用的本子。"向氏用功甚勤，且于隋、唐史具有丰富知识，撰成此书，实为有用的本子。然向氏关于樊绰作书资料来源，未经多作考究，故于樊书所反映之历史实际及其价值，多未能揭示，而停留在文字校勘；虽多有发明，不深究者往往有之。向氏作书校正樊书通行本之误字错简之外，提出"原著者的传闻致误"，此向氏作书之可贵者；惟委之樊绰本人"没有到云南去目识亲览，不免有传闻异辞，以致错误之处"，故不能得其要领。盖樊绰著书，主要抄录前人成文，而非凭见闻作记录。故其错误之由，在于不能分辨成文之虚实，而非史事之传闻异辞也。向氏举樊书卷一途程石门路"史万岁南征，盖出于此也"一事为例，《序文》中说之，《校注》中更详说之，盖向氏得意之作也。周维衍作《蛮书校注读后》（载《历史研究》1956年第6期），有"隋史万岁入滇的路线和石门路之开筑问题"，提出不同意见，向氏有"识语"辩之，二人争论"史万岁南征盖出于此也"一语之史实，各有根据，而未能决。实则樊书此条抄自袁滋行程及韦皋《开复西南夷事状》之文，合而录之，以致错误，有《新唐书·地理志》戎州开边县载刘贞谅、袁滋路程，及《韦皋传》载崔佐时出使云南事，可以为证。樊绰以南北两路交接处之石门，误认为戎州之石门，加以考说，以至不可通。瑜作《隋史万岁南征之石门关》一文详说之，附录于《中国西南历史地理考释》第三篇。大抵樊绰抄录前人成文，保存资料，而有错误者，当从资料来源考究，恢复原始资料之旧文，然后分析批判，始为有用。向氏致力于此书，成绩已多，而有尚待考校者。

　　向达书《自序》之后，载《四库提要》，有按语，引瑜所作《滇南旧事之樊绰云南志》一文。时瑜初读樊绰之书，所知甚少，惟提出自宋以来书名《云南志》，而清四库馆改名《蛮书》，应恢复《云南志》之名。自后四十年间，瑜作文征引此书，都称《云南志》或省称《樊志》，而向达则从《四库提要》所说"题曰《蛮书》，从其朔也"，不同意瑜之说。1962年4月，瑜得向达书之校样本，曾作讨论，惟排版待印，改书名已来不及。是年九月，瑜作《有关南诏史料的几个问题》一文（刊于《北京师范大学学报》），讨论樊绰《云南志》，说到称为《蛮书》是诬蔑之词，四库馆辑本改名，我不顺从馆臣的窜改主张，应恢复《云南志》旧名；并涉论四库馆臣辑本《旧五代史》窜改虏、狄、胡、戎字样。陈垣（援庵）先生发覆，意谓陈先生表明立场（傅增湘叙已言之），向氏责瑜以学术问题涉及政治问题，颇为不满；然瑜以为无超然于政治之学术，向氏《自序》评樊绰之立场，亦已言之；则校理此书，取舍之间，何尝不表达个人之立场？有以为考据学无阶级性，意谓学术可以脱离政治，实无脱离政治之学术也。

向氏校注樊绰此书经20余年，几次易稿，用力甚勤，成绩显著，已为世人所称道。近数年木芹精读此书，颇得益处，尚有余意，写成札记一百余条。所引余旧作，多出自《云南民族史讲义》（1954年刻印）及《中国西南历史地理考释》二书。所有意见，未为确说，犹待考究。现木芹已整理成樊绰《云南志补注》书，录向氏原校之后，依次校补各条，可供参考。

# 《四库全书》史部载记类蛮书提要

臣等谨案:《蛮书》十卷,唐安南从事樊绰撰。《新唐书·艺文志》著于录。《宋史·艺文志》则有绰所撰《云南志》十卷,而不称《蛮书》。达案:《宋史·艺文志》于《云南志》十卷而外另出《南蛮记》十卷,亦绰撰。疑即一书误析为二耳。《永乐大典》又题作《云南史记》,名目错异。今考司马光《通鉴考异》、程大昌《禹贡图》、蔡沈《书集传》所引《蛮书》之文,并与是编相同,则《新唐书志》为可信。惟《志》称绰为岭南西道节度使蔡袭从事,而《通鉴》载袭实官安南经略使,与绰所记较合。是《新书》亦失考也。达案:《直斋书录解题》《郡斋读书志》称绰为安南宣慰使。绰成此书在懿宗咸通初,书中多自称臣,又称录六诏始末,纂成十卷,于安南郡州江口附张守忠进献。盖当时尝以奏御者。交州境接南诏,绰为幕僚,亲见蛮事,故于六诏种族、风俗、山川、道里及前后措置始末,撰次极详,实舆志中最古之本。宋祁作《新史·南蛮传》,司马光《通鉴》载南诏事,多采用之。程大昌等复引所述澜沧江,以证华阳、黑水之说,盖宋时甚重其书,而自明以来,流传遂绝。虽以博雅如杨慎,亦称绰所撰为有录无书,则其亡轶固已久矣。今此本因录入《永乐大典》仅存,而达案:《文津本》无而字。文字已多断烂,不达案:《文津本》不下有尽字。可读。又世无别本可校。达案:《文津本》"世无别本可校"下,尚有"考洪武中程本立作《云南西行记》称丽江太守张耆出示樊绰《云南志》，字多谬误，则当时已然"凡三十六字，下始接谨以诸书参考旁证诸语。谨以诸书参考旁证，正其讹误达案：误，《文津本》作脱。而姑阙其不可通者，各加案语，疏于下方，厘为十卷。仍依《新唐书志》，题曰《蛮书》，从其朔也。乾隆三十九年二月恭校上。达案：《文溯本提要》末年月作四十七年五月，《文津本》作四十九年八月，当指《聚珍版丛书》、文溯、文津两阁书写成年月而言，故年月各有不同。《提要》文字亦各本互异，《文溯本》与《聚珍版》同，《文津本》出入较巨，"恭校上"后有"总纂官臣纪昀、臣陆锡熊、臣孙士毅及总校官臣陆费墀"衔名二行，《聚珍版》本无。

# 蛮书跋

卢文弨

《蛮书》十卷，唐安南经略使蔡袭从事樊绰所录以上进者也。凡管内山川、道里以及诏、赕等种族事迹、风俗物产，一一可考。其书久失传，四库馆新从《永乐大典》中抄出以行世，乃得见焉。尝谓蛮夷为患，未有不由中国失抚驭之所致也。绰以一从事，而明目张胆，敢历举前政之失以上闻，可不谓忠于为国者哉！其言曰：自大中八年，安南都护擅罢林西原防冬戍卒，以致洞主李由独为蛮所诱，乘衅而起。又言：李象古、李涿相继诛剥，令生灵受害。又言：数年之间，当州镇厘革南诏入朝人数，邮传残薄，以致入寇。本使蔡袭全家并元从悉殒贼所，绰亦中箭，携印浮水渡江。其长男韬及家属皆陷蛮陬。绰之进此书也，实望庙堂鉴前辙而筹长算焉。实亦后世之所当奉为著蔡者也。此书多脱误，虽略为是正，而无别本可对，意终歉焉。然如阁罗凤之世次，则可以正《新唐书》之误云。乾隆四十三年八月八日，坐可怡亭书。

《抱经堂文集》卷九

# 书樊绰《蛮书》后

冯 浩

《唐书》《通鉴》岭南道旧分五管，广、桂、邕、容、安南，皆隶岭南节度。懿宗咸通三年，从岭南节度蔡京请，分岭南为两道，广州为东道，邕州为西道。乃以韦宙为东道节度，蔡京为西道节度，安南隶西道，时南诏复寇安南。发许、滑、徐、汴、荆、襄、潭、鄂等兵各三万人，授经略使蔡袭御之。兵威既盛，蛮遂引去。蔡京忌其立功，称南蛮远遁，边徼无虞，武夫邀功，妄占戍兵，虚费馈运，请罢戍兵，各还本道。从之。袭以蛮寇必至，交趾兵食皆阙，谋力两穷，作十必死状。中书既不之省。四年正月，南诏陷交趾，袭左右皆尽，徒步力战，身集十矢，自沉于海。幕僚樊绰右腕中箭，携其印浮水渡江。蔡袭之料敌拒寇，武毅忠烈，时丁衰乱，未得表扬。《旧唐书》竟不之叙，《新唐书》书其略，亦不为立传。非赖此书屡云本使蔡袭，其孰从而传之？可谓忠于所事者矣。又检咸通十年冬，南诏骠信酋龙倾国入寇，进至巂州。安边都头安再荣守清溪关，蛮攻之。再荣逻屯大渡河北，与之隔水相射。蛮分军进陷犍为，遂陷嘉州。此书末云异牟寻嗣孙惠龙，不守祖父留训，违盟誓，恣狂暴，五载兴兵，三来掳掠，实指十年蛮又寇扰言之。故追述贞元誓文，以叹抚驭失宜，边患孔棘，而奸邪之忌功臣，坏国事，忠义大将受惨祸，莫为褒恤，真痛恨无穷矣。书成于咸通十年后，显然也。中云梁轲始由再宾任使前后三度到蛮王家通好，结构祸胎。再宾似为再荣之讹耳。唐室致乱之由，实始于南诏。此以身所亲历，纪实传世。虽古今事势不同，疆域道途土风夷性，大致无改。后之任筹边者，可不详览之哉！

《孟亭居士文稿》卷四

# 蛮书校本跋

沈曾植

　　《唐书·骠国传》称：南诏以兵强地接，常羁制之。据贞元中南诏朝贡，挟骠使以俱来，而寻阁劝自称骠信苴，信苴蛮语为王，则寻阁劝自以为兼王骠国也。开南、安西所部远，皆达于南海。以《地理志》所记通天竺路互证，知非夸辞不实者。盖骠之属国，皆为南诏属国矣。骠即常璩《华阳国志》永昌所通之僄越，今之缅甸，理可不疑。依此书以三大水分画缅境。澜沧江流为一部。其西岸为骠地，东岸当是河蛮。又东即车里十二版纳，《后汉书》所谓掸国者，唐世或为独锦蛮。书中于此殊不详晰。丽水即今怒江为一部。其东岸为骠地，西岸之西北则扑子蛮、望苴子，外喻部落。次为茫蛮，次南骠地，极南至于兜弥伽栅、弥臣，怒江入海之口，东西漾贡，即此书之大银孔也。西岸曰巴桑，或译巴新，即此书之弥臣也。弥诺江流为一部。即今图迈立开河，东岸为骠，西岸弥诺，即图蒙尼瓦。《岭外代答》所谓黑水淤泥河，本书于泥礼，今图为乌曩河者，皆在此流域中。越绒麻山而至阿剌干，疑即弥诺国也。故通天竺路经弥诺、丽水而西至大秦、婆罗门也。从《元史·地理志》金齿六路约之。柔远、茫施二路，当北缅、怒江两岸，自茶山、里麻以至缪江流域。望苴子即今老卡子，外喻即猞猁、野人、茫施在此书施蛮诸部中，盖统今猛拱、猛养、猛密，缪江以西诸部，皆唐茫蛮所居也。其柔远路西云镇西，似即蒙氏安西故地。已在怒江西迈立开江之外。镇康在柔远南，非腾东南道之镇康也。镇康之西为建宁，当已入唐世弥诺北界。其平缅路在柔远南，所属曰骠睒，曰罗必四庄，曰小沙摩弄，曰骖睒头。为骠故都，即今缅都一带无疑。麓川在茫施东最近腾边，殆此书唐封川、茫天连、越睒及开南城所属诸部也。元世疆理滇南，仍以段氏为总管。信苴日在至元之世，主滇事者二十余年。不惟滇州县悉沿南诏旧名，即徼外诸夷，袭旧名与此书同文者，亦仍不少。金齿、骠、黑爨、茫施、徙么徒，皆唐世旧称。州部曰睑睒，亦旧俗也。史地志叙金齿以西土蛮八种，云异牟寻尽破群蛮，徙其民而取其地，南至青石山与缅为界。及段氏时，白夷诸蛮渐复故地。是后金齿诸蛮渐盛。蒙氏安西、开南城戍，殆皆废弃于是时。然其地为南诏旧城，十一总管固知之。故元世建茶罕章以统滇之西边。其戎索包有北缅、怒江以西诸部之地，几尽得蒙氏旧疆，非若明人画于麓川而止也。元世所谓白夷，颇疑即是弥诺种民。此书所谓弥诺面白而长者，与黑爨有别，与金齿亦有别也。南诏界南至青石山，明人无言及者，遂泯然不可复考矣。

《海日楼文集》卷上

# 向达《蛮书校注》序言

　　《蛮书》十卷，唐朝樊绰撰。樊绰生平不大清楚，仅从他所著的《蛮书》和宋司马光的《资治通鉴》中略知道一二。唐懿宗咸通三年（公元862年），蔡袭代王宽为安南经略使。其时樊绰为安南从事，是蔡袭的幕僚（宋陈振孙、晁公武都说樊绰是安南宣慰使，但《新唐书》和《资治通鉴考异》不提此事，故不取）。咸通四年（公元863年）二月初七日，南诏攻陷交趾，蔡袭全家和随从七十余人战死。樊绰长男樊韬及家属奴婢十四人也一并陷没。樊绰本人于城陷时携带印信浮水渡富良江走免。《蛮书》卷四和卷十曾零星记载到交趾城陷时的情况。从所记载的片段事实推测，蔡袭诸人于城陷时战死，樊绰渡江后可能逃至海门，后来即由海门归国。咸通五年（公元864年）六月左授夔州都督府长史。樊绰生平，所知止此。

　　南诏本是唐代定居于今云南巍山地区的一个民族。据《新唐书·南蛮传》的记载，蒙嶲、浪穹、越析、邆赕、施浪、蒙舍共称为六诏。蒙舍即南诏。唐玄宗以前，六诏地区分布在今云南白族自治州，即巍山以北以至丽江，环绕洱海的一带地方。开元以后，南诏得到唐朝的支持，统一了六诏。天宝以后，唐朝积极经营云南，和南诏发生了矛盾。南诏阁罗凤于是投向吐蕃，因而建国称王，受了吐蕃的赞普钟的封号。自此以后，南诏逐渐发展成为大国。到了唐朝末年，南诏经常派遣大军进攻今四川、贵州、广西诸地，并屡次出兵进攻安南，对于唐朝造成严重的威胁。

樊绰随蔡袭到安南，是南诏世隆嗣立，自称皇帝，国号大礼的时候。世隆即位以后，进攻唐朝的播州（今贵州遵义）、邕州（今广西）、巂州（今四川越巂一带）。自咸通元年至四年（公元860—863年），三次进攻安南，两次攻陷交趾，据有其地。樊绰到安南，正值南诏第三次进攻安南，形势异常严重。他认识到南诏问题对于唐朝关系重大，因在安南做了一番有关南诏的调查研究工作。在樊绰以前，唐朝曾有一些人到过云南，写过书。唐德宗贞元十年（公元794年），袁滋为册南诏使，册立异牟寻为南诏。袁滋曾至羊苴咩城，即今云南大理，归后著《云南记》五卷。唐穆宗长庆三年（公元823年），京兆少尹韦审规奉命至云南册封南诏劝丰祐。韦齐休随审规入云南，归著《云南行记》二卷。樊绰整理了他自己对于云南的调查资料，并参考《云南记》《云南行记》，以及《后汉书》、王通明《广异记》《夔城图经》等书，写成了这部《蛮书》。

樊绰的书，宋以后著录和引用，名称分歧很不一致。《新唐书·艺文志》和《通鉴考异》等书作《蛮书》，《四库全书》著录此书，书名即据《新唐书》和《通鉴考异》。《校注》也沿用了这一个旧名。关于《蛮书》的异称，具见《校注》卷一《四库提要》的注，兹不赘。

《蛮书》计分云南界内途程第一、山川江源第二、六诏第三、名类第四、六赕第五、云南城镇第六、云南管内物产第七、蛮夷风俗第八、南蛮条教第九、南蛮疆界接连诸蕃夷国名第十，共凡十卷。对于自唐朝进入云南的交通程途、云南的重要山脉河流、重要的城镇、六诏和其他民族的概略、物产以及当时农业生产的概况、各族特别是南诏的生活习惯、南诏的一些特殊制度和军事训练，以及和南诏毗连各外国的大概情形，都有系统的记录，而尤详于南诏。宋以后研究云南历史很重视此书。《新唐书·南蛮传》主要取材于《蛮书》，司马光的《通鉴考异》采用的也不少。其余如程大昌、蔡沈、苏颂，采用《蛮书》之处不一而足。李昉等在《太平御览》里所收的《南夷志》，就是《蛮书》的别名，是校勘今本《蛮书》的重要依据。

今天云南有十几种少数民族，分布在三迤各处，他们古代的历史，迁徙的情况，往往可从《蛮书》各卷中得到线索。《蛮书》卷四记载河蛮于唐德宗贞元十年徙居拓东，拓东即今昆明。今昆明附近聚居很多的少数民族，这些少数民族自己的传说也以为是从大理迁来的。如路南圭山区撒尼人，据他们的长篇叙事诗《阿诗玛》上的叙述，他们的祖先是从阿着底迁来的，阿着底据说即在今大理。撒尼人是否即为《蛮书》上河蛮的后裔，尚待做深入的研究。唯现在昆明附近各少数民族，他们的古代历史与《蛮书》所记迁至拓东的各民族有一定的关系，是可以肯定的。

《蛮书》所纪南诏方面生产技术的情形，好些是和汉族文化有关系的，也就是说受了汉族文化的影响。这些是研究少数民族历史的重要材料。今略举农业、手工业和建筑方面的几个例子，作为说明。《蛮书》卷七记载了唐代云南"耕田用三尺犁，格长丈余，两牛相去七八尺。一佃人前牵牛，一佃人持按犁辕，一佃人秉耒"。近代云南耕田，还用这种二牛抬杠的办法，只改三人为二人而已。这种二牛抬杠式的耕田法就是采用中原地区的二牛三夫的耦犁式耕田法。所谓格，大概是驾于二牛颈上的那根横木。又说到"治山田殊为精好"。山田即中原地区的梯田。《蛮书》同卷说到南诏养柘蚕织绫罗，这是从四川工匠学会的纺织技术。同卷又提到南诏煮盐也是用的汉法。卷五纪阳苴咩城南诏大衙门大厅建筑，重屋制如蛛网，架空无柱。这是六朝以来中原地区通行的一种无梁殿式建筑，有相当高的技术水平。耕种属于食，纺织技术属于衣，盐为人民生活所不可缺，而无梁殿式建筑又属于住。这都说明南诏和当时的中原地区在衣、食、住方面有极其密切的联系。

　　自宋、元以至明初，《蛮书》流传不绝。明洪武时，程本立在丽江通守张焘处见到樊绰的《云南志》，《云南志》是《蛮书》的又一别名。自此以后，便很少有人提到樊绰的书。像杨慎那样渊博，也没有看到。清朝乾隆时编辑《四库全书》，始从《永乐大典》里把《蛮书》辑了出来。先用木活字排入《武英殿聚珍版丛书》之内（在《校注》中称为《内聚珍本》），随后写入《四库全书》（《校注》用的是文津阁《四库全书》，简称《文津本》）。《蛮书》湮沉了三百多年，至是始复显于世。此后知不足斋鲍廷博又重刊《蛮书》（《校注》中称为《鲍本》）。这是清代《蛮书》最早的几个本子。《云南备征志》（《校注》中称为《备征志本》）、《琳琅秘室丛书》（《校注》中称为《琳琅本》）、《渐西村舍丛书》（《校注》中称为《渐西本》）所收《蛮书》，以及几个翻刻的《聚珍版丛书》本（《校注》用的是闽刻，称为《闽本》），都是以《内聚珍本》或《四库本》《鲍本》为根据的。有清一代《蛮书》版本流传大致如此。

　　四库馆辑印《蛮书》时，曾作过初步整理，于《大典本》中的误字错简有所订正，旧本中注语有案字的都是四库馆臣的案语。其后卢文弨也对《蛮书》做过一些校勘工作。《卢校本蛮书》原本今存南京图书馆，校语另收入卢氏的《群书拾补》。卢校虽只寥寥十数条，但在《蛮书》的整理上创始之功是不可没的。胡珽所刻《琳琅秘室丛书》本后附星华《校记》，星华不知何人，《校记》亦有可取之处。最后沈曾植有《蛮书注》，原稿尚在，未曾付刊，可惜没有见到，只从沈氏的《海日楼文集》和王蘧常编的沈氏《年谱》

中见到《蛮书注自序》一篇。清代研究西北地理之风甚盛，作者如林，而对于西南却不甚注意，因而在《蛮书》的校勘和研究上，便不免有岑寂之感！

我于1939年至云南，寓居昆明乡间。村居寂寥，亟想知道一点云南古代历史，因从前中央研究院历史语言研究所借了一部《蛮书》。后来索性把当时所能借到的《琳琅本》《备征志本》《渐西本》和《闽本》一共四种本子的《蛮书》，合抄成一个本子，置于案头，以供自己随时翻阅之用。在抄录的时候，逐渐感觉到通行本的《蛮书》有些问题。问题大致有几个方面：一是通行本彼此之间不大一致。一是《蛮书》本身误字错简甚多，必须加以校勘。书中涉及的历史事实、古今地理、名物制度，也应与以诠释。看书时因将所见到的有关材料，随时签注在抄本上。1942年将这些材料综合起来写成一个清本，是为《校注》的最初草稿。那时候像《内聚珍本》、《四库本》、知不足斋的《鲍本》，在昆明都看不到。1946年回到北京，始从北京图书馆得读文津阁《四库全书》中的《蛮书》。1947年在今南京博物院看到旧避暑山庄藏《内聚珍本》和今南京图书馆所藏卢文弨校本《蛮书》，以后又得到《鲍本》。前后大约经过二十年，《蛮书》的几个重要本子才都看到了。同时对于《蛮书》的校勘和注释也积累了一些新的资料。最近有机会将《蛮书校注》重新写定，是为现在的初稿本。

首先，通行本《蛮书》存在一些问题，四库馆臣和卢文弨的初步整理工作做得很不够，以至于误字错简和其他错误，仍然层见叠出。其中有些当出于写官之误，特别是《永乐大典》中的错误。《永乐大典》是一部伟大的类书，但因为是官书，又经过辗转传抄，写官粗心，校对草率，于是误字错简不一而足。例如卷一纪石门路一段，原本有"闭石门路，量行馆"一句，颇为不解。韦皋是要开石门路，以便利袁滋诸人经此去羊苴咩城册封南诏异牟寻，为什么又闭石门路呢？这里一定有错误。后来看到豆沙关袁滋摩崖题名的拓本，题名末段有"韦皋遣巡官监察御史马益，统行营兵马，开路置驿"的一句话，始恍然大悟，知道《蛮书》上的"闭石门路，量行馆"一句，原来应该作"开石门路，置行馆"。开误闭，置误量，乃因字形相近，传抄致误。这是误字例。

又如《蛮书》卷八原本末了有一段记述南诏出军征役，兵士自带粮秣等事。卷八讲蛮夷风俗，卷九讲南蛮条教。这一条与风俗关系少，与条教关系多。四库馆臣以为这条是错简，应放在卷九。四库馆臣的意见是对的。这是错简例。

其次，《蛮书》本身也有错误之处。樊绰在安南做了细致的调查研究工作，参考了袁滋诸人所写有关云南的著作，写成这部《蛮书》。但是他本人究竟没有能到云南去"目识亲览"，不免有传闻异辞以至错误之处。今举一事为例。《蛮书》卷一记从戎州入云南的北路，说是从戎州南十日程至石门，上有隋开皇五年十月二十五日黄荣在这里造偏梁桥阁通越析州等处的刊记，史万岁进兵云南即出于此。据《蛮书》所记，是史万岁用兵云南，走的是从今四川宜宾南行入云南的北路，一名石门路。但是《隋书》和《通鉴》都说史万岁入自蜻蛉川，经弄栋（《汉书·地理志》作弄栋），次小勃弄、大勃弄，至于南中。又度西二河入渠滥川。还至泸水。蜻蛉川、弄栋，在今云南大姚、姚安一带，小勃弄、大勃弄在今云南弥渡，西二河即今洱海，亦即指大理地区，渠滥川在今滇池附近，泸水即今金沙江，特别指的是自今会理渡金沙江入云南的一段。所以史万岁进兵云南，往返都走《蛮书》卷一所记的南路，即清溪关路，不应取道宜宾。清溪关路上也有石门，樊绰把南路的石门和北路的石门混淆了。黄荣在南路的石门造偏梁桥阁，其所造即是栈道。因为在清溪关路上,所以可通越析州等处,以供史万岁进军之用。越析州在今宾川境内。开皇五年也应是十五年之误。《新唐书·地理志》戎州开边县注和《韦皋传》都沿袭了《蛮书》之说。可以证明宋时《蛮书》即已如此。并非传写之误。这是樊绰传闻致误之例。

因为通行本《蛮书》有以上所举的那些误字、错简、原著者的传闻致误等等,必须尽可能地与以勘正,不然就不容易读。又因为《蛮书》里涉及的一些历史事实,有的比较简单,须加以钩稽补充,有的不免错乱,须加以整理,所以应加注释,使原书所述更为清楚。《蛮书》是研究西南少数民族古代历史,特别是云南地区少数民族古代历史的重要资料。清朝以来对于这部书所作的整理工作很不够,进行新的整理工作在今天是有必要的,也有比较好的条件。这一部《蛮书校注》,只算是对于《蛮书》研究的一个试探工作,在文字校勘和史实注释方面,作一些初步整理,为读《蛮书》者提供一个新的比较可用的本子。原来的希望,不过如此。下面再分为校勘和注释两项,将校注情形作一约略说明。

先说本子的校勘。校勘《蛮书》有一定的困难。宋以后的《蛮书》古本,一个也没有传下来。明初程本立在丽江所见到的樊绰《云南志》就是《蛮书》。但是据程氏《巽隐文集》卷二《云南西行记》所记,他所看到的"樊绰《云南志》,字多谬误,非善本也"。就连这个非善本的《云南志》,我们今天也见不到。其次,通行本《蛮书》是从《永乐大典》辑出来的。我曾向几位见到《永乐大典》最多的朋友请教,他们所见到的《大典》里都没有《蛮书》。最近中华书局影印出版的《永乐大典》二十函中,也没有《蛮书》。用《大典》来校勘通行本《蛮书》,现在也不可能。因此要想知道通行本《蛮书》里的一些误字、错简和残缺的本来面目，都很困难。《校注》用《内聚珍本》作底本，取其成书较早，校勘较为仔细。校勘文字以及词句，主要用以下的几个办法：一是用《太平御览》和《通鉴考异》所引《蛮书》来校《内聚珍本》。《御览》所收《南夷志》即《蛮书》别名，共有好几十条。《通鉴考异》里也经常引到《蛮书》。宋代《蛮书》的面目，从《御览》和《考异》里可以窥见一斑。这是校勘《蛮书》最珍贵的材料。《御览》《考异》而外，《新唐书·南蛮传》以《蛮书》为主要史料，也可作为校勘的依据。其次，用金石文字和唐人集子来校勘，上面所述袁滋题名就是一个例子。此外也试用本证法，即从本书的前后文上下文中发现矛盾，求得正确的字句。如通行本卷五的龙口城阁罗凤所筑一条和蒙舍川一条，这两条里的龙口城全是龙尾城之误，就两条所述地理情形，可以证明。所谓错简，基本上也是用这种方法来判定的。校改的字句和整段，都在下面加注说明，改定的字句旁边加上点号。经过这样校勘的本子，比原来完整顺畅，成为比较可用之本。但是原本残缺过甚，个人见闻浅陋，存在的问题仍然很多。于所不知，谨从盖阙。

其次，关于《蛮书》的注释问题。《蛮书》内容极其丰富，但也有不少问题。樊绰是唐朝的一位官员，他的政治思想阶级立场自然是站在唐朝统治者的一面。他认识到南诏问题对国防的重要，因而进行了系统的调查工作。他站在唐朝统治者的立场上，对于南诏以及云南的事情，都是用的谴责语气。同时他以上国人物的身份来看西南边地的人民，自然有很浓厚的民族偏见，如说异寻江西卑贱；相信《后汉书·南蛮传》和王通明《广异记》来说明盘瓠的起源，以及对于夜半国妇人的记载等等。"俗语不实，流为丹青。"樊绰在这些地方表现得是很清楚的，注释时不能一一驳正，谨在此指出，希望读者用批判的态度，看待这些问题。

通行本《蛮书》辑自《永乐大典》，辗转传抄，错误遗漏不一而足。上面已举出误字例，而尚待拾遗补阙之处，仍然不少。如卷三蒙舍诏条纪细奴逻以下世系，原本甚为混乱。《校注》据《通鉴考异》加以改定，补入皮逻阁一代，于是《新唐书·南蛮传》的"蒙氏父子以名相属"之说，才可以讲得通。《校注》认为《考异》的说法是有根据的，因此大胆地改了。这究竟是樊绰原来错了，《新唐书》继承了下来，还只是《新唐书》之错，与樊绰无关，现尚不敢断言。《校注》这样改，不过是提出自己的意见，以供读者参考而已。又如卷七提到南诏于唐文宗大和三年进攻四川，虏了一批工匠，从而促进了南诏织绫罗的手工业。《校注》根据唐人诗文，对大和三年南诏进攻四川之役以及后来所发生的事故，作了比较详尽的注释。这可以见出大和三年之役，在南诏的生产技术发展方面固然关系匪浅，在唐朝的政治上也曾引起了轩然大波，其重要可想而知。《校注》在这些方面的拾遗补阙工作，篇幅稍形冗长一些。原意是想把有关资料尽可能搜集在一起，以省读者翻检之劳，因而也就听其如此，不加删削了。

　　《蛮书》也是有关云南古代民族和地理的一部大辞典。《校注》利用《元史·地理志》来说明这两方面的问题。《元史·地理志》云南行中书省一部分上承唐、宋，下启明、清，借此为桥梁来解释云南古代，特别是唐代的民族和地理上的问题，还是比较可靠的。此外近代学者如已故的袁嘉穀先生、现在的方国瑜先生，他们对于云南古代历史的研究都有过贡献。最近几年来，云南在考古发掘方面如晋宁石寨山有"滇王之印"金印的墓葬群之发现，以及大规模进行的民族调查工作，都很有助于云南古代历史，特别是《蛮书》的研究。《校注》尽可能采用了他们的研究成果。唯以限于见闻，挂漏之处在所难免。《蛮书》中有关云南古代历史、地理、民族以及制度风俗等等方面提出的问题甚多。例如南诏统一六诏以前，今大理地区，尤其是洱海东面大姚、姚安古称姚州一带的历史，就不大清楚。《校注》于唐初自太宗至高宗、中宗时期如梁建方、赵孝祖、梁积寿、唐九征诸人先后经营云南的事迹，做了一些搜集的工作。这也只能勉强绘出一个轮廓，许多地方还是不甚了了，仍有待于进一步的研究。其中有些问题如古代地理的比对证合，以及各民族古代历史的推究阐明，前人可能已经有了结论，《校注》却因见闻不周而失收。凡此都希望将来能有机会与以补正。

《蛮书》卷七专志云南管内物产，所记有关耕种、养蚕、纺织、制盐、饮茶、果木、开采金银、畜养马、牛、象、猪、羊、家禽；锻造兵器如铎鞘、刀剑，更名闻遐迩；加上卷五所记无梁殿式建筑，这都是研究南诏时代生产发展、社会形态以及唐朝文化对于南诏所起作用的最重要的史料。《校注》搜集了有关文献作为补充说明，因为理论水平差，所以只叙述情况，不加论断。

原本按语上有"案"字的是四库馆臣的案语，今照旧不动。今本《校注》的校勘和注释，概于开始用"达案"二字，以区别于四库馆臣的案语。文字校勘附注于本文之下，注释低一格置于本段之后。《校注》草稿用文言，此次写定，仍保留原来形式，以免多所更动。

本书后面有一个附录，共分五个部分：附录一《叙录》，汇集唐以来《艺文志》《读书志》著录各家所写有关《蛮书》的记载文字。附录二《有关文献》，选录了骆宾王、张九龄、李德裕诸人文集与大和三年之役有关诗文以及辑佚、碑刻等等。这些文字自然是站在唐朝统治者这一边的，立场很明确，因而思想观点存在问题，乃是必然的。但也反映了当时人们的一些看法，可以从中窥见当时的若干形势，读者可以采取批判的态度来看待这些资料。附录三《系表》，包括南诏的世系、节度、诸赕，剑南、西川以及安南节度使表诸项。附录四《汉唐间云南南诏大事年表》，主要依据《资治通鉴》，参考《史记》两《汉书》以下《华阳国志》、两《唐书》《册府元龟》以及云南古代金石制成。附录五《参考书目》，著录了曾经参考过的书籍目录，并附注各书版本。希望通过附录对于阅读《蛮书》，研究唐代南诏历史地理，能多少有点帮助。

以上是写定《校注》时在校勘和注释方面如何进行的大概情形。但由于自己学识浅陋、理论水平低，《校注》中错误一定不少。欢迎读者指教，以便改正。

初治《蛮书》是在二十多年前流寓滇南的时候，当时图籍缺少，又无前人旧作可资凭借，暗中摸索，不无困难。诸承姜亮夫、曾昭燏、李小缘以及本师柳翼谋诸位先生时时予以帮助鼓励，才敢于写成初稿。终以他事牵缠，将近二十年，未能写定清本。一直到最近，由于中华人民共和国成立以后文化事业的飞跃发展，特别是党对于整理文化遗产工作的关怀，使我能重新鼓起勇气，整理旧稿，把它写成现在的样子。这部《蛮书校注》之能够出版以就教于广大的读者，首先应该向党表示衷心的感激！同时也向上述诸师友表示谢意。其中如柳翼谋、李小缘两先生且已作古人，因并借此谨致吊唁之忱！

一九六一年二月向达谨记于北京西郊之海淀馆舍

# 卷一　云南界内途程第一

安宁城，后汉元鼎二年伏波将军马援立铜柱定疆界之所。案：马援定交趾为后汉光武帝建武十九年事，元鼎乃西汉武帝纪年，后汉并无此号，盖樊绰失于考据之误。去交址城池①四十八日程。汉时城壁尚存，碑铭并在。苴咩上音斜，下符差切。达案：清卢文弨校此云：案咩当作哶，从楚姓之芈，其音似羊，当从其俗读弥嗟切，不读徐婢切也。注符差之差有

---

① 《思想战线》1980年第5期所刊拙著《樊绰云南志校补序》中，曾征引李永清《蛮书校注》语，提出交趾与安宁应互改，此说又为赵吕甫《云南志校释》所认可。近年李埏先生《马援安宁立铜柱辨》一文（《思想战线》1990年第3期），否定了互改说。李埏先生的根据和理由是：（一）元鼎是前汉武帝年号，马援为后汉建武时人，去元鼎百数十年，所以四库馆臣"樊绰失于考据之误"是对的。（二）马援于建武十九年（公元43年）入交趾，二十年（公元44年）返回，他没有到过云南，立铜柱"定疆界"更是无从说起。（三）建武十八年至二十一年，刘尚率军镇压了云南夷帅栋蚕等为首的民族反抗，而刘尚并没有立铜柱之事。所以"其事之荒诞不经，实不待智者而后知"。（四）《后汉书·马援传》不吝篇幅详记了马援在交趾铸铜马并上铜马表的故事，而关铜柱只字未提。"不能说，比之铜马，铜柱反而不足道了。以范蔚宗的史识，不致如此吧。这样说来，书铸铜马而不书铸铜柱，不是反证后之非事实吗？"（五）立铜柱说，查无实据，但它的出现事出有因。那匹铜马可能就是附会之所从出了。方国瑜先生《中国西南历史地理考释》（522页）有云："所谓马援立铜柱者，《后汉书·马援传》曰：'于交趾得骆越铜鼓，乃铸为马式。'则谓铸铜鼓（埏按：当作"铸铜马"），而后世讹传为立铜柱。"芹按：李先生言而有据，辩之人理，当如是说。又按：可以肯定，后汉无元鼎年号，建武年间马援也没有到过云南，更没有立铜柱的事，这是失考和附会所致。惟马援击交趾，刘尚镇压云南民族反抗，其目的是东汉以此来恢复在这两个地区的统治秩序。另外，武帝元鼎六年（公元前111年）建置南方九郡，其中有交趾、九真和日南三郡，在今越南地。自此以后，从交趾上水，河口登陆入昆明，抑或元江登陆至安宁经大理，由腾冲入缅，再至印度，则这是一条通道。

数音,则不当以此为熛,疑本是嗟字,脱其偏旁耳。唐薛能诗:"野色生肥芊,乡仪捣散茶;梯航经杜宇,烽火彻苴哶。"董冲《唐书释音》:苴,钜加切。哶,弥遮切。皆读平声。**城,从安南府城至蛮王见坐苴哶城水陆五十二日程**①,只计日,无里数。从安南上水至峰州两日,至登州两日,至忠诚州三日,至多利州两日,至奇富州两日,至甘棠州两日,至下步三日,至黎武贲栅四日,至贾勇步五日。已上二十五日程,并是水路。大中初悉属安南管系,其刺史并委首领勾当。大中八年,经略使苛暴,川洞离心,疆内首领,旋被蛮贼诱引,数处陷在贼中。从贾勇步登陆至矣符管一日。达案:卢文弨校管字云:"此是馆驿之馆,作管讹,下同。"又《琳琅本续校》云:按本书凡地名及人姓名多用矣字在首。八卷三页犀谓之矣,读如咸,此矣字音义或与彼同。**从矣符管至曲乌馆一日,至思下馆一日,至沙只馆一日,至南场馆一日,至曲江馆**②**一日,至通海城一日,至江川县日,至进宁**③**馆一日,至鄯阐柘东城一日**。案:柘东,《旧唐书》及《通鉴》俱作拓东,胡三省云:"言开拓东境也。"《新唐书》作柘,从木,与此同。**从柘东节度城至安宁馆一日**。达案:安宁原作宁寔。卢文弨云:"按下文云安宁馆本是汉宁郡城也,则此宁寔当是安宁。"所说甚是,因据改。**安宁馆本是汉宁**

---

① 此处从交趾至安宁纪四十八日程,下文又言安南府城至苴哶城五十二日程,合而观之,则安宁至苴哶仅四日程,显然不对,而其具体纪程从安南至贾勇步水路二十五程,自贾勇步至安宁十一程,安宁至苴哶十程,共四十六程,与五十二日程差六程,却已相近。本处所纪当是通海路,则从交趾至安宁四十八日程,当是三十八日程之误。实为三十四日程,又安南至贾勇步水路之二十五日程,实为三十三日程。

② 贾勇步在河口,则矣符管为在泉,曲乌馆在期路白,思下馆在目则山下,即蒙自,沙只馆即沙甸,南场馆在南庄。

③ "进宁",赵吕甫《云南志校释》改作"晋宁"。是。

郡城也。①从安宁城至龙和馆一日，至沙雌馆一日，至曲馆一日，至沙却馆一日。至求赠馆一日，至云南驿一日，至波大驿一日。至白岩达案：岩，《聚珍本》《鲍本》俱作严，兹依余本。驿一日，至龙尾城一日。李谧伐蛮，于龙尾城误陷军二十万众，今为万人冢。至阳案：阳，《新唐书》作羊。苴咩城一日。蛮王从大和城移在苴咩城。案：蛮王至苴咩城十一字，原本误入正文，今改正。

自西川成都府至云南蛮王府，州、县、馆、驿、江、岭、关、达案：关，各本俱作开。今据上下文义，似应作关，因为臆改。塞，并里数计二千七百二十里。②达案：自西川成都府以下三十一字，各本俱属上段。细察文义，属下为是，因为提行另起。从府城至双流县二江驿四十里，至蜀州新津县三江驿四十里，至延贡驿四十里，至临邛驿四十里，至顺城驿五十里，至雅州百丈驿四十里，至名山县顺阳驿四十里，至严道县达案：严，《内聚珍本》作岩，余本同，只《鲍本》作严③。

---

① "安宁馆本是汉宁郡城也"，语义不明。向达注云："据《三国志·蜀志》卷三《后主纪》，后主建兴三年改益州郡为建宁郡，治味县，即今宜良。连然亦属建宁，唯非郡城。此处之'安宁馆本是汉宁郡城也'一语，或应作'安宁馆本是汉建宁郡城也'，原本脱建字。汉指蜀汉而言。"其说甚是，因为补焉。惟"味县即今宜良"者非。方国瑜《中国西南历史地理考释》建宁郡味县曰：两《汉志》益州郡，晋、宋《志》建宁郡，《南齐志》建平郡，并有味县。《南中志》建宁郡"味县，郡治"。《水经·温水注》"味县，故滇国都也，诸葛亮讨南中，刘禅建兴三年，分益州郡置建宁郡于此。"按：味县为建宁郡治，惟《郦注》以为滇国都者误。《云南志》曰："曲靖府，汉为味县地。"其说是也。惟味县只为昔之南宁县（今曲靖市）及霑益县，不包有一府之地。谢钟英《三国疆域志补注》引邹安鬯说以为味县在宜良县南，即用《水经注》说而误。

② 向达云："自西川成都府以下三十一字，各本俱属上段。细察文义，属下为是，因为提行另起。"按：《云南备征志》本自西川成都府下三十一字，非属上段，已提行另起，谓"各本俱属上段"则不实。又向氏从府城至双流县……专知驿务一段，提行另起，《云南备征志》本则与自西川成都府以下三十一字合为一段。今依《云南备征志》本改。

③ 严道县，向氏校云："严，《内聚珍本》作岩，余本同，只《鲍本》作严。"按：《云南备征志》已作"严"，不作"岩"。

卷一　云南界内途程第一

据两《唐书·地理志》《元和郡县志》，雅州属县有严道，乃秦、汉以来旧县，则此处之岩道必系严道之误，因据《鲍本》正。**延化驿四十里。从延化驿六十里至管长贲关。从奉义驿至雅州界荣经县南道驿七十五里，至汉昌六十里，**案：此句上有脱文。达案：此处疑有脱文，唯似在此句之下，而不在其上。**属雅州，地名葛店。至皮店三十里，至黎州潘仓驿五十里，至黎武城六十里，至白土驿三十五里，**过汉源县十里。**至通望县木笕驿四十里，**去大渡十里。**至望星驿四十五里，至清溪关**①**五十里，至大定城六十里，至达士驿五十里，**黎、嶲二州分界。**至新安城三十里，至菁口驿六十里，至荣水驿八十里，至初里驿**②**三十五里，至台登城平乐驿四十里，**古县今废。**至苏祈驿四十里，**古县。**至嶲州三阜城四十里，**州城在三阜山上。**至沙也城**③达案：沙也，《新唐书》卷四十二《地理志》嶲州注作沙野。**八十里，**故嶲州，大和年移在台登。达案：大和，《内聚珍本》《闽本》俱作太和，《鲍本》《渐西本》作大和。清卢文弨校云："按唐文宗年号乃大和，若太和是北魏孝文帝年号。此当属唐，今改正。"卢校是也，故依《鲍本》等正。**至俭浪驿**达

---

① 向氏清溪关注云，清溪关为成都至大理路上最重要之关隘，下引《嘉庆一统志》之文，惟《嘉庆一统志》只言清溪关南接越嶲厅界，唐置，并引《明一统志》："关在大渡河外。"《旧志》："在黎大所南一百三十五里"，"越嶲厅北一百二十五里有古隘堡……即古清溪关也"。未言清溪关之确切位置。按：方国瑜《西南历史地理考释》清溪关道云清溪关之位置："《樊志》路程，清溪关距黎州一百四十五里，又黎州条曰：'黎州南一百三十里有清溪峡，乾元二年置关，关外三十里即嶲州界也。'……以里程校之，清溪关应在今大渡河南一日程之海棠镇，而望星驿在晒金关附近，《新唐书·南诏传》'乾符元年，高骈戍望星、清溪等关'者是也。《旧唐书·懿宗纪》咸通十年十一月曰：大渡河去清溪关二百里，里数当误。"则知清溪关在今大渡河南一日程之海棠镇焉。

② "初里驿"，《聚珍本》《备征志》本皆作"初裹驿"，向达失校也。

③ 万斗云言：沙也或沙野，夷语，沙字或源出叟字，由长老而转化为君长。哀牢之沙壹，侗族之沙柄，僮族之霞，掸人之寿，南诏之诏，并有此义。沙也盖谓王水即竹王水。

案：俭浪，《新唐书·地理志》作羌浪。八十里，至俄淮岭①七十里。下此岭入云南界。已上三十二驿，计一千八百八十里。案：上文惟三十驿，计一千四百九十五里，与此数不符。达案：不符之故，当由于原文有脱误。并属西川管，差官人军将②达案：军将，原本作将军，卢校云："将军二字疑倒。"其言是也，因正。专知驿务。

  云南蛮界：从嶲州俄淮岭七十里至菁口驿，三十里至芘驿，六十里至会川镇，差蛮三人充镇。五十里至目集馆，七十里至会川，有蛮充刺史，称会川都督。从目集驿至河子镇七十里，泸江乘

---

  ① 向氏注云，大定、达士、新安、菁口，今地俱无可考。按：方国瑜《中国西南历史地理考释》清溪关道：菁口驿应在邛部川，即在故邛部县地。达士驿应在今之保安镇，因保安镇在越西城与海棠镇之间也。

  又向氏注云，荣水、初裹（按原误作初裡，今改）今地俱无可考。按：方国瑜《中国西南历史地理考释》清溪关道云："菁口驿（邛部川）以下至台登，《樊志》路程三驿一百五十五里，又黎州条曰：一百三十里，而刘希昂路程曰：'又南经水口西南度木瓜岭二百二十里至台登城。'按：此段路程经木瓜岭即小相岭，道路迂回，亦有捷径，则里数不同，今筑汽车道，自泸沽二十九公里至喜德县城（登相营），又七十九公里至越西县城，则路线更迂回也。《樊志》自菁口驿至荣水驿八十里，至初裹驿三十五里，至台登平乐驿四十里，以距离约略估计，初裹驿在冕山营，而荣水驿即水口在小相岭，北之通相营，山路难行。"则知初裹驿在冕山营，即今喜德县城，荣水驿在小相岭。

  又向氏注云，《新唐书》沙也作沙野，俭浪作羌浪，今地亦不可考。俄淮岭或阳蓬岭在今西昌南百余里，不知为何山也。按：据方国瑜《中国西南历史地理考释·南诏通西川道地名》沙野城即今禄马堡，俭浪驿在德昌城东边附近，俄淮岭在阳沙关。

  ② 自成都至俄淮岭三十二驿并属西川，差官人军将专知驿务。万斗云言：军将当如原本作将军为是。盖《樊志》所记，乃皮逻阁时之形势也。阁逻凤时一度掩有嶲州越嶲郡地，异牟寻与唐修好，驿务乃由西川差官人将军专管，非不可也。《新唐书·南诏传》可证。

皮船渡泸水。① 从河子镇至末栅馆五十里，至伽毗馆七十里，至清渠铺八十里，渡绳桥《云南行记》云渠桑驿。至藏傍馆七十四里，至阳褒馆六十里，过大岭险峻极。从阳褒至弄栋城七十里，本是姚州，旧属西川。天宝九载，为姚州都督张乾案：乾，《唐书》作虔。陀附蛮所陷。从弄栋城至外弥荡达案：外弥荡，《新唐书·地理志》嶲州注作外沴荡馆。八十里，从外弥荡至求赠馆②案：此句下有脱文。达案：自嶲州至阳苴咩城道，至求赠馆，遂与自安南府城至阳苴咩城道合。本书卷首安南道自沙却至求赠一日，自求赠至云南驿一日，则此处求赠馆下所脱必为"□□里，从求赠馆"凡七字也。至云南城七十里，至波大驿四十里，至渠蓝赵馆达案：《琳琅本》补校云："渠蓝赵，按二卷一页、五卷三页，并作渠敛赵，敛与蓝盖一声之转。又按蛮夷文字，本无一定，是书类此者甚多，兹不具出。"四十里，至龙尾城三十里。从龙尾城至阳苴咩城五十里。③以上一十九驿，计一千五十四里。案：十九驿共计一千六十九里，与此数亦不符。

---

① 自"云南蛮界"以下至"乘皮船渡泸水"句，文义不明，当有衍文。又向氏注云：目集镇俱无可考。按：方国瑜《中国西南历史地理考释》清溪关道云："《樊志》路程，俄淮岭以下至泸水之站，分会川镇与会川为二，又分目集馆与目集驿为二。向达《校注》以为目集馆与目集驿俱一地，所说可从。瑜以为会川镇与会川亦俱一地。《樊志》此文当校正作：'从嶲州俄淮岭七十里至菁口驿，三十里至芘驿，六十里至会川镇，差蛮三人充刺史，称会川都督。五十五里至目集馆，从目集馆至河子镇七十里，泸江乘皮船渡泸水。'（芹按：赵吕甫《校释》作"从目集馆至河子镇七十里，至泸江三十里"。是也）此段路程自俄淮岭三驿一百六十里至会川，又二驿一百二十五里至河子镇。……刘希昂路程曰河子镇又三十里渡泸水，此路程自会川赴姚州在鱼鲊渡江，对岸即拉鲊，为著名之古渡口，则河子镇即在黎溪，元时曾设为州也。天启《滇志》路程，从黎溪七亭至凤山营，又五亭至会川卫。疑目集馆即在凤山营附近也。"

② 向氏注云，渡泸后所经之末栅、伽毗、清渠、藏傍、阳褒、外弥荡诸地俱无考，本书之求赠馆疑即《新唐书》之佉龙驿。按：据方国瑜《中国西南历史地理考释》，则知末栅为今之拉鲊，伽毗在今永仁县城附近，清渠铺为今大姚县东之河底江上，藏傍在今大姚麻街附近，阳褒馆在大姚县城。外弥荡即今姚安弥兴，求赠为今之英武关，佉龙驿为今之普淜也。

③ 此处从龙尾城至阳苴咩城五十里者误，实际里程则不足三十里也。

南蛮因姚州之后，属蛮管系。从邕州路至蛮苴哶城，从黔州路至蛮苴哶城，两地途程，臣未谙委。达案：谙委二字《闽本》有校语云："星华按：谙委疑系谙悉之误。"今案谙委乃是唐人习语。《唐律疏议》卷十三户婚中诸许嫁女条疏议，"以其色目非一故公之类，皆谓宿相谙委，两情具惬，私有契约"。云云。又《太平广记》卷三百四十八引唐郑还古《博异记·李全质》条有云："水深而冰薄，素不谙委。"是唐人谙委即是谙悉，并非有误也。伏乞下堂帖令分析。缘南蛮奸猾，攻劫在心，田桑之余，便习斗敌。若不四面征战，凶恶难悛。所以录其城镇川原，尘渎宸扆。或冀破其蚁聚之众，永清羌虏之夷。臣披沥恳忱，无任陨越之至。案：此条乃附载陈说之词，如后世著书之案语。原本误连正文，遂令文义格碍。今低一格以别之，后仿此。达案：《鲍本》《闽本》《琳琅本》俱依《内聚珍本》原式，低一格低二格之处，悉仍其旧。《备征志》及《渐西本》于此等处一律顶格，并将此处馆臣案语中原本以下二十二字全行删去，于是馆臣校勘之意，不复可见，兹不取。

从石门外出鲁望、昆州达案：昆州，《备征志》《渐西本》作昆川，非是。余本不误，兹从之。石门、鲁望、昆州考见下。至云南，谓之北路。从达案：原本无从字。《琳琅本》补校云："黎州上当有从字，与上下文句法一例。"是也，因补从字。黎州清溪关出邛部，过会通至云南，谓之南路。达案：邛部、会通考见后。从戎州南十①日程至石门。达案：石门考见后。唐戎州即今宜宾。上有隋初刊记处云："开皇五年十月二十五日，兼法曹黄荣领始、益二州石匠，凿石四孔，各深一丈，造偏梁桥阁，通越析州、津州。"盖史万岁南征出于此也。越析州今西洱达案：洱原本作河，据日本铃木俊说改正。河东一日程。越

---

① 赵吕甫校释言"十字必为二字之讹"。是也。

析州咨长故地也。津州未详其处①。天宝中鲜于仲通南溪下兵亦是此路。后遂闭绝。仅五十年来，贞元十年，南诏立功，归化朝廷，发使册命②。而邛部旧路方有兆吐蕃侵钞隔关。达案：卢文弨校云：兆疑当作北，关疑当作阁。其年七月，西川节度韦皋乃遣巡官监察御史马益开石门路，置行馆。达案：开石门路，置行馆二语，原本作闭石门，量行馆，与上文语意相违，殊不可晓。案今云南大关县之豆沙关有唐贞元十年，袁滋摩崖题名。其文云："大唐贞元十年□□□九月廿日，云南宣慰使内给事俱文珍、判官刘幽岩、小使吐突承璀持节册南诏使御史中丞袁滋、副使成都少尹庞颀、判官监察御使崔佐时，同奉恩命赴云南，册蒙异牟寻为南诏。其时节度使尚书右仆射成都尹兼御史大夫韦皋，署巡官监察御史马益统行营兵马，开路置驿。故刊石纪之。袁滋题。"全部题名八行，自左至右，真书，只袁滋题三字篆书。盖专为重开石门路而纪也。开路者开石门路也。置驿者置行馆也。故本书之闭石门路，量行馆二语，以袁滋摩崖题名证之，必为开石门路，置行馆之讹误无疑，因为改正。石门东崖石壁，直上万仞；下临朱提江流，又下入地中数百尺，惟闻水声，人不可到。西崖亦是石壁，傍崖亦有阁路；横阔一步，斜亘三十余里，半壁架空，欹危虚险。其安梁石孔，即隋朝所凿也。阁外至蒙夔岭达案：蒙夔岭原本作夔岭，据本书下文及《新唐书·地理志》戎州开边注，俱应作蒙夔岭，脱一蒙字，因补。七日程，直经朱提江，下上跻攀，伛身侧足。又有黄蝇、飞蛭、毒蛇、短狐、沙虱之类。石门外第三程至牛头山，山有诸葛古城，馆临水，名马安渡③。达案：《新唐书·地

---

① 由上文可知，隋初刊记当至"偏梁桥阁"为止，而"通越析州、津州，盖史万岁南征出于此"为误录之语。又"越析州今西洱河东一日程，越析州咨长故地也。津州未详其处"为樊氏注记之文。

② 向氏作"南诏立功，归化朝廷，发使册命"宜为"南诏立功归化，朝廷发使册命"。

③ 万斗云言津州，大关黄葛当之。朱提江横江也。马鞍渡即今大湾。

理志》戎州开边注作马鞍渡。上源从阿等路部落，达案：此处之阿等路部落与下文之阿竿路部落当是一地，等竿二者，必有一误，以无可校，姑仍其旧。绕蒙夔山，又东折与朱提江合。第五程至生蛮阿旁达案：原本脱旁字，兹引《新唐书·地理志》戎州开边注补。部落。第七程至蒙夔岭，岭当大漏天，直上二十里，积阴凝闭，昼夜不分。从此岭头南下八九里，青松白草，川路渐平。第九程至鲁望，即蛮汉两界①，旧曲、靖之地也。曲州、靖州废城及邱墓碑阙皆在。依山有阿竿路部落。过鲁望第七程至竹子岭。②岭东有暴蛮部落，岭西有卢鹿蛮部落。第六程至生蛮磨弥殿③部落。此等部落，皆东爨乌蛮也。男则发达案：《太平御览》卷七百八十九引《南夷志》暴蛮等部落条，此处无发字。《御览》引《南夷志》即本书别名。以下用《御览》校。髻，女则散发。见人无礼节拜跪，三译四译，达案：《御览》引无四译二字。乃与华通。大部落则有大达案：此大字原本无，据《御览》引补。鬼主。百家二百家小部落，亦有小鬼主。一切信使鬼巫，用相服制。土多达案：自家小部落以下至土多凡二十一字，原本脱去，兹依《御览》引补。牛马，案：此句未详。达案：本书此处有脱简。兹依《御览》所引补正，则俱可通矣。无布帛，男女悉披牛羊皮。第九程至制长馆，于是始有门阁廨宇迎候供养之礼，皆汉地④。凡从鲁望行十二程，方始到柘东。

黎州南一百三十里有清溪峡，乾元二年置关。关外三十里即巂

---

① 鲁望川即喻官川，今威宁也。时归唐辖，过之则南诏地也。曲、靖州在昭通，邱墓碑阙皆在。靖州或今靖安。又马安渡在洒鱼河，上源从阿竿部落绕蒙夔山，则阿竿当在昭通苏甲蒙夔岭，今之土城也。

② 过鲁望第七程当作第二程。竹子岭即界江山，在今哲觉潋柔池即者海。

③ 磨弥殿即寻甸旧营。

④ 向氏云："上文谓望为蛮汉两界，此处之制长馆距鲁望已有九程，犹是汉地，前后文意不符，不知何故。"按：方国瑜云，当作"皆类汉地"。是也。

州界也。行三百五十里至邛部川，故邛部县之地也。下南一百三十里至台登，西南八十里至普安城，剑南西川节度使重兵大将镇焉。台登直北去保塞城①八十里，吐蕃谓之北谷。天宝以前，嶲州柳强镇也。自入吐蕃更增修崄，因城下有路，向曩恭地②。谷东南一百三十里至罗山城③，天宝以后吐蕃新筑，非国家旧城。贞元十年十月，西川节度兵马与云南军并力破保塞、大定，献俘阙下。十一年正月，西川又拔罗山，置兵固守。邛南驿路由此遂通。台登城直西有西望川④。行一百五十里入曲罗。泸水从北来，至曲罗萦回三曲⑤。每曲达案：原本脱曲字，据文义应有曲字始通，因补。中间皆有磨些部落，以其负阻深险，承上莫能攻讨。案：承上，蛮官名，见后文。泸水从曲罗南经剑山之西，又南至会同川。边水左右，总谓之西蛮。邛部东南三百五十里至勿邓部落，大鬼主梦冲地方阔千里⑥。达案：《御览》卷七百八十九勿邓条引《南夷志》此处，宋本作地方千里。《鲍本》千里作十万里。疑以宋本为是也。邛部一姓，白蛮五

---

① 黎州即今汉源，清溪峡在海棠镇，邛部川即今越西，台登即今泸沽，普安即今礼州，保塞城即今冕宁。

② 《新唐书·南诏传》云，贞元十五年十月，"吐蕃引众五万自曩贡川分二军攻云南"。按：此处之曩恭地当即《新唐书·南诏传》所记之曩贡川也。

③ "谷东南"，疑为"谷西南"之误。即罗山，城为今之泸宁。

④ 《新唐书·南诏传》云，贞元十五年十月，"赞普以舅攘都罗为统，遣尚乞力、欺徐滥铄屯西贡川"。按：西贡川即本书此处之西望川，则疑西望川当是西贡川之误。

⑤ 三曲者冈曲、定曲、硕曲也。

⑥ 邛部川在安宁河上源，其东南三百五十里至勿邓，则勿邓当在昭觉也。万斗云言：勿邓者以孤竹为姓也。

姓，乌蛮初止五姓①，在邛部、台登中间，皆乌蛮也。达案：初止以下十五字，《御览》引《南夷志》无。又案：《新唐书》卷二百二十二下《南蛮传·两爨蛮传》纪及勿邓云："勿邓地方千里，有邛部六姓，一姓白蛮也，五姓乌蛮也。又有初裏五姓，皆乌蛮也。居邛部、台登之间。"文意与本书略异。本书纪邛部一姓，白蛮五姓，乌蛮初止五姓，即最初止有五姓乌蛮也。据《新唐书》，则邛部六姓以外，尚另有称为初裏之五姓乌蛮。两说颇有出入。以无他证，仅志此存疑。乌蛮达案：原本脱"乌蛮"二字，兹据《御览》引《南夷志》补。妇人以黑缯达案：《御览》引此，宋本作白黑缯，《鲍本》作墨缯。疑两本俱有讹误，应依本书正之。为衣，其长曳地；白蛮妇人以白缯为衣，下不过膝。达案：白蛮妇人以下十三字原本脱去，兹据《御览》引《南夷志》补。又柬、钦两姓在北谷，皆白蛮。三姓皆属梦冲。②内受恩赏于国，外私于吐蕃。贞元七年，节度使韦皋使巂州刺史苏隗杀梦冲，因别立大鬼主。勿邓南七十里有两林

① 以《新唐书》校之，"初止"为"初裏"之误。向达《校注》读为"邛部一姓，白蛮五姓，乌蛮初止五姓"，释曰："乌蛮初止五姓，即最初止有五姓乌蛮也。"此说不可从。若依向氏之说，此文不可解，此乃向氏不察"初止"为"初裏"之误耳。向氏又谓："据《新唐书》，则邛部六姓以外，尚另有称为初裏之五姓乌蛮。两说颇有出入。以无他证，仅志此存疑。"按：谓"无他证"为不当，本卷上文即有"至荣水驿八十里，至初裏驿三十五里，至台登城平乐驿四十里"，此初裏驿就在邛部、台登之间，或以初裏部落居其地而名，或以地叫初裏而为部落名，二者必居其一，然当是初裏部落所居而名地焉。又《新唐书》此处之文当录自《樊志》之文，仅改易其辞而已，则"初止"必为"初裏"之误无疑也。

② 此处之"又柬、钦两姓在北谷，皆白蛮。三姓皆属梦冲"，显有脱误。《名类》第四云："粟栗两姓蛮、雷蛮、梦蛮，皆在茫部台登城，东西散居，皆乌蛮、白蛮之种族。"按：茫部当是邛部之误。又《新唐书》"又有东钦蛮二姓，皆白蛮也，居北谷，……又有粟蛮二姓，雷蛮二姓，梦蛮三姓"，按：东钦当是柬钦之误，用此校之，其文当作"又柬钦蛮二姓在北谷，皆白蛮。又有粟蛮二姓，雷蛮二姓，梦蛮三姓，皆属梦冲"，则可通也。

部落。<sup>①</sup>案：此下当有阙文。

---

① 勿邓。方国瑜曰："《新唐书·南蛮传》曰：'勿邓地方千里，有邛部六姓，一姓白蛮也，五姓乌蛮也，又有初裹五姓，皆乌蛮也，居邛部、台登之间，妇人衣黑缯，其长曳地。又有束钦二姓，皆白蛮也，居北谷，妇人衣白缯，长不过膝。又有粟蛮二姓，雷蛮二姓，梦蛮三姓，散处黎、嶲、戎数州之鄙。皆隶勿邓。'……'邛部六姓'为勿邓部落之一个地区。又所谓'初裹五姓居邛部，台登间'者，《樊志》卷一载成都至云南路程曰：'初裹驿至台登城四十里'，知初裹在邛部南九十里，则初裹位于邛部、台登之间，应在今冕山，距泸沽约五十里。《樊志》又载：'初止五姓，在邛部、台登中间。'初止当为初裹之误。惟向达《蛮书校注》释为'最初止有五姓'，故谓与《新唐书》'颇有出入'，以致存疑未决。惟《樊志》误字当据《新唐书》校正之。此初裹五姓又为勿邓部落之一地区。又所谓'束钦二姓居北谷'者，即《樊志》之'台登直北去保塞城八十里，吐蕃谓之北谷'。台登城在今泸沽镇，其北八十里之北谷，应在冕宁县城区，今公路相距三十公里，程途约相当也。又《新唐书·南蛮传》黎、邛二州条曰：'剑山当吐蕃大路，属石门、柳强二镇，置戍守促，以招讨使领五部落，一曰弥羌，二曰铄羌，三曰胡丛，其余束钦、磨些也。'按：《新唐书·南诏传》载：'吐蕃欲悉师出西山、剑山收嶲州。'此西山即西山八国，可知剑山在黎州边外大渡河以西之地，即所谓'剑山当吐蕃大路'者也。石门、柳强二镇，盖设防以拒吐蕃，柳强镇即北谷之堡塞城。石门、柳强二镇领五部落，盖弥羌、铄羌、胡丛三部归石门镇，而束钦、磨些二部归柳强镇，此二部应在今冕宁县北部，而束钦即勿邓部落之束钦两姓也。《樊志》谓束钦两姓在北谷，向达《校注》读作'束、钦两姓'，认为束姓与钦姓，惟束钦当是地名，与邛部六姓、初裹五姓之邛部、初裹为地名者相同也。此'束钦二姓'，又为勿邓部落之一个区域。又所谓'粟蛮二姓、雷蛮二姓、梦蛮三姓，散处黎、嶲、戎数州之鄙'者，《樊志》卷四曰：'粟粟两姓蛮、雷蛮、梦蛮，皆在茫部台登城东西散居。'二书所记地名不同，疑茫部为邛部之误，盖在邛部、台登邻近地区分散而居，惟不能确指也。至于《新唐书》所谓黎、嶲、戎三州，地距戎州城远。或因与邛部东南与戎州属马湖地相接也。此粟蛮、雷蛮、梦蛮为分散之勿邓部落。"（见《中国西南历史地理考释》）

又两林，勿邓城在邛部川，其南七十里，当在今普雄县，而两林所属有九姓，其地当较广，疑包有今甘洛、洪溪之地，惟十低、阿屯、亏望之分境不能详也。在建昌城山上，以距两林南二百里核之，则为建昌东境山区，在今昭觉县之北境，其地属嶲州，故谓丰巴蛮本出嶲州百姓也。

按：《云南界内途程第一》所记：自交趾城至安宁城途程，为樊绰在安南访闻所得之记录；自戎州经石门至拓东途程当录袁滋《云南记》行程；自成都府至阳苴哶城及黎州至台登之途程，当据韦皋《开复西南夷事状》。又《山川江源第二》至《南蛮疆界接连诸蕃夷国名第十》之九卷录自袁滋《云南记》，而袁滋所记又录自南诏所编《云南图志》焉。其中有樊绰根据传闻所得附益之文，如有关太和、大中年间事就是。也有据其亲见注记之文，如咸通年间事，然而不多。又末卷所录，除袁滋册南诏事，来自袁滋《云南记》外，异牟寻《誓文》及赵昌奏状为其所得之文献资料。黔、泾、巴、夏四邑之材料为在夔州所记附录，此书资料来源大概如此。

达案：两林部落原本作两姓部落，《新唐书·两爨蛮传》云："勿邓南七十里有两林部落。"本书卷四丰巴蛮条亦作两林。故此处之两姓必为两林之误，因为改正。《蛮书》本处纪及邛部、台登间诸种落，误文脱简不一而足。其有可以依据《御览》所引《南夷志》补正者，俱已随文刊落。尚有文字脱落以至不可通者。如柬、钦两姓在北谷皆白蛮下接三姓，即不可通。卷末两林部落下，四库馆臣案语疑有阙文。今校以《新唐书·两爨蛮传》，即可审本书脱误，因录附卷末，以资参考。《新唐书》文云："勿邓地方千里。有邛部六姓，一姓白蛮也，五姓乌蛮也。又有初裹五姓，皆乌蛮也。居邛部、台登之间。妇人衣黑缯，其长曳地。又有东钦蛮二姓，皆白蛮也，居北谷，妇人衣白缯，长不过膝。又有粟蛮二姓，雷蛮二姓，梦蛮三姓，散处黎、巂、戎数州之鄙，皆隶勿邓。勿邓南七十里有两林部落，有十低三姓，阿屯三姓，亏望三姓隶焉。其南有丰巴部落，阿诺二姓隶焉。两林地虽狭，而诸部推为长，号都大鬼主。勿邓、丰巴、两林皆谓之东蛮。"

# 卷二　山川江源第二

　　金马山在柘东城螺山南二十余里，高百余丈，与碧鸡山东南西北相对。土俗传云，昔有金马，往往出见。山上亦有神祠。从汉界入蛮路出此山之下。螺山遍地悉是螺蛤，故以名焉。

**补注：**

　　方国瑜《中国西南历史地理考释》："螺山者，《南诏德化碑》载'螺山大鬼主爨彦昌'，为西爨诸部首领之一。万历《云南通志》卷二云南府名山曰：'螺山，在府城北，山无草木，山石色青，盘旋如螺髻然。滇池望之，唯此山与碧鸡独高。'按：今大普吉后山……向达《蛮书校注》以为今昆明城内之圆通山，此山亦名螺峰，然与《樊志》所载金马山在螺山南二十余里不相符。"

　　碧鸡山在昆池西岸上，与柘东城隔水相对。从东来者冈头数十里已见此山。山势特秀，池水清澹。水中有碧鸡山，石山有洞庭树，年月久远，空有余本。

　　玷苍山。案：玷，《唐书》作点。达案：闻在宥云，以玷点互写观之，知唐时此字必有m尾。南自石桥，北抵登川，长一百五十余里，名为玷苍。直南北，亦不甚正。东向洱河，城郭邑居，棋布山底。西面陡绝，下临平川。山顶高数千余丈，石棱青苍，不通人路。夏中有时坠雪。达案：夏中有时坠雪，原本作冬中有时坠雪。李荣陛《黑水考证》卷四云，冬当作夏。其说是也。因据改。

**补注：**

向氏注引《广志》阜山文谓"吊鸟山传说，今犹流行于大理，地在上关之化甸坝。《广志》所云之阜山，非点苍山莫属也"。按：方国瑜《中国西南历史地理考释·西汉至南朝时期西南地理·山川名称》吊鸟山云，万历《云南通志》卷二大理府山川曰："凤羽山，一名鸟吊山，在浪穹县（今洱源）西南三十里，世传凤凰死于此。九月，百鸟啁啾来朝，土人网之，多异羽。"盖自古相传，改其山名为凤羽山也。向达《蛮书校注》卷二玷苍山谓："《广志》所云之阜山，非点卷山莫属也。"又谓"吊鸟山地在上关之花甸坝"，所说非也，穆药作《吊鸟山考》已辩之（文载云南《学术研究》杂志1963年11月）。

**囊葱山** 达案：《新唐书》囊作曩。在西洱河东隅，河流俯啮山根。土山无树石。高处不过数十丈。面对宾居、越析。山下有路，从渠敛赵出登川。

**补注：**

方国瑜《中国西南历史地理考释》南诏山川囊葱山云："《樊志》卷三曰：'宾居去囊葱山一日程。'按：此即洱海东岸之山也。万历《云南通志》卷二大理府曰：'玉案山在叶榆河东崖上，有刻曰：此水可当兵十万，昔人空有客三千。'此玉案山，似可释为囊葱山。至于崖上刻文，据张咏《云南风土记》引《宋诗纪事》谓：原是李鹤田在江阴之题联，不知何人移刻洱河也？"

高黎共山在永昌西，下临怒江。左右平川，谓之穹赕，汤浪加萌所居也①。草木不枯，有瘴气。自永昌之越赕，途经此山，一驿在山之半，一驿在山之巅。朝济怒江登山，暮方到山顶。冬中山上

---

① 此处向氏读作"谓之穹赕，汤浪加萌所居也"，似不妥当，下文云"秋夏又苦穹赕，汤浪毒暑酷热"，汤浪未与加萌连用，知为二部。又城镇第六"铁桥城条云：'见管浪、加萌、于浪、传兖、长裈、磨些、扑子、河人、弄栋等十余种。'则"浪"字上当脱"汤"字，（本段文字有脱误，说见后）则此句当作"谓之穹赕，汤浪（顿号）加萌所居也"。

积雪苦寒，秋夏又苦穹赕、汤浪毒暑酷热①。河赕贾客在寻传羁离未还者，为之谣曰："冬时欲归来，高黎共上雪。秋夏欲归来，无那穹赕热。春时欲归来，平中络赂绝②。"络赂，财之名也。

大雪山在永昌西北。从藤充过宝山城，又过金宝城以北大赕，周回百余里，悉皆达案：《御览》卷七百八十九大赕条引《南夷志》，皆作是。野蛮，无君长也。③达案：《御览》引无也字。地有瘴毒，河赕人至彼达案：《御览》引无彼字。中瘴者，十有八九死。达案："十有八九死"一语，《御览》引作"十死八九"。阁罗凤尝使领军将于大赕中筑城，达案：《御览》引此语作阁罗凤尝遣使筑城于彼。管制野蛮。不逾周达案：《御览》引无周字。岁，死者过半。遂罢弃不复往来。达案：《御览》引无不复往来四字。其山达案：《御览》引无山字。土肥沃，种瓜达案：《御览》引无瓜字。瓠长丈余，冬瓜亦然，皆三尺围。又多薏苡，无农桑，收此充粮。三面皆是达案：是原本作占，兹据《御览》引改正。大达案：《御览》引无大字。雪山，其高处达案：《御览》引无处字。造天。往往有吐蕃至赕④货易，云此山有路，去赞普牙帐不远。

---

① 方国瑜《中国西南历史地理考释·南诏山川》高黎贡山云：《樊志》所记为永昌至越赕（今腾冲），过高黎贡山。所谓穹赕、汤浪，疑即潞江坝。

② 此处"平中络赂绝"句中之平字难解，《云南备征志》本作"囊"，是也。又赵吕甫据《滇载记》已改作"囊"。所谓络赂，财之名也，当为通用之货币焉。

③ 此处向氏读作"又过金宝城以北大赕，周回百余里，悉皆野蛮，无君长也"。据文义似宜作"又过金宝城以北，大赕周回百余里，悉皆野蛮，无君长也"。

又大雪山下大赕之位置，方国瑜《中国西南历史地理考释·南诏山用》大雪山云："所谓'大赕周回百余里'，且'去赞普牙帐不远'，则当是今之坎底。《樊志》卷六永昌城曰：'西北去广荡城六十日程。广荡城接吐蕃界，隔候雪山。'又丽水城曰：'广荡城，接吐蕃界，北对雪山。'此广荡城，当在大赕。则所谓大雪山者，即迈立开江上游之大山，多高耸积雪，惟不能确指也。"

④ 此处"往往有吐蕃至赕货易"句之赕字上，据上文当脱"大"字，即应是"往往有吐蕃至大赕货易"。

又有水，源出台登山，南流过嶲州，西南至会州、诺赕与东泸水合。达案：原本无水合二字，《琳琅本》补校云，与东泸下当有水合二字，句法见下文云云，因据补。古诺水也。源出吐达案：原本无吐字，《琳琅本》补校云，源出蕃中节度北，蕃上当有吐字，句法亦见下文。其说是也。因据补。蕃中节度北，谓之诺矣江，南郎部落①。又东折流至寻传部落，与磨些江合。②源出吐蕃中节度西共笼川牦牛石下，故谓之牦牛河③。环绕弄视川，南流过铁桥上下磨些部落，即谓之磨些江。至寻传与东泸水合。东北过会同川，总名泸水。

达案：《蛮书》此处文句讹脱，致不可通。窃疑又有水源出台登山句，又有下当脱一字，或即是孙字。古诺水也上应有东泸水三字，与磨些江合下

① 诺赕即会理，东泸水即雅砻江。又"南郎部落"，赵吕甫《校释》改作"南流过邛部川"。再有"又有水"，当指的是安宁河。

② 向达《校注》名类第四寻传蛮条注云，寻传住于今滇西，"唯本书卷二记东泸水，谓诺矣江自蕃中流出至寻传部落与磨些江合云云。是又以寻传为在金沙江上游也。兹并识诸说，以待续考"。按：方国瑜《中国西南历史地理考释·初唐州县地名考释》嶲州都督昌明云：《新唐书·地理志》昌明县下注曰："贞观二十二年开松外蛮，置牢州及松外、寻声、林开三县。永徽三年州废，省三县入昌明。……所谓松外蛮双舍，樊绰《云南志》卷三越析诏曰：'诏主波冲兄子于赠，提携家众走，东北渡泸，邑龙佉沙，（《新唐书·南诏传》沙字作河）方一百二十里，周回石岸，其地总谓之双舍。'知双舍在泸水（金沙江）之北。又《樊志》卷六昆明城曰：'正南至松外城，又正南至龙怯河。'又曰：'昆明双舍至松外以东边近泸水，并磨些蛮种落所居之地。'按：《樊志》之龙怯河在松外之南，即双舍也。双舍与松外并在泸水之西，此为东泸，亦即雅砻江也。《新唐书·地理志》所谓松外、寻声、林开三县，疑寻声即双舍之音字，声与舍有阴阳声之别，然彝语无阳声，故译音往往不分。《樊志》卷二曰：'诺水至寻传部落与磨些江合。'又曰：'磨些江至寻传与东泸水合。'此磨些江即金沙江，而东泸水即雅砻江，可知寻传在二水合流之西部，疑寻传即寻声，亦与双舍之音相近。由以上考证，松外、寻声在今盐边地，晋之东姑复县，龙佉河疑今盐边境内之龙罗河，双舍（寻声）在今盐边县城东南，而松外尚在其北，林开盖在其西也。"其释精审，则此处之寻传必为寻声之误无疑，而寻声即双舍也，于是此段文字于意于事全通也。又万斗云称：寻唐音转，谓水也，舍即些，乃磨些江之简称。盖仡濮也。今雅砻江西尚有鲜水河，夷名当作唐鲜，盖亦寻声也。

③ 牦牛河即通天河，弄视川即贡觉。

当重磨些江三字。

**蜀忠武侯**达案：《御览》卷七百八十九南泸条引《南夷志》无"忠武侯"三字。**诸葛亮伐南蛮，五月渡泸水**达案：《御览》引无水字。**处，在弄栋城**达案：《御览》卷一千蓳苴条引此无城字。**北，今谓之南泸。两岸葭苇**达案：原本无苇字。《御览》卷七百八十九引葭苇二字俱脱，《御览》卷一千引作葭苇，兹据补苇字。**大如臂胫。**达案：《御览》卷七百八十九及卷一千引俱作大如臂，无胫字。**川中气候常热，虽方**达案：方原本作至，兹据《御览》引改。**冬行过者，皆袒衣流汗。又东北入戎州界，为马湖江。**达案：原本无江字。《舆地广记》卷三十巂州会川县泸水出曲罗，东下三百里，始曰泸水。两峰有杀气，暑月旧不行。故诸葛亮表言五月渡泸，深入不毛也。其水下合绳水、若水、孙水、淹水，迳马湖，总曰马湖江。东北至叙州与岷江合。是此处马湖下当脱一江字，兹为补入。**至开边县门，**达案：开边原作关边。据两《唐书·地理志》，戎州属县有开边而无关边，则此处关字必系开字之误，因为改正。**与朱提江合流，戎州南城入外江。**①达案：戎州原本作戎门，戎门南城入外江，文义不明。今宜宾即古戎州，金沙江流至宜宾城南与岷江合，今古形势大致不殊。此句本意系与朱提江合流后，至戎州城南入外江。则原本戎门必系戎州之误，因为改正。

**昆池在柘东城西，南北百余里，东西四十五里。**案：此四字疑衍文。达案：方国瑜云，某君校此，以为全句应是昆池在柘东城西，南北百余里，东西四十五里。原本脱去北及东西诸字，致不可通，非有衍文也。其说

---

① "与朱提江合流，戎州南城入外江"当作"与朱提江合，流〔至〕戎州南城入外江"。

甚是，因据补北及东西三字①。水源从金马山东北来。柘东城北十数余里官路有桥渡此。水阔二丈余，清深迅急，至碧鸡山下，为昆州，因水为名也。②土蛮亦呼名滇池。案今晋宁川中，自有大池在东南，当是滇池。水不可呼池，乃蛮不能别。③滇池水亦名东昆池。西南绕山，又西北池流为河，过安宁城下。亘水东西有桥三十，一阔长三百余步。④徒行七日程，与泸水合。

又量水川在滇池南两日程，达案：《御览》卷七百八十九量水川条引《南夷志》程作行。汉旧黎州也。达案：《御览》引也作地。川中有大达案：《御览》引大作天。池，其水东达案：《御览》引东作南。泄。⑤达案：《御览》引泄作流。流处达案：《御览》引无流处二字。出一石窦中，水流达案：原本作流水，兹据《御览》引乙正。甚广，石窦甚狭。

---

① 原文脱"北""东西"诸字，向达据改，惟此乃方国瑜眉批李永清《蛮书校注》之文。向达未明白言其出处耳。

② "柘东城北十数余里官路有桥渡此。水阔二丈余，清深迅急，至碧鸡山下，为昆州，因水为名也。"按：向达作此断读为不当。上文云，昆池水原从金马山东北来，知官路经其水有桥渡，而有"此水阔二丈余"云云。则"此"字不宜断上，应属下。又此水至碧鸡山，即为昆州，非以水名昆州，是以昆州名此水为昆池，则"因水为名"之"因水"二字为误倒，据此本段文字宜作"柘东城北十数余里官路有桥渡，此水阔二丈余，清深迅急，至碧鸡山下为昆州，水因为名也"。

③ "案今晋宁川中，自有大池在东南，当是滇池。水不可呼池，乃蛮不能别。"此处文字有脱误，方国瑜云"东南二字当是东北之误"，因滇池在晋宁东北，不在东南。又"不可呼池"之"池"字上当夺一"昆"字，因指昆池耳。则向达读如是读为不当。应作"案：今晋宁川中，自有大池在东北，当是滇池水，不可呼昆池，乃蛮不能别"。

④ "亘水东西有桥三十，一阔长三百余步。"按：此句难解，向氏断句为不当。"阔"字疑是"孔"字之误，方国瑜曰：此句应作"亘水东西有桥，三十一孔，长三百余步"，是也。

⑤ 向达注据《旧唐书·地理志》及《嘉庆一统志》云："量水川当即指今江川、华宁一带之坝子而言也。川中大池其水东泄，即今抚仙湖，抚仙湖水今东流入南溪河也。"按：方国瑜《中国西南历史地理考释》：《樊志》卷二曰：'量水川在滇池南两日程，汉旧黎州也。'按黎州之境域甚广，惟州治盖在江川（即绛县），即所谓量水川也。"川中大池即星云湖。

土蛮达案：《御览》引误倒作蛮土。云，此窦达案：原本脱此窦二字，兹据《御览》引补入。忽窒达案：窒原本作窦，兹据《御览》引改正。空，则达案：原本无则字，兹据《御览》引补。百姓忧溺。新丰川亦有大池，甚广①。

澜沧江源出吐蕃中大雪山下莎川。东南过聿赍城西，谓之濑水河。又过顺蛮部落。南流过剑川大山之西。澜沧江南流入海。龙尾城西第七驿有桥，即永昌也。两崖高险，水迅激。横亘大竹索为梁，上布簧，簧上实板，仍通以竹屋盖桥。其穿索石孔，孔明所凿也。昔诸葛征永昌，于此筑城。今江西山上有废城遗迹及古碑犹存，亦有神祠庙存焉。

补注：

按：所言之桥即霁虹桥，自古以来为重要通道，古为篾桥，明代改铁索桥，向氏注文征引较多，近代滇缅公路原过功果桥，今在功果桥南霁虹桥北，过桥至保山瓦窑村。又向氏言诸葛南征未至永昌。是也。

又丽水一名禄卑江，案：昇字字书不载。达案：禄卑原本作禄昇，昇字乃卑字之误，因为改正。说见下。源自逻些城三危山下。南流过丽水城西。又南至苍望。又东南过道双王道勿川西，过弥诺道立栅。又西与弥诺江合流。过骠国，南入于海。水中有蛟龙、鳄鱼、乌贼鲫鱼。又有水兽似牛，游泳则波涛沸涌，状如海潮。《禹贡》导黑水至于三危，盖此是也。或云源当是大月河，恐非也。

---

① 向达注云"新丰属南宁州，据本书卷六，在石城南，当即今曲靖附近。今曲靖南五里有东海子，广轮五十里，疑即新丰川大池"。按：方国瑜《中国西南历史地理考释·初唐州县地名考释》南宁州都督云："以地理言之，陆良南部与路南县，在汉、晋为谈槀县，其西与昆泽接壤，故疑唐之新丰县，即兼昆泽、谈槀二县故地。"

**补注：**

丽水，即今缅甸之伊洛瓦底江也。又《南诏德化碑》曰"西开寻传，禄郫出丽水之金"，此禄郫亦作禄卑。伯希和《交广印度两道考》丽水及骠国条曰："《蛮书》卷二曰：丽水一名禄旱江，此旱字疑为卑字之讹，兹改正为禄卑，是亦碑文之禄郫也。"向达《校注》采之，改旱为卑字，此不可从。岑仲勉《唐代滇边的几个地理名称》一文曰："旱为卑讹，非无可能，但各地因方音关系，造作新字，志乘所常见，译为汉字，又未必一律，rawad之促读相当于禄（浊音收声，往往变为喉音收声），旱字从斗，谐声di之重读，近于清音之斗，故禄旱之称不定是禄卑之讹，作卑者，或因不识旱字。"岑氏之说是也。方国瑜言："《樊志》卷六：长傍城临禄旱江，又卷七：禄旱江左右亦有波罗蜜树，并作禄旱江，旱字字书不载（《聚珍版本》校语）。岂至三处并作旱。今《南诏碑》文禄郫之郫字，已剥蚀不可辨，疑原刻作旱，因不见于字书而改为形近之卑，又改作郫耳，旱字应读如斗，《后汉书·西南夷哀牢传》曰：'南下江、汉，击附塞夷鹿茤。鹿茤人弱，为所擒获。'（亦载《华阳国志·南中志》）李贤注曰：'茤音多，其种今见在。'盖即禄旱也。禄旱出丽水之金，故元、明称大金沙江。张机《南金沙江源流考》即禄旱江，称云南之金沙江为小金沙江。有以为云南之金沙为禄旱江之丽水者，不知古地理之言，不足辩也。吴承志《贾耽记边州入四夷道里考实》卷四曰：'南诏丽水为大盈江'，此更不通之论也。"按：据上所引，当是旱字。

又弥诺江在丽水西，源出西北小婆罗门国，南流过泇畎苴川。又东南至兜弥伽木栅。分流绕栅，居沙滩南北一百里，东西六十里。合流正东，过弥臣国，南入于海。

**补注：**

弥诺江，方国瑜云："应即今钦敦江也。源出缅甸北部拿戛山，南流至蒲甘北名杨入伊洛瓦底江，其入口处分二流，成三角洲，盖即《樊志》所谓分流绕栅成沙滩也。兜弥伽木栅即在其处。《樊志》：'丽水，西与弥诺江合流。'则弥诺江'合流正东'句，当作'正东与丽水合流，而后过弥臣国南入于海'也"。（见《地理考释》）

# 卷三 六诏第三

六诏并乌蛮又称八诏。盖白崖城达案：白崖城原本作白岩城，《闽本》白误作自。《琳琅本》校讹以本书卷四作白岩，而卷三此下，卷五、卷七、卷十又俱作白崖，因云："详玩三卷首页文义，白岩、白崖，均为时傍所居，未识一地存二名，抑白岩均当作白崖否，谨附识于此以俟考。"铃木俊则据两《唐书·高丽传》中之白崖城在《通鉴·唐纪》中俱作白岩城，因谓《蛮书》之白岩、白崖，实即二地云云。因改为白崖，以归一律。时傍及剑川矣罗识二诏之后①，开元元年中，达案：疑衍一元字，盖在开元年中，以无他证，姑仍其旧。蒙归义攻石桥城，阁罗凤攻石和，亦八诏之

---

① 本节文字，六诏又称八诏，白崖、剑川亦称为"二诏"，而石桥、石和亦八诏之数，前后抵牾。按：《新唐书·南蛮传》作"先是有时傍矣罗识二族"。又周煇《清玻杂志》卷上亦作"二族"（按：此说当本《新唐书》。而《新唐书》又采自《樊志》之文）后文称时傍、矣罗识俱求立诏而未果，故疑此处"二诏"之诏字为"族"字之误，即应作"时傍及剑川矣罗识二族之后"。又此节文字拟读作"六诏并乌蛮，又称八诏，盖白崖城时傍及剑川矣罗识二族之后"。六诏、八诏、乌蛮非专用名称也。

数也①。

时傍母，蒙归义之女②，其女复妻阁罗凤。案：《新唐书·南诏传》云，时傍母，归义女，其女复妻阁罗凤。据其文则此妻字上应有其女复三字，盖原本脱误。达案：其女复三字原本无，兹依四库馆臣校语补。初，哔罗皮既败，时傍入居邆川，达案：邆川原本作邆州，据本书卷五应是

---

① 向达注云："石桥城即龙尾城。"按：方国瑜《中国西南历史地理考释》云："石桥城者，《樊志》卷二曰：'玷苍山（《新唐书·南诏传》作点苍山）南自石桥，北抵登川（即邆川），长一百五十里'，则石桥在点苍山之南端，即今之天生桥，在龙尾关西五里，绝壑深堑，石梁跨之，西洱河水经其下，激水溅珠，有'不谢梅'之称，石桥城盖在其附近。"所言是也。本书卷一通海途程纪龙尾城、清溪关途程纪龙尾城，其后又多次记有龙尾城，盖龙尾城之名早已有之，而此石桥城虽距龙尾城仅五里，然别为一城，此可得而说者。又向达注云，铃木俊谓样备即邆赕诏，从地望言，即是邆赕诏之别名，大致可信。按：方国瑜《中国西南历史地理考释·六诏地名》云："《樊志》卷五曰：'蒙舍北有蒙嶲诏，即杨瓜州（一作阳瓜州）也，同在一川。'按：所谓'同在一川'，即同在一平原，而蒙嶲在蒙舍之北，蒙舍在今巍山（蒙化）城区，则蒙嶲在今巍山北部之地，有阳瓜江流贯之。《樊志》称蒙嶲为最大，则今嶲山西北之漾濞亦应为蒙嶲地。盖五诏所领不过数十里，而蒙嶲诏独广也。窦滂《云南别录》无蒙嶲诏，有样备诏，疑样备即蒙嶲，因在漾濞江上得名，样备即漾濞同音字也。漾濞江之名，已见于刘肃《大唐新语》，即今之漾濞也。……向达《蛮书校注》引铃木俊说样备诏当以漾濞江得名，从地望言，即是邆赕诏之别名，蒙越与蒙嶲当即一地。向达以为铃木所云大致可信。然邆赕南去龙口（大理上关）十五里，而以为与漾濞同地望，与地理实际不符，又蒙越与蒙嶲，虽蒙字相同，别无可证，岂能谓'大致可信'乎？又杨慎《滇载记》、诸葛元声《滇史略》、王崧本《南诏野史》，并释蒙嶲诏在四川建昌，盖因建昌古为越嶲郡地，与蒙嶲之名相近而释之，非有所本。"按：石桥城非龙尾城，则为沙桥城乎？
又向达谓"阁罗凤攻石和城，俘施各皮。是石和城即施浪诏。"按：施浪诏与石和城有关系，然施浪在今洱源县地，石和在今凤仪地，一南一北，相距甚远，"石和城即施浪诏"，则谬也。
又向达谓：铃木"越澹之为施浪，尚有可疑"，如以越澹即越赕（腾冲府地），施浪既未尝渡怒江而西，则窦滂之说不可尽据。云云。按：方国瑜《中国西南历史地理考释·六诏地名》云："窦滂《云南别录》有越澹诏，无邆赕诏，疑越澹即邆赕也。按：《广韵》：'赕，吐滥切'，'澹，徒滥切'，并在阚韵，声钮'透'、'定'亦相近，则赕、澹为同音异字。又越、邆字形近，疑传抄者因邆字少见而误。"其言是也。
② 方国瑜云"时傍母，蒙归义之女"，疑是"时傍母，蒙归义之姑"，是也。

遵川之误，因为改正。**招诱上浪**①，得数千户。后为阁罗凤所猜，遂迁居白崖城。及剑川矣 达案：原本无矣字，据上文剑川矣罗识之例，则此处应脱矣字，因为补入。罗识与神川都督言语交通，案：原本川都督上脱神字，今据《新唐书》补入。时傍与其谋，俱求立为诏。谋泄，时傍被杀害。矣达案：原本无矣字，依上例补入。罗识北走神川，神川都督送之达案：原本无之字，据《新唐书·南诏传》补入。罗些达案：原本些下有二字，兹依《新唐书·南诏传》删。城。案：此条虽不标诏名，据上文则时傍及罗识亦在诏数也。达案：馆臣案语中之罗识亦应作矣罗识。

**蒙嶲一诏最大。初嶲辅首卒**，案：辅原本作转，今从《新唐书·南诏传》改正。**无子。源罗子年弱，及照源在南诏，蒙归义密有兼吞之意，推恩啖利，源众归焉。居数月，俘照源及源罗子，遂并其地。**

**补注：**

按：赵吕甫《校释》据《新唐书》《滇史略》在"无子"下补"弟佉阳照立。佉阳照死，子照源立，丧明。子"十六字。

**越析，一诏也。亦谓之磨些诏。部落在宾居，旧越析州也。去囊葱山一日程。有豪族张寻求**，案：张原本作帐，今从《新唐书·南诏传》改正。**白蛮也。贞元中**②**通诏主波冲之妻，遂阴害波冲。剑南节度巡边至姚州，使召寻求笞杀之。遂移其诸部落，以地并于南诏。**

---

① 方国瑜言此处之"上浪"，疑是三浪之误。是也。按：邆赕、浪穹、施浪三诏，下文云："总谓之浪人，故云三浪诏也。"此处言哶罗皮败北，时傍入邆赕，招引者当是三浪之人。而上浪之名，除此处之外，均未再现，则上浪当是三浪之误矣。

② 赵吕甫《校释》将"贞元"改作"开元"。是也。

**波冲兄子于赠提携家众出走，天降铎鞘**①。案：铎鞘乃兵器，据后《物产篇》内有越析诏于赠天降铎鞘云云。疑此走字上当有出字，降字上当有天字。达案：原本作走降铎鞘，兹依四库馆臣校语，补入出字天字。**东北渡泸，邑龙佉沙**，达案：《新唐书》卷二百二十二中《南蛮传·越析诏传》作龙佉河。**方一百二十里**，达案：方一百二十里，《新唐书·越析诏传》作才百里。**周回石岸，其地总谓之双舍。于赠部落亦名杨堕，居河之东北**。②**后蒙归义隔泸城临逼于赠，再战皆败。长男阁罗凤自请将兵，乃击破杨堕，于赠投泸水死。数日始获其尸，并得铎鞘。**

**浪穹**③，**一诏也。诏主丰时**④、**丰咩兄弟，俱在浪穹。后丰咩袭邆赕居之，由是各为一诏。丰时**达案：丰时，据《张曲江文集》作郎傍时。曲江文见下注。**卒，子时罗铎**达案：时罗铎原本作罗铎。《琳琅本》补校云："按下条丰咩之子名咩罗皮，此条丰时之子，亦当名时罗铎，说见后。"其说甚是，因补时字。**立。时罗铎卒，子铎逻望立，为浪穹州刺史。与南诏战败，以部落退保剑川，故盛称剑浪。卒，子望偏立。望偏卒，子偏罗矣立。偏罗矣卒，子矣罗君立。**案：《新唐书·南诏传》，望偏死，子偏罗矣立，偏罗矣死，子罗君立，与此不同，疑此文有脱误。达案：《琳琅本》补校云："按本书所载六诏之君，大率连三字为名，中间皆用罗字。其第三字与第一字累世祖承递嬗。以此推之，丰时之子，当

---

① 铎鞘，四库馆臣按乃兵器，语焉不详。《蛮书》云所指无不洞也。万斗云言：《酉阳杂俎》云中人无血而死，则阴阳成对者也。李家山出土青铜"狼牙棒"盖古所谓铎鞘也。

② 向达注云："此云旧越析州，盖后来越析北徙至今丽江一带也。"按：越析诏地为南诏所并，其部落渡泸邑居龙佉河之双舍地，言之甚明，则非徙至今丽江一带也。

③ 浪穹，在今洱源县地。

④ 向达注引《张曲江文集·敕蛮首领铎罗望书》及《通鉴·唐纪》之文云，郎傍时即丰时，亦即傍时昔，昔字系衍文。按尚可补者，方国瑜言："傍时昔当是诏主丰时，'丰'与'傍'读音相近。"

名时罗铎，铎子名铎罗望，望子名望罗偏，偏子名偏罗矣，矣子名矣罗君。此条与《新唐书》并有脱讹，当互订。"云云。其说信而有征。原本望偏卒下即作罗矣罗君立，显有脱误。因据《琳琅本》校语及《新唐书·浪穹诏传》，参互订正，于望偏卒及矣罗君立之间补入"子偏罗矣立偏罗矣卒子"共十字。贞元十年，南诏击破剑川，俘矣罗君，徙永昌。凡浪穹、邆赕、施浪，总谓之浪人，故云三浪诏也。

邆赕，一诏也。主丰咩①，初袭邆赕，御史李知古案：李原本作为，今据《新唐书》改正。领诏出问罪，即日伏辜②。其子咩罗皮，后为邆赕州刺史，与蒙归义同伐河蛮。达案：河蛮原本作静河蛮，据本书卷四河蛮条、卷五大和城条，当时蒙归义、咩罗皮所伐者实为河蛮。则此处静河蛮之静字必属衍文，因为删去。遂分据大厘城。咩罗皮乃归义之甥

---

① 方国瑜云："咩字，《广韵纸韵》'芊，绵婢切'，《集韵麻韵》'咩，弥嗟切'，读'明声'，疑丰咩即《旧唐书·吐蕃传》中之傍名。"
② 向达注云《新唐书》以唐九征之击姚州即次于知古被杀之后，而《通鉴》则置九征事于中宗神龙三年，知古事于睿宗景云元年。两说不知孰是，谨识疑惑于此。按：方国瑜言："《旧唐书·吐蕃传》曰：'睿宗即位（当是中宗复位之误，在神龙元年）摄监察御史李知古上言：姚州诸蛮，先属吐蕃，请发兵击之，遂令知古征剑南兵，募往经略之。蛮酋傍名，乃引吐蕃攻知古，杀之，仍断其尸以祭天。'"唐九征以神龙三年出兵，次年回师，即在李知古被杀之后，此可知《旧唐书·吐蕃传》载李知古出兵之年"睿宗即位"，应是中宗复位之误，即在神龙元年（公元705年），至三年事败，再命唐九征出兵。《通鉴》录唐九征事在景龙元年（公元707年），李知古事在景云元年（公元710年），先后倒置，即从《旧唐书·吐蕃传》而误。

也。①弱而无谋，归义袭其城夺之。咩罗皮复入邆赕，即与浪穹、施浪两诏援兵伐归义。归义 达案：原本作于时既克大厘筑龙口城，归义闻三浪兵至，率众拒战云云。据上下文及事实，应作归义于时既克大厘，筑龙口城，闻三浪兵至，率众拒战。始与文义事实俱不相违。不知如何归义二字错入闻三浪兵至之上，兹将归义二字移上。于时既克大厘，筑龙口城，闻三浪兵至，率众拒战。三浪大败，追奔过邆赕，败卒多陷死于泥沙之中。咩罗皮从此退居野共川。咩罗皮卒，子皮邆罗邆立。皮罗邆卒，子邆罗颠立。邆罗颠卒，子颠之托立。案：颠之托，《新唐书》作颠文托。南诏既破剑川，收野共，俘颠之托， 达案：此一托字，原本作托，兹依上文及《新唐书》改作托。徙永昌。

① 此处"咩罗皮乃归义之甥也"一语，令人费解。然把本卷有关文字合而观之，似可理出线索。一曰丰时即傍时，丰咩即傍名，丰咩子咩罗皮为归义之甥，且合攻河蛮，则丰时、丰咩家族与蒙舍皮罗阁家族为亲姻关系；二曰"时傍母，蒙归义之姑"，则时傍家族与蒙舍是亲姻关系；三曰"咩罗皮既败，时傍入居邆川"。则时傍与咩罗皮当有亲属关系，且咩罗皮败于蒙归义之夺大厘城，故疑时傍原居于大厘城，城既失而走邆川；四曰不唯蒙舍以名相属，浪穹、邆赕、施浪诸诏亦如是，则疑丰时（即傍时）、丰咩（傍名）为时傍之子；五曰时傍入邆川，"招诱三浪，得数千户。后为阁罗凤所猜，遂迁居白崖"。于是本卷首"盖白崖城时傍"之后云云，似可能为六诏中之邆赕、浪穹诏中被阁罗凤迁居白崖城的时傍族后商，咩罗皮败走野共川，时傍被迁于白崖，时傍欲另立诏，伙同剑川矣罗识勾通吐蕃而被杀。若然，则蒙舍与浪穹、邆赕之亲姻关系甚明，而"咩罗皮乃归义之甥""时傍母，蒙归义之姑""白崖城时傍"族之后，云云，均可解矣。

施浪①，一诏也。诏主施望欠。初阁罗凤据石和城，俘施各皮，而望欠援绝。后与丰咩子咩罗皮达案：原本作丰咩咩罗皮，无子字。丰咩袭邆睒时，即为李知古所诛死，不应此时尚在，与望欠同伐归义也。《新唐书·施浪诏传》只云与咩罗皮合攻归义，不及丰咩，可为证明。故此处丰咩下当脱一子字，因为补入。同伐蒙归义，又皆败溃，退保矣苴和城②。归义稍从江口进兵，胁其部落。无几施望欠众溃，仅以家族之半，西走永昌。初闻归义又军于澜沧江东，去必取永昌，不能容。望欠计无所出，有女名遗南，以色称。却遣使求致遗南于归义，许之。望欠遂渡澜沧江，终于蒙舍。

望欠弟望千，当矣苴和城初败之时，北走吐蕃。吐蕃立为诏，归于剑川，为众数万。望千生千傍，千傍生傍罗颠。达案：千傍生傍罗颠，原本作傍生傍罗颠。卢文弨校云："按上云望千生千傍，则此句上当

---

① 向达注引《读史方舆纪要》、万历《云南通志》云，施浪诏所居即在浪穹之蒙次和山。又秦佩珩《南诏社会经济制度渊源略论稿》谓施浪诏在邓川西南及大理以西的漾濞流域。按：方国瑜《中国西南历史地理考释·六诏地名》云："《樊志》卷三曰：'施浪诏主施望欠'。又卷五曰：'邆川城，初望欠部落居之，后浪穹诏丰咩袭而夺之。'自后施望欠迁至何所，《樊志》无明文，惟当距邆睒不远。《樊志》称'浪穹、邆睒、施浪总谓之浪人，故曰三浪诏。'可见施浪与邆睒、浪穹地理相近也。按：《樊志》邆川城东北有史郎川，史郎音与施浪相近，疑即今邓川城东北之青索乡。杨慎《滇载记》曰：'施浪诏今浪穹县蒙次和之地。'万历《云南通志》卷二：'蒙次和山在浪穹县治东北四十里，三面险峻，一面临河，六诏时施浪诏居焉。'按：《元史·地理志·邓川州》曰：'浪穹，本名弥次，乃浪诏所居也。'此弥次当即蒙次，为浪穹诏地，非施浪诏所居。又按：《新唐书·南诏传》曰：'施浪诏其王施望欠居矣苴和城。'《樊志》载施浪诏望欠与咩罗皮同伐蒙归义，败溃，退保矣苴和城，疑矣为牟字之误。《樊志》又曰：'归义稍从江口进兵，胁其部落。无几，施望欠众溃，仅以家族之半西走永昌。'则牟苴和城在江口，即弥苴河口，牟苴地在今弥苴河口，以弥苴河得名，青索乡即在弥苴河口，名史郎川，一名车苴地也……王崧本《南诏野史》释施浪诏在曲靖，然曲靖在当时为西爨所据地，岂有施浪诏远在其处之理？又窦滂《云南别录》无施浪诏，有蒙越诏，不识为一地而异名，而越为误字否？可能因牟苴作蒙趄，同音异写，又误趄为越也。"则知施浪诏地在邆川城东北之青索乡，不在浪穹东北四十里也。

② 矣苴和城之"矣"字，应是"牟"字之误。

有千字。"其说是也。因据补千字。南诏既破剑川，尽获施浪部落。傍罗颠脱身走泸北。今三浪悉平，惟傍罗颠、矣罗识案：矣识即前所称剑川矣罗识也。达案：原本作矣识，今据补罗字。子孙在蕃中。案：望千虽不标诏名，而列于六诏八诏之间，则以当第七诏也。

**补注：**

"矣"字当是"牟"字讹。又向达本卷首条注谓"石和城即施浪诏，地在渠敛赵"，"施浪诏故地原在渠敛赵之石和城"，云云。而本条注却云浪穹、施浪诸诏俱在今浪穹县。否定了前者，然下条石和城校语则称施浪诏之施各皮与石桥城无关，又加以肯定。是施浪诏故地原在凤仪之石和城，后迁至浪穹？按：向氏对此问题陷入混乱。余以为施浪诏故地当是浪穹，施望欠、施各皮、施望千为兄弟，望欠在牟苴和（青索乡）为施浪诏，施各皮在石和城，为石和诏，疑被丰咩袭据之邆赕为望千所居，根据如下：阁罗凤据石和城，俘施各皮，致使望欠援绝，此援当是兄弟之援，《新唐书·南诏传》施浪诏把据石和城之施各皮与施望欠连在一起；望千则《樊志》明言为望欠弟。又疑施浪诏施望欠兄弟为本卷首所记之剑川矣罗识之后，以名相属，识与施音相近，此其一；本卷首页谓"六诏并乌蛮，又称八诏，盖白崖城时傍及剑川矣罗识二族之后"，浪穹、邆赕二诏为时傍之后，前已言之。矣罗识之后当施浪、石和二诏，而望欠西走永昌，其弟"望千北走吐蕃，吐蕃立其为诏，归于剑川"，亦为其后。

蒙舍，一诏也。居蒙舍川，在诸部落之南，故称南诏也。姓蒙。贞元年中，献书于剑南节度使韦皋，自言本永昌沙壶之源也。达案：沙壶，《华阳国志》卷四永昌郡条同。《后汉书》卷百十六《哀牢夷传》作沙壹。南诏八代祖舍龙，生龙独罗，亦名细奴逻。当高宗时，遣首领数诣京师朝参，皆得召见，赏锦袍锦袖紫袍。细奴逻生逻盛，逻盛生盛逻皮，盛逻皮生皮逻阁，皮逻阁生阁逻凤①。案：《唐

---

① 向达注云："细奴逻以下，原本作细奴逻生逻盛炎，炎生盛逻皮，盛逻皮生阁罗凤。盛逻皮以下直接阁罗凤，而阙皮逻阁一代。《通鉴》卷二百十四《唐纪》：'玄宗开元二十六年九月戊午，册南诏蒙归义为云南王，谓高宗时蒙舍细奴逻初入朝。细奴逻生逻

盛，罗盛生盛逻皮，盛逻皮生皮逻阁。唐赐皮逻阁名为归义。'《考异》卷十三云：'《新传》云，蒙氏父子以名相属。细奴逻生逻盛炎，逻盛炎生炎阁。武后时逻盛炎身入朝，妻方娠，生盛逻皮，喜曰，我又有子，虽死唐地足矣。炎阁立，死。开元时弟盛逻皮立，生皮罗阁，授特进，封台登郡王。炎阁未有子时，以阁罗凤为嗣。及生子，还其宗而名承阁遂不改。按逻盛炎之子盛逻皮，岂得云以名相属？既有炎阁，岂得云我又有子，虽死唐地足矣？今从《旧南诏传》及《杨国忠传》《云南别录》。'案以名相属，义名父子连名制，即以父名末一字为子名首一字。……蒙舍诏既以名相属，则逻盛炎生盛逻皮，盛逻皮生罗凤，不能谓为以名相属。如《新唐书》所说，则逻盛炎生二子，长名炎阁，次名盛逻皮，炎阁尚可云以名相属，盛逻皮则不见相属之迹。至于盛逻皮生子皮逻阁，皮逻阁生子阁罗凤，以阁罗凤嗣炎阁。阁罗凤于炎阁为孙辈，岂可为嗣？又阁罗凤自承其父皮逻阁之名，岂得云名承炎阁？《新唐书》于南诏世系多承《蛮书》之说，是以两书乖谬之处相同，而俱无以自解。其症结俱在逻盛炎一代。后来为调停之论者如《南诏野史》则以为逻盛炎又名逻晟，于是以下之盛逻皮或晟逻皮俱可以豁然贯通矣。《通鉴》出逻盛之名，置逻盛炎、炎阁于不论，下接盛逻皮、皮逻阁。揆之以名相属之例，似更合理。温公于樊绰书外，袁滋、韦齐休、窦滂、徐云虔诸人记述云南之书俱曾寓目，则其所勘定，必非漫无依据。因据其言改定樊氏所述细奴逻以下谱系。于逻盛炎删炎字，盛逻皮生四字下阁罗凤三字上补皮逻阁，皮逻阁生七字。"芹按：万斗云以为贞元中异牟寻上书所言"南诏八代祖舍尨"，包括异牟寻一代，即舍尨、尨独罗、罗盛炎、炎阁、盛罗皮、阁罗凤、凤伽异、异牟寻共八代，则仅据"以名相属之例"尚不足以否定《新唐书》之说，即"舍尨生独逻，亦名细奴逻……细奴逻生逻盛炎，逻盛炎生炎阁……炎阁立，死开元时，弟盛逻皮立，生皮逻阁，授特进，封台登郡王。炎阁未有子时，以阁罗凤为嗣，及生子，还其宗，而名承阁，遂不改"。

又按：关于南诏为哀牢夷之后，论者纷纭；南诏父子连名制，向氏注文仅及连名，未涉不连名者，故给人以偏概全之感。余以为方国瑜先生所论为确。《云南民族史讲义》：樊绰《云南志》卷三曰"蒙舍诏，姓蒙，贞元中，献书于剑南节度使韦皋，自言本永昌沙壶之源也"，乃南诏异牟寻自述其远祖之语。《旧唐书·南诏传》："南诏蛮，本乌蛮之别种也，姓蒙氏。蛮谓王为'诏'，自言哀牢之后，代居蒙舍州为渠帅。"（亦见《册府元龟》卷八五七及卷九五六）《新唐书·南诏传》："南诏本哀牢夷后，乌蛮别种也。"并言南诏为哀牢族，即本南诏自述，当可确信。蒙舍为哀牢族部落，其酋长亦哀牢族，且为哀牢王后裔，故自述如此。蒙舍地在两汉时期为邪龙县，原是昆明族部落，《后汉书·西南夷传》："建初元年（公元76年），哀牢王类牢与守吏忿争，遂杀守令而反叛，攻越嶲唐城（今保山），太守王寻奔楪榆（今大理），哀牢三千余人攻博南（今永平），燔烧民舍……明年春，邪龙县昆明夷卤承等应募，率种人与诸郡兵击类牢于博南，大破斩之。"此可知蒙舍地原为昆明族所居，但自西汉以来已有哀牢族居住澜沧江以东地区，并不断迁至洱海区域，组织部落。《华阳国志·南中志》永昌郡载哀牢沙壹九隆故事，最后说："南中昆明夷主之，故诸葛亮为其国谱也。"按：昆明族非沙壹九隆后裔，惟在昆明族居住区域已有哀牢族组成部落，诸葛亮即为此部落酋长作国谱，其酋长为沙壹九隆之后裔。《南中志》所载，当作如此解释，然不详此部落在何地。

蒙舍地后有哀牢族迁入，且发展部落，年代已相当长久，舍龙即哀牢族大酋，以"蒙"为部落称号，亦即以蒙为姓。初唐纪录在洱海区域酋长名号，有蒙和、蒙俭、蒙羽、蒙崇光，又有没盛、没弄，疑亦蒙之音字，与杨、李、王、赵诸姓不同，疑杨、李诸姓为僰族区域酋长，蒙、没姓为哀牢族区域酋长；可能哀牢族多以"蒙"为号，冠蒙字称人名，成为以蒙为姓，蒙舍诏亦如此，唐赐皮罗阁名蒙归义，蒙姓更加明确，所以《南诏德化碑》说"王姓蒙"，樊绰《云南志》《旧唐书·南诏传》亦说"姓蒙氏"。南诏王名见于记录，亦往往冠以蒙字。南诏臣姓蒙者，可能有为王族，亦有赐姓，如王嵯颠（见《册府元龟》卷九八〇、《唐会要》卷九九、《旧唐纪》太和四年），亦作蒙嵯颠（见《旧唐纪》太和三年、《杜元颖传》、《郭钊传》、《新唐书·南诏传》、灵求《成都记序》）。《新唐书·南诏传》说："弄栋节度王嵯颠立劝利、劝利德嵯颠赐氏蒙。"《旧唐书·南诏传》作"其王蒙嵯颠"者，即以不知本姓王赐姓蒙而误。所见有云南节度蒙酋匆（《樊志》附录），清平官蒙善政（见《文苑英华》卷四七〇），疑亦赐姓。南诏重视其姓，于此可见。

南诏有姓，仿自汉族，父子相传则用连名制。关于父子连名，古籍记录及达十余调查报告，所见资料已甚多，亦不乏论文发表。大抵属于羌语系各族多有此俗，从父子连名辨别亲属关系，对于民族史之研究颇为有益，近人亦多有列论。然此种办法，主要为统治者继承之用，并非所有取名皆如此，故尚不能认为是民族之主要特征，兹作南诏世系表于次：

舍龙—龙迦独—独罗（细奴罗）—罗盛—炎阁—盛罗皮—阁罗凤—凤伽异—异牟寻—寻阁劝┬劝龙晟
├劝利
└丰祐—世隆—隆舜—舜化

此表人名，只丰祐一代非父子连名，《新唐书·南诏传》"丰祐立，慕中国，不肯连名"；《南诏野史·丰祐传》注"石刻作劝丰祐"，《记古滇说集》《云南志略》亦作"劝丰祐"，则其当与父连名而不肯。其子世隆不连父名，当是丰祐有意不用连名，可知南诏用父子连名制为常规，不连名则是例外。

南诏是父系传袭，且重长子，樊绰《云南志》卷三："罗盛入朝，其妻方娠，行次姚州，生盛罗皮；罗盛闻而喜曰，吾且有子承继，身到汉地，死无憾矣。"其望子心切，正是由于父子相传之习尚；且据刘尧汉收录哀牢山彝族宗谱三份，其中两份，细诺罗后一代为罗慎（即罗盛），又一份细诺罗后一代为罗波海，可知罗盛有弟，而盼生子承继，正由重长子之习尚。又《南诏德化碑》称长男凤伽异，则当有次男；《樊志》"凤伽异先死，大历十四年，阁罗凤卒，迦异长男异牟寻立"，祖死以长孙承继，亦可证重长子之习尚。南诏有兄终弟及，乃是特殊情况。《新唐书·南诏传》说："劝龙晟立，淫事不道，上下怨疾，为弄栋节度王嵯颠所杀，立其弟劝利。"《通鉴》"长庆三年，南诏劝利卒，国人请立其弟丰祐"，都是在非常情况之下承继，以争夺而得王位，并非常规，当以长子继承为定制。

南诏王族取名，不尽为父子连名，樊绰《云南志》"长男阁罗凤授特进兼阳瓜州刺史，次男诚节，蒙舍州刺史，次男成进双祝州刺史"，此为皮罗阁四子，唐朝封皮罗阁为云南王，加封其四子官号。四子中，惟长男阁罗凤与皮罗阁连名，余三子均不连名。又

《南诏德化碑》载天宝战争，命长男凤伽异等拒战，又说遣男铎传旧等归属吐蕃；《樊志》附录袁滋册封南诏事，"入龙尾城客馆，南诏异牟寻叔父阿思将大马二百匹来迎"，阿思当为阁罗凤之子。所知阁罗凤三子名，只长男凤伽异与阁罗凤连名，余二子皆不连名。又《册府元龟》卷九七六"贞元十年九月辛卯，南诏蒙凑罗栋来献，凑罗栋，异牟寻之弟也"，《新唐书·南诏传》《资治通鉴》并载贞元十年，异牟寻遣其弟凑罗栋入唐朝；凑罗栋当为凤伽异之子，异牟寻亲弟。其非亲弟兄者，《樊志》附录载"南诏异牟寻与父连名，凑罗栋不连名。如上所举南诏王族取名，并非一定与父连名，连名者只为长子。又寻阁劝三子劝龙晟、劝利、劝丰祐，则并与父连名，而三子并承继王位，其余惟长子承继，故长子连名，此又可知承继王位者连名。丰祐初只名丰祐，既承王位，照习俗当连父名为劝丰祐，不肯。则非原名劝丰祐，而后去劝字。

关于继位连父名，可举一例为旁证，天启《滇志》卷三十《土司官氏》临安府思陀长官司："土官遮比，和泥种（哈尼族），洪武中授副长官，遮亏传亏习，亏习传习宗，习宗传宗白，宗白传白祥；今沿至土含李泰萃。"又"各长官（临安府属有八长）俱本土罗罗、和泥人，原无姓名，各从族汇本语定名，或随世递其父名之末字，更接一字相呼。弘治初，知府陈晟以百姓首二句，司分一姓，加于各名之上，唯纳楼未受"。按：所见记录，有溪处赵姓、钱姓、教化张姓、落恐陈姓，思陀土司姓李，即从此起。《临安府志》"至李秉忠姓李"，自此以后，见于记载者，皆姓李，取名亦不用父子连名，与汉人无异。但闻李呈祥（思陀土司），连名制至今未废，惟对外不用连名，故外人不知耳。哈尼族习惯，长子承继，年已长或父殁，举行承继礼，"取承继名"，即以父名末字更接一字，登记于"宗谱"，以继承连名决定承袭，故举行隆重礼节，然对外只用已有之姓名，盖自有姓以后如此。又举一例，丽江纳西族土官木氏，《宗谱》所载父子连名，止于改土归流；然自阿甲阿得，明朝赐姓木，名木得，自后姓名与汉同，承袭仍用父子连名而不对外，故见于记录只有姓名不用连名。设流官知府后，木氏仍袭土通判，但不再取连名，从上述二例，知连名制之用处，即确定承袭，故同属弟兄，得承袭父职者取连名，不承袭者则不然，此思陀李氏、丽江木氏如此，南诏王族弟兄有与父连名，有不连名，当即以承袭与否而定。

父子连名之名号有多种情况，可能以时以地有所不同，近人已多有列论。南诏王族，连名以表示世系，尤重要者为确定承袭，此属于政治性的，仅限于袭职而连名，非普遍。不得作为民族特征，质言之，不能以连名与否来决定其族属，若然，长子连名，次子以下不连名，将判断为兄弟不同一族属也。又此连名确定承袭之政治作用，不同宗族亦可相互影响，又有可能因时代不同而有改变，不能以连名与否而决定其族属。

书》盛逻皮下尚有皮逻阁一代，此本盖有脱文。**当天后时，逻盛入朝，其妻方娠，行次姚州，生盛逻皮。逻盛**达案：原本作逻盛炎，据上文删炎字。**闻而喜曰："吾且有子承继，身到汉地，死无憾矣！"既至谒见，大蒙恩奖，敕鸿胪安置，赐锦袍金带，缯彩数百匹，归本国。开元初卒。其子盛逻皮立。盛逻皮卒，子皮逻阁立。朝廷授特进台登郡王，知沙壶州刺史，赐名归义。长男阁罗凤授特进兼杨瓜州刺史。**达案：杨瓜州，《南诏德化碑》《新唐书·南诏传》杨俱作阳。《德化碑》纪阁罗凤官勋作唐朝授右领军卫大将军兼阳瓜州刺史加左领军卫大将军，寻拜特进都知兵马大将，酬上柱国。**次男诚节，蒙舍州刺史。**达案：原本作次男成节度蒙舍州刺史。今案本书卷五谓白崖城南二十里有蛮子城，阁罗凤庶弟诚节母子旧居也。《南诏德化碑》云："诚节王之庶弟，以其不忠不孝，贬在长沙，而彼奏归，拟令间我。二也。"则阁罗凤之庶弟原名诚节，当即官蒙舍州刺史之人。原本成字为诚字之讹误，度字乃因上文节字而误衍，因为删正如此。**次男崇，江东刺史**①**，次男成进，双祝州刺史。**达案：崇、成进俱无考。江东疑即河东州，双祝州无考。**初，炎阁未有子，**案：《唐书》炎阁为逻盛炎长子，盛逻皮之兄。**养阁罗凤为子。阁罗凤复归蒙哸，故名承炎阁，后亦不改。**达案：名承炎阁一语之无据，温公《通鉴考异》已详言之矣。本书蒙舍诏一篇前未及炎阁之名，今忽出此，令人有突然之感。南诏谱系见于本书者舍龙、细奴逻、逻盛或逻盛炎、盛逻皮、炎阁、阁罗凤、凤伽异、异牟寻、寻梦凑一名寻阁劝、世隆本书作酋龙。除舍龙、凤伽异外，自细奴逻至舜化贞十三代。新、旧《唐书》《通鉴》有皮逻阁而无炎阁。兹取两《唐书》及《通鉴》之说。**天宝四载，阁罗凤长男凤伽异入朝宿卫，授鸿胪少卿。七载，蒙归义卒，**案：《唐书》蒙归义即皮逻阁，乃唐所赐名也。**阁罗凤立，朝廷册袭云南王。以**

---

① 向达注云："江东疑即河东州。"按：是也。惟校本中未改，因为补焉。

达案：以，《聚珍本》《鲍本》《闽本》《琳琅本》俱作矣，兹依《备征志本》《渐西本》作以。**伽异大卿，兼杨瓜州刺史。阁罗凤攻石和城，**达案：石和城原本作石桥城。本卷卷首云，开元元年中，蒙归义攻石桥城，阁罗凤攻石和，亦八诏之数也。又第六施浪诏条云，初，阁罗凤据石和城。《南诏德化碑》记此谓泊先诏与御史严正诲谋静边寇。先王统军打石桥城，差诏与严正诲攻石和子。父子分师，两殄区丑云云。则阁罗凤之所攻者实是石和城，原本作石桥城非是。又石桥城即龙尾城，与施浪诏之施各皮亦无关。故此处之石桥城必为石和城之误无疑。因为改正。**擒施各皮，**达案：施各皮原本作施谷皮，兹依本卷第六施浪诏条及《新唐书》卷二百二十二中《施浪诏传》改正。**讨越析枭于赠，西开寻传，南通骠国。及张乾陀陷姚州，鲜于仲通战江口，遂与中原隔绝。阁罗凤尝谓后嗣悦归皇化，但指大和城碑及表疏旧本，呈示汉使，足以雪吾前过也。凤伽异先死。大历十四年，**达案：十四年，原本作四年，据《新唐书》《通鉴》《滇载记》《南诏野史》，阁罗凤之卒在大历十四年，诸书无异辞。本书卷五亦云大历七年阁罗凤筑白崖新城，则此处"四"字上必脱一"十"字，因为补入。**阁罗凤卒，伽异长男异牟寻继立，生寻梦凑，一名阁劝。异牟寻每叹地卑夷杂，礼义不通，隔越中华，杜绝声教。遂献书檄，寄西川节度使韦皋。韦皋答牟寻书，申以朝廷之命。牟寻不谋于下，阴决大计。遂三路奉使，冀有一达：一使出安南，一使出西川，一使由黔中。**案：此五字原本脱，据《唐书》补入。**贞元十年，三使悉至阙下。朝廷纳其诚款，许其归化。节度恭承诏旨，专遣西川巡官**案：《唐书》作巡官。达案：巡官原本作判官。后附牟寻《誓文》亦作巡官。本书卷一注著录贞元十年九月袁滋等入云南册封南诏摩崖题名，崔佐时亦参预使节，其时官勋为判官监察御史。《通鉴》卷二百三十四《唐纪》德宗贞元九年冬十月，韦皋遣其节度巡官崔佐时赍诏书诣云南，并自为帛书答之。胡三省注云，节度巡官在判官推官之下，衙推之上。故疑贞元九年，佐时初奉使至云南尚是节度巡官。其明年随袁滋入云南册封南诏时，则已升判官并带监察御史矣。此处所记尚是贞元九年事，应是巡官，因为改正。崔佐时亲信数人，越云南与牟寻盟于玷苍山下。誓文四本：内一本进献，一本异牟寻置于玷苍山下神祠石函内，一本纳于祖父等庙，一本置府库中，以示子孙，不令背逆，不令侵掠。

贞元十年，以尚书祠部郎中兼御史中丞袁滋、内给事俱文珍、刘幽岩入云南，持节册南诏异牟寻为云南王①，为西南之藩屏。牟寻男阁劝已后继为王②。案：贞元十年以尚书云云，至后继为王五十八字，与独锦蛮事不相涉。以文义推之，疑为《八诏篇》蒙舍条下之文，当在不令侵掠句后，错简于此。达案：贞元十年以下五十八字，原本在本书卷四独锦蛮一条之末，兹依四库馆臣所校，移置于此。

臣咸通四年正月，奉本使尚书蔡袭意旨，令书吏写蛮王异牟寻《誓文》数本，并书牒系于车弩上，飞入贼营。臣切览牟寻《誓文》，立盟极切。今南蛮子孙，违负前誓，伏料天道必诛，容臣亲达案：亲原本作视，兹依《知不足斋》本。于江源访觅其《誓文》，续俟写录真本进上。案：异牟寻《誓文》今附卷末，而此云待访觅续写者，盖其初作此篇时尚未得《誓文》，故所言如此。其后访觅附入，而此本未及刊削，遂前后互异其说耳。达案：原本此段颇有矛盾。既云令书吏写蛮王异牟寻《誓文》数本系于车弩上飞入贼营矣，而后又云容臣亲于江源访觅其《誓文》云云。是原本脱误，尚不止此也。

---

① 持节册南诏异牟寻为云南王，云云，据《新唐书》"赐黄金印，文曰：'贞元册南诏印'"之记录，当为"持节册异牟寻为南诏"耳。开元二十六年册皮罗阁为云南王，阁罗凤袭为云南王，天宝后暂时破裂，贞元十年重新修好，册异牟寻为南诏，自此以后，统称南诏也。

② 樊绰所记大都止于贞元十年，其后继承者仅以"异牟寻男阁劝已后继为王"一语代过。此为《樊志》录袁滋《云南记》（《云南记》又录《南诏云南图志》）之明证也。

**补注：**

按：既云《誓文》数本系于车弩飞入贼营，又云容臣亲于江源访觅其《誓文》。向氏谓"颇有矛盾"。有脱误为原因之一。惟似可认为"系于车弩飞入贼营"者非全文，"容臣亲于江源访觅"者为全文"真本"也。赵吕甫《云南志校释》谓："今本《云南志》末所载之《誓文》乃唐史臣附入者也。时书已进上，绰自莫能刊削，非前后互异其说耳。"此又为一说也。又此节为樊绰附益之文。故低一格录之。

# 卷四　名类第四

　　西爨，白蛮也。东爨，乌蛮也。当天宝中，东北自曲靖州①，西南至宣城②，邑落相望，牛马被野。在石城、昆川、达案：昆川，原本作昆州。卢校云，此当从《新唐书》作昆川，是地名。下亦云行次昆川，又云昆川城使。其昆州乃隋开皇时置，今改正。卢校是也。今据改。曲轭、晋宁、喻献、安宁至龙和城，谓之西爨。在曲靖州、弥鹿

---

　　① 此处之"曲靖州"，当作"曲、靖州"，向氏误作"曲靖州"，并误释为今曲靖。方国瑜《中国西南历史地理考释·初唐州县地名考释》曲州云："《旧唐志》：'武德元年开南中，置恭州，八年改为曲州，领县二。'《新唐志》：'曲州本恭州，隋置。隋乱废，武德元年开南中复置，八年更名，故朱提郡。'按：至蜀汉置朱提郡，东晋分为朱提、南广二郡。朱提领县五，隋、唐置恭州，又改曲州，仅领县二，则曲州地不如朱提郡之广也。《旧唐志》'郎州北接曲州'，则曲州在建宝郡以北，即朱提郡故地也。朱提《旧唐志》：'武德元年置安上县，七年改为朱提。'"又靖州云："《旧唐志》无，《新唐志》曰：'靖州，析协州置，县二。'《通鉴》天宝十载胡三省注：'靖州，隋属协州，古夜郎地，武德初分协州置靖州。'则靖州当与协州接壤。又靖州每与曲州并称……知靖州与曲州接壤……又《新唐志》：靖州领县二，其一曰靖川，即在州治，当与曲州之朱提县接壤，西为曲州，东为靖州，故《樊志》记程途于石门外第九程并言曲州、靖州废城，即因二州并距鲁望近也。若然，则靖川为汉阳县地，在今贵州威宁、水城。'"

　　② 宣城，据方国瑜考证，在今元江，见《中国西南历史地理考释·爨部地名》宣城条。

川、升麻川、南至步头，谓之东爨，风俗名爨也①。初，爨归王为南宁州都督，理石城，袭杀孟聘、孟启父子，案：原本讹作孟轲、孟启，今据《新唐书》改正。达案：孟聘、孟启，四库馆臣据《新唐书》卷二百二十二下《两爨蛮传》改作盖聘、盖启。卢校又谓《新唐书》作盖聘，此聘字误，应改正。今案《张曲江文集》卷十二有《敕安南首领爨仁哲书》，所举有升麻县令孟聘，又有和蛮大鬼主孟谷悮，《文苑英华》收曲江此文，亦作孟聘、孟谷悮。孟为南中著姓，则原本作孟，本自不悮，只孟聘误为孟轲耳。四库馆臣不察，据《新唐书》之吴，改是成非，兹为改正。曲江文俱见下注。遂有升麻川。归王兄摩泚。泚生崇道，理曲轭川为两爨大鬼主。崇道弟日进、日用在安宁城。及章仇兼琼开步头路，方于安宁筑城，群蛮骚动，陷杀筑城使者。玄宗达案：玄宗原本作元宗，避清讳，今为改正。遣使敕云南王蒙归义讨之。归义师次波州，而归王及崇道兄弟爨彦璋等千余人诣军门拜谢，请奏雪前事。归义露章上闻，往返二十五日，诏书下，一切释罪。无何，崇道杀日进，又阴害归王。归王妻阿姹，乌蛮女也，走投父母，称兵相持，诸爨豪乱。阿姹私遣使诣蒙舍川达案：蒙舍川原本作乌蒙舍川。阿姹投蒙归义求援，应是走蒙舍川。乌蒙舍川无此地，乌字当是因乌蒙地名误衍，因删乌字。求投，归义即日抗疏奏闻。阿姹男守偶案：守偶，《新唐书》作守隅。遂代归王为南宁州都督，归义仍以女妻之。又以一女妻崇道男辅朝。崇道内怀忿惋，外示和平，犹与守偶母子日相攻伐。

---

① 向达关于所谓东爨西之注文，陷于混乱，以至误释。方国瑜《中国西南历史地理考释·爨部地名》言之甚明，其文曰：爨部地理，包有蜀汉、西晋时期之朱提、建宁、兴古三郡，在东晋、南朝时期则为朱提、南广、建宁、晋宁、建都、兴古、梁水诸郡。爨部分东西，已见于《爨龙颜碑》："岁在壬申（宋元嘉九年，公元432年），百六构衅，州土（宁州）扰乱，东西二境，凶竖狼暴。"所谓"东西二境"，阮福说即东西二爨（见《古滇金石录》），《隋书·梁叡传》载上书，先说分置兴古、云南、建宁、朱提四郡，后说朱提、云南、西爨。可知西爨即建宁、兴古二郡，而东爨即朱提郡地也。

阿姹又诉于归义，兴师问罪。行次昆川信宿而曲轭川溃散，崇道南走黎州。达案：黎州原本作黎川。曲轭川南有梁水川，为旧黎州，崇道南走必系至此，因为改正。归义尽俘其家族羽党，并杀辅朝而取其女。崇道俄亦被杀。诸爨由是离弱。及归义卒，子阁罗凤立，守偶①并妻归河赕，案：河赕原本作阿体，今从《唐书》改正。从此与皇化隔绝。阿姹自为乌蛮部落王，从京师朝参，大蒙恩赏。阁罗凤遣昆川城使杨牟利以兵围胁西爨，徙二十余万户于永昌城。乌蛮以言语不通，多散林谷，故得不徙。是后自曲靖州、石城、升麻川、昆川南至龙和以来，荡然兵荒矣。日用子孙，今并达案：并原本作立，就下文观之，当是并字之讹，因为改正。在永昌城界内。乌蛮种类稍稍复振，后徙居西爨故地。今与南诏为婚姻之家②。

南蛮去安南、峰州、林西原界二十二日程。达案：安南、峰州、林西原原本作安峰州林西原。峰州、林西原皆安南管系之地。《新唐书》卷四十三上《地理志》，安南中都护府所属有峰州承化郡下都督府，武德四年以交趾郡之嘉宁置。县五，嘉宁、承化、新昌、高山、珠绿。同上安南都护府所属诸羁縻州中有林西州。此处之峰州、林西原当即《新唐书·地理志》之峰州、林西原，故原本安下疑脱一南字，兹为补入。

自大中八年，安南都护擅罢达案：罢，《文津本》误作罗。林西

---

① 《旧唐书·德宗纪》曰："建中元年八月丁未，东爨乌蛮守来朝。"《册府元龟》作东爨乌蛮守愈。《新唐书》作守隅，则"偶"或为"隅"之误。

② 此处向达读作"日用子孙，今并在永昌城界内。乌蛮种类稍稍复振，后徙居西爨故地。今与南诏为婚姻之家"。但上文言阁罗凤遣杨牟利以兵胁西爨，徙二十余万户于永昌城，为日用所在安宁诸地之白蛮，而曲州、靖州诸地，即所谓东爨乌蛮，因言语不通，故不徙。然由于内部的争杀，竹灵倩者流的苛暴，南诏的用兵，以至离弱。则在永昌城者日用子孙，即所谓白蛮。乌蛮稍稍复振，当指不徙之乌蛮，而逐渐移居西爨故地，故应读作"日用子孙，今并在永昌城。界内乌蛮种类稍稍复振，后徙居西爨故地，今与南诏为婚姻之家"。若此，上下文义贯通矣。

原防冬戍卒，洞主李由独等七绾首领被蛮诱引，复为亲情。日往月来，渐遭侵轶。罪达案：罪，《文津本》误作罗。在都护失招讨之职，乖经略之任。臣于咸通三年春三月四日，奉本使尚书蔡袭手示，密委臣单骑及健步二十以下人，深入贼帅朱道古营寨。三月八日，入贼重围之中。蛮贼将杨秉忠达案：《琳琅本》补校云，扬当作杨，与下文两杨姓同。十卷八页十行作杨忠义，当是一人。今案《内聚珍本》《文津本》《知不足斋本》原俱作扬，《琳琅本》不足据。大羌杨阿触、杨酉盛悉是乌蛮，贼人同迎，言辞狡诈。臣却回一一白于都护王宽。宽自是不明，都无远虑，领得臣书牒，全无指挥。蔡京达案：原本脱蔡京二字，兹依《通鉴考异》校语补入，《考异》文见下。擅放军回，苟求朝奖，致令臣本使蔡袭枉伤矢石，陷失城池。征之其由，莫非蔡京达案：原本连上蔡京二字俱脱去，《通鉴考异》卷二十三引《蛮书》有此，四库馆臣失校，因为补入。王宽之过。案：此条原本文多讹脱，今据《通鉴考异》所引《蛮书》原文订正。《考异》又云，蔡袭将兵代宽。宽为已替之人，安能擅放军回，令袭陷没。疑《蛮书》擅放军回上少蔡京二字。盖蔡京时为岭南西道节度，贪懦败事，故《考异》云然。达案：卢校云："案《通鉴考异》疑《蛮书》擅放军回上少蔡京二字。今案绰语意专咎王宽，似《考异》之语非也。然《考异》所引此句作莫非蔡京、王宽之过。若本书原有蔡京二字，则《考异》之语可信矣。又原案语中将兵代宽，误作伐宽，今改正。"云云，两蔡京及代字，兹俱依《考异》及卢校改正。

**补注：**

按：此为樊绰在安南访闻所得而附益之文，故低一格以别之。

独锦蛮者，达案：原本无者字，兹依《御览》卷七百八十九独锦蛮条引《南夷志》补。乌蛮之达案：原本无之字，兹依《御览》引《南夷志》补。苗裔也。在秦藏川达案：原本无川字，《新唐书·南诏传》作在秦藏川南，因据补川字。又《汉书·地理志》《续汉书·郡国志》益州郡以及

《华阳国志·南中志》晋宁郡领县俱有秦臧，藏作臧。**南，去安宁两日程。天宝中命其长为岿州刺史。**案：蹄州原本作岿州，今据《新唐书》改正。达案：原本无命其长三字，兹据《新唐书·南诏传》补入。又原本作岿州本不误，本卷上引《曲江集·敕安南首领爨仁哲书》及《新唐书·地理志》可以证明，此四库馆臣失考，因仍为改回。**其族多姓李。异牟寻母，独锦蛮之女也。牟寻之姑，亦嫁独锦蛮。独锦蛮之女为牟寻妻。有李负蓝，**达案：李负蓝原本作子委负监，《御览》引《南夷志》作季负蓝。独锦蛮多姓李，《御览》之季负蓝必是李负蓝之误无疑。李一讹为季，再讹而成子委，则去原形愈远矣。下引《长庆集·与南诏清平官书》有李附览，本书卷十袁滋至白崖城有李凤岚。李附览、李凤岚、李负蓝当俱是一人，原本监字应依《御览》改作蓝字，今俱为改正。**贞元十年为大军将，**达案：原本作大将军。南诏官制有大军将，无大将军，又本书卷十所见之李凤岚亦是大军将，此处必是误倒，故为乙正。**在勃弄川**达案：勃弄川原本作勃弄栋川。南诏所属只有勃弄川，无勃弄栋川。又李凤岚所驻之白崖城即勃弄川。此处之栋字必因弄栋而误衍，因为删去。**为城使**等。达案：原本无使等二字，兹依《御览》引《南夷志》补。又原本此下尚有贞元十年以尚书祠部郎中兼御史中丞袁滋、内给事俱文珍、刘幽岩入云南，持节册南诏异牟寻为云南王，为西南之藩屏。牟寻男阁劝已后继为王。凡五十八字。四库馆臣校谓是本书卷三《六诏篇》蒙舍条下之文，当在不令侵掠句后，错简于此云云。其说甚是，因为移置前卷。

**补注：**

按：此"在秦臧川南去安宁两日程"，向氏读作"在秦臧川南，去安宁两日程"似为不妥。秦臧川当为汉晋时期之秦臧县地，即今之富民、禄丰、罗次县地，若在秦臧川之南，又不到安宁，那属安宁？属昆川？不可能，而此特别标明秦臧川，独锦蛮当居其地，则应作"在秦臧川，南去安宁两日程"则明矣。又"天宝中命其长为岿州刺史"一语，不宜释为独锦蛮在岿州，因岿州在今屏边县境，只是"命其长为岿州刺史"而已。

**弄栋蛮**，达案：《御览》卷七百八十九弄栋蛮条引《南夷志》，栋误作拣。则白蛮苗裔也。本姚州弄栋县部落。其地旧为褎州。尝有部落首领为刺史。达案：《御览》引此，无为刺史三字。有误殴杀司户者，达案：《御览》引作误杀司户。为府丞论罪，达案：原本作为府城论罪，《御览》引只作惧罪。府城二字不知何义。今案唐制上州有司户参军事二人，从七品下。丞一人从九品下。县无论上中下俱有丞一二人不等。畿县有司户佐，上具有司户而已。则此处之为府城论罪，城字必是丞字之误，因为改正。遂率众北奔。案：《新唐书·南诏传》云："有为刺史者，误杀共参军，率族北走。"据其文，则此卒字当作率字，家众下当有北走二字，盖原本脱误。达案：遂率众北奔，原本作遂卒家众，《御览》引作率众北奔，兹参酌《御览》改正。后分散在磨些江侧，并剑、共诸川悉有之，余部落不去。当天宝中，姚州刺史张乾陁守城拒战，陷死殆尽。贞元十年，南诏异牟寻破掠吐蕃城邑，收获弄栋城，迁于永昌之地。达案：地，原本作城，兹据《御览》引改正。

**补注：**

按："南诏异牟寻破掠吐蕃城邑，收获弄栋城，迁于永昌之地。"方国瑜云：弄栋城当是弄栋蛮之误。是也。按：异牟寻攻破吐蕃城邑，非弄栋城，收获者为殴杀司户而北奔于磨些江侧及剑、共诸川之弄栋蛮，迁于永昌地者为其中一部分耳。

**青蛉蛮**，亦白蛮苗裔也。本青蛉县达案：《汉书·地理志》《续汉书·郡国志》俱云越巂郡有青蛉县。《御览》卷七百八十九清蛉蛮条引《南夷志》青作清，疑误。部落。天宝中嶲州初陷，有首领尹氏父兄子弟相率南奔河赕。阁罗凤厚待之。贞元年中南诏清平官尹辅酋、尹宽求，案：《唐书》作尹仇宽。达案：《御览》引脱此三字。皆其人也。衣服言语与蒙舍略同。

**补注：**

按：所谓乌蛮、白蛮，方国瑜《云南民族史讲义》云：《樊志》所载西洱河区域，施蛮、顺蛮、长裈"六诏"为乌蛮，弄栋、青蛉等为白蛮，而渠滥、白崖、云南诸地之居民亦为白蛮。大概接近汉文化（或文化较高）的称白蛮，其余称乌蛮。同样的名词在不同区域有不同的情形。《樊志》卷四说："西爨白蛮也，东爨乌蛮也。"这是同在爨的两个区域，分别称呼。《新唐书·两爨蛮传》说："勿邓地方千里，有邛部六姓，一姓白蛮也，五姓乌蛮也；又有初裹五姓，皆乌蛮也，居邛部、台登之间……又有束钦蛮二姓，皆白蛮也。"这又是同在一个区域错杂而居，分别称呼，爨之分乌、白与勿邓之分乌、白，实际不会是一样的……不能把爨的乌、白，勿邓的乌、白，和洱海的乌、白混为一谈。洱海地区乌蛮、白蛮，不同族属，不同地域，大抵在洱海地区之北（今巍山、南涧、漾濞、洱源、邓川、宾川、剑川、兰坪、鹤庆以至永胜、华坪一带）各部族经济文化水平较低，称为乌蛮。在洱海地区（今大理、凤仪、弥渡、祥云、姚安、大姚一带）的各部族，经济文化水平较高，称为白蛮。其言甚是。

裳人，本汉人也。部落在铁桥北，不知迁徙达案：徙，《内聚珍本》《闽本》，诸本作徒，兹据《鲍本》。年月。初袭汉服，后稍参诸戎风俗，迄今但朝霞缠头，其余无异。达案：裳人，《新唐书》作汉裳蛮。《新唐书》卷二百二十二上《南蛮传·汉裳蛮传》云，汉裳蛮本汉人。部种在铁桥。惟以明霞缠头，余尚同汉服。贞元十年，南诏异牟寻领兵攻破吐蕃铁桥节度城，获裳人数千户，悉移于云南东北诸川。今铁桥城为南蛮所据，差大军将达案：原本作大将军，当亦是大军将之误，因为乙正。为城使。

**补注：**

向氏校语云："徙，《内聚珍本》《闽本》，诸本作徒，兹据《鲍本》。"按：《云南备征志》本已作"徙"，不作"徒"。

长裈蛮，本乌蛮之后，部落在剑川，属浪诏。其本俗皆衣长裈曳地，更无衣服，惟披达案：原本无披字，兹依《御览》卷七百八十九长袳蛮条引《南夷志》文补入。牛羊皮。南诏既破剑浪，遂迁其部落，与施、顺诸蛮居，养给之。

河蛮，本西洱河人，今呼为河蛮，故地当六诏皆在，而河蛮自固洱河城邑。开元已前，尝有首领入朝本州刺史①，受赏而归者。及南诏蒙归义攻拔大厘城②，达案：大厘城原本作大城，此处所指即本书卷三邆赕诏条所记归义与邆赕诏咩罗皮同伐河蛮，归义卒袭夺大厘城一事，则原本之大城，当是大厘城之讹误，中夺厘字，因为补入。河蛮遂并迁北，皆羁制于浪诏。达案：遂并迁北，原本作遂进迁化。卢校云化疑当作北。今案河蛮原居洱河城邑，为南诏所破后，遂依附浪诏。当是北徙，岂可云迁化。进字作并始可通，因为改正。贞元十年，浪诏破败，复徙于云南东北柘东以居。

柘东城去安南三十九日程。咸通三年十二月二十七日，蛮贼逼交州城池，案：逼原本作通，今据《通鉴考异》所引《蛮书》文改正。达案：城池原本作池城，《考异》卷二十三引《蛮书》此文作蛮贼逼交州城，则原文以作城池为是，因为改正。河蛮在苏历旧城置营，案：苏历原本作苏屠，今从《通鉴考异》改正。及分布贼众在牌筏上，达案：置营下原本小注中原本二字误作本原，今为改正。又上字原本作士，据文义应是上字，因为改正。仅二千余人。③

---

① "开元已前，尝有首领入朝本州刺史，受赏而归者"句，以《新唐书·南蛮传》所录本书之文校之，首领入朝下当夺一"授"字。

② 向达校语云："大厘城原本作大城。此处所指即本书卷三邆赕诏条所记归义与邆赕诏咩罗皮同伐河蛮，归义卒袭夺大厘城一事，则原本之大城，当是大厘城之讹误，中夺厘字，因为补入。"按：向氏此说非是。按本书《六诏第三》邆赕诏所记咩罗皮与蒙归义同伐河蛮，遂分居大厘城云云，似应释为咩罗皮与蒙归义同伐者为自龙尾城至大厘城之河蛮，不限于大厘城之河蛮，则知咩罗皮分据大厘城，蒙归义分据大和城。即《六诏第五》所云"开元二十五年蒙归义逐河蛮，夺据大和城"是也。又以《新唐书·南蛮传》西洱河蛮条（见附录《新唐书·南蛮传》所录《樊志》之文）校之，此处蒙归义攻拔之城，应是大和城，故中夺当是"和"字，非"厘"字。

③ 自柘东城去安南云云，此段为樊绰附益之文。故低一格录之。

施蛮，本乌蛮种族也。铁桥西北大施赕、小施赕、剑寻赕达案：大施赕、小施赕、剑寻赕，原本作大施体施赕敛寻，兹依《御览》卷七百八十九施蛮条引《南夷志》文改正。皆其所居之地。案：《新唐书·南诏传》作施蛮居大施赕、敛寻赕，此文疑有误。男以缯布为缦裆袴。妇人从顶横分其发，当额并顶后各为一髻。男女终达案：终原本作络，兹衣《御览》引改正。身并跣足披羊皮。部落主承上，皆吐蕃伪封为王。贞元十年案：原本只作贞元年，据《新唐书》乃贞元十年事，今补入。南诏攻城邑，虏其王寻罗并宗族置于蒙舍城，养给之。

**补注：**

按：向达注文云：关于承上一辞之解释，本书卷一有承上莫能攻讨之语，四库馆臣校语云，案承上蛮官名，见后文。见后文即指卷四此处也。卢文弨在卷一校云，按承上乃相承以来之意，非官名。后第四卷中部落主承上皆以吐蕃伪封为王，亦谓历来相承如此耳。考《南诏传》历叙官名，并无承上。若使部落主至与其官皆封王，亦绝无此理。在此处卢校又云，若以承上为官名，岂可云吐蕃封其首领及其臣并为王邪？卢氏于承上一辞始终不认其为官名。然加所说为相承以来之意，则亦颇为费解。疑仍以馆臣所释为较近也。芹按：馆臣言之近是。惟疑此处"承上"为北徙后羁制于吐蕃并为其封王之施、顺蛮部落首领及三浪之后耳。

顺蛮，本乌蛮种类，初与施蛮部落参居剑、共诸川。哶罗皮、铎罗望既失邆川、浪穹，退而逼夺剑、共，由是迁居铁桥已上，其地名剑羌。在剑达案：剑原本作敛，依上文例改。寻赕西北四百里，男女风俗，与施蛮略同。其部落主吐蕃亦封王。贞元十年，南诏异牟寻虏其王傍弥潜宗族，置于云南白岩，达案：岩原本作巖，兹依卷三例改归一律。养给之①。其施蛮部落百姓，则散隶东北诸川。

磨蛮，亦乌蛮种类也。铁桥上下及大婆、小婆、三探览、达案：大婆、小婆、三探览，原本作大婆、二婆、三探览。卢校云："按《新唐书》作大婆、小婆，此书第六卷中亦作大婆、小婆。知此二字当作小。"今案本书卷六昆明城条有大婆、小婆、三探览之目。《御览》卷七百八十九磨些蛮条引《南夷志》作大婆、小婆、三婆探览，则二婆应作小婆无疑。原本实是大婆、小婆、三探览，《御览》之三婆探览，则因上大婆、小婆而衍，因为改正。昆池等川，皆其所居之地也。土多牛羊，一家即有羊群。终身不洗手面，男女皆披羊皮。俗好饮酒歌舞。此种本姚州部落百姓也。南诏既袭破铁桥及昆池等诸城，凡虏获万户，尽分隶昆川左右，及西爨故地。达案：昆川，《内聚珍本》作昆州，《知不足斋本》作昆川，兹依卢校改作昆川。磨些蛮，在施蛮外，与南诏为婚姻家，又与越析诏姻娅。

**补注：**

向达注文云："昆川，《内聚珍本》作昆州，《知不足斋本》作昆川，兹依卢校改作昆川。芹按：《云南备征志》本亦作昆川。"赵吕甫《校释》改作昆明，是也。又《云南备征志》本磨蛮、磨些蛮合为一段，磨些蛮未另提行。按：磨些蛮常有书作磨蛮、些蛮者，以元代记录为甚，此处磨蛮、磨些蛮居于金沙江两岸，并为同一族属，《备征志》本并在一段，是也。

扑子蛮，勇悍趫捷，达案：趫捷，原本作矫捷，兹依《御览》卷七百八十九扑子蛮条引《南夷志》改正。又扑子蛮《御览》作朴子蛮，兹从

---

① 按："南诏异牟寻虏其王傍弥潜宗族，置于云南白岩，养给之。"云云，向氏如此断读尚可商榷，似宜作"南诏异牟寻虏其王，傍弥潜宗族置于云南白岩，养给之"。不然，当在"傍弥潜"下夺一"并"字，如施蛮条例，即作"南诏异牟寻虏其王傍弥潜并宗族，置于云南白岩，养给之"相较而言，后者更合理。

《新唐书·南诏蛮传》。以青婆罗段为通身裤。善用泊箕竹弓，达案：泊箕竹弓原木作白箕竹，兹依《御览》引补正。深林间射飞鼠，发无不中。部落首领谓酋为上。达案：《御览》引此句作部落首领谓之酋在上，不知何义，故仍依原本不改。土无食器，达案：土无食器，原本作无食器，兹依《御览》卷九百七十五甘蕉引《南夷志》补土字。以芭蕉叶藉之。开南、银生、永昌、寻传四处皆有。铁桥西北边延澜沧江亦有部落。

臣本使蔡袭咸通四年正月三日阵面上生擒得扑子蛮，拷问之并不语，截其腕亦不声。安南子城虞候梁轲云是扑子蛮。今梁轲见在贼中，僭称朱鸢县令。其梁轲始由再宾任使，案：再宾二字未详。前后三度到蛮王处通好，结构祸胎。

**补注：**

按："臣本使……。"此段为樊绰附益之文，故另起行低一格录之。

寻传蛮[①]，阁罗凤所讨定也。俗无丝绵布帛，披娑罗笼。达案：娑罗笼原本作波罗皮，兹依《御览》卷七百八十九寻传蛮条引《南夷志》文改正。跣足可以践履榛棘。持弓挟矢，射豪猪，案：豪字原本作蒙，今据《新唐书·南诏传》改正。达案：《御览》引本作豪。生食其肉，取其两牙双插顶达案：顶原本作髻，兹依《御览》引改。傍为饰，又条其达案：其原本作猪，兹依《御览》引改。皮以系腰。每战斗，即以笼子笼头如兜鍪状。

---

① 向达注引正德《云南志》云："是云南地志认蛾昌为即古代之寻传，住于云龙、腾冲一带。"又云："英国戴维斯著《云南》，论云南各民族，谓蛾昌或阿昌住于北纬二十四度三十分，东经九十七度五十五分地带，即蛮允瑞丽地方，正当大盈江与龙川江之间。其说与云南地志不甚相远。"芹按：寻传为阿昌之说外，方国瑜言：寻传在禄旱江流域，即今之伊洛瓦底江。寻传疑为寻博之误，今之景颇。《樊志》卷六曰："丽水城、寻传大川城在水东。"盖丽水城即寻传大川城，为寻传部族之中心，其地在今打罗。又为一说也。

臣本使蔡袭咸通三年十二月二十七日以小枪镖得一百余人。臣本使蔡袭问梁轲见有竹笼头猪皮系腰，遂说寻传蛮本末。江西达案：江西，《渐西本》误作江南，非是。将军士取此蛮肉为炙。①

裸达案：裸原本作祼，兹依卢校改作裸。形蛮②，在寻传城西三百里为窠穴，达案：窠穴，《御览》卷七百八十九裸形蛮条引《南夷志》作巢穴。谓之为达案：《御览》引无为字。野蛮。阁罗凤既定寻传而令达案：《御览》引无令字。野蛮散居山谷。其蛮不战自调伏达案：《御览》引无其蛮以下七字。集，战即达案：原本作自，兹依《御览》引改正。召之。案：二语文义未明，疑有脱误。其男女遍满山野。达案：《御览》引无其男女以下七字。亦无君长。作攑栏舍屋。案：攑，《说文集韵》并音劫，音腊。架也，挞也。达案：案语中架字，《鲍本》作刮。《御览》引无作攑栏舍屋五字。多女少男。无农田，无衣服，惟取木皮以蔽形。达案：《御览》引此作女多男少，无农桑衣服，唯有木皮以蔽形。或五妻十妻共养达案：养字原本无，兹依《御览》引补。一丈夫，尽日持弓，不下达案：《御览》引脱不字。攑栏。有外来侵暴达案：暴，《御览》引作害。者则射之。其妻入山林，采拾虫鱼菜螺蚬等归啖食之。

去咸通三年十二月二十一日，亦为群队，当阵面上。如有不前冲者，达案：者原本作前，义不可通，疑是者字之讹，因为臆改。监阵正蛮旋刃其后。③

---

① 此段为樊绰附益之文，另起行低一格录之。
② 《南诏德化碑》云"西开寻传，裸形不讨自来，祁鲜望风而至"，即裸形分布于永昌、丽水二节度区域，惟裸形非专名为任意所加之者，当与寻传为同一族属。又《樊志》城镇第六永昌及丽水节度区有裸形蛮。即是同属也。
③ 此节为樊纯附益之文，低一格录之。

望苴子蛮，达案：《御览》卷七百八十九苴望子蛮条引《南夷志》作苴望子蛮，顾《新唐书·南诏传》亦作望苴蛮，与《蛮书》同，因仍旧本。在澜沧达案：《御览》及《新唐书》沧俱作苍。江以西，是盛罗皮所讨定也。其人勇捷，达案：其人勇捷，原本作矫捷，兹依《御览》引改正。善于马上用枪。所乘马不用鞍。达案：善于马上用枪，所乘马不用鞍，原本作善于马上用枪铲，骑马不用鞍，兹依《御览》引改正。跣足衣短甲，才蔽胸腹而已。股膝皆露。兜鍪上插牦达案：《新唐书》牦作猫。牛尾，驰突若飞。达案：飞，《新唐书》作神。其妇人亦如此。南诏及诸城镇大将出兵，则望苴子为前驱。

咸通四年正月二十三日，蔡袭城上以车弩射得望苴子二百人，马三十余匹，二月七日城陷，及臣本使蔡袭在左膊中箭，元从已尽。臣右腕中箭，携印浮水渡江。荆南、江西、鄂、岳、襄州将健约四百人，案：此句原脱荆南二字，又岳字讹作兵字，今从《通鉴》改正。携陌刀骑马，突到城东水际。荆南都虞候元惟德，管都头谭可言，江西军判官傅门谓将士曰："诸儿郎等！水次无船，入水必死。与诸兄弟每一个人杀得两蛮贼，我辈亦得便宜！"遂相率入东罗城，拥门里，一边排长刀，一边排长马。突其蛮贼从城外水次骑马入门，悉无备敌。臣见僧无碍说云。案：此句原本作臣见僧元得。今考《通鉴考异》有引樊绰所说僧无碍之文，知得、碍字形相近，而无又讹为元耳。谨改正。此日午前旋杀贼并马，仅二三千贼，马三百来匹。蛮贼杨思缙案：《唐书》作思僭，误。在子城内一更时始知出救。翌日以马肉分俵十二营贼众。

望蛮外喻部落，在永昌西北。其人长大，负排持槊，达案：其人长大负排持槊，原本作其人长排持稍，兹依《御览》卷七百八十九望蛮条引《南夷志》改正。前往无敌。达案：前往无敌，《御览》引作前无强敌。又能用木弓短箭。箭镞达案：《御览》引无箭镞二字。傅毒药，所达案：《御览》引无所字。中人立毙。妇人亦达案：《御览》引无亦字。跣足，以青布为衫裳，达案：衫裳，《御览》引作衣。联贯达案：《御览》引无贯字。珂贝巴齿真珠，斜络其身数十道。达案：《御览》引无数十道三字。有夫者竖分发为达案：发为二字原本无，兹依《御览》引补入。两髻，无夫者顶后为一髻垂之。达案：顶后为一髻垂之，原本作顶为一髻，兹依《御览》引补入。其达案：《御览》引无其字。地宜沙牛，亦大于诸处牛，达案：亦大于诸处牛六字《御览》引无。角长四尺已达案：已，《御览》引作以。来。妇人惟达案：《御览》引无惟字。嗜乳酪，肥白，俗好遨游。达案：肥白俗好遨游六字，《御览》引无。

**补注：**

按：方国瑜《中国西南历史地理考释》云："樊绰《云南志》卷四曰：'望蛮外喻部落，在永昌西北。'又卷六：永昌城所管有望外喻；拓东城，有南诏安置望苴子、望外喻等千余户。按：《樊志》又载望苴子蛮在澜沧江以西，是盛罗皮所讨定也。此望苴子，当是望蛮之军户。《樊志》卷九南诏兵制，罗苴子为精兵，有四军苴子，盖望苴子为其一。《樊志》谓南诏诸城镇，大将出兵，则望苴子为前驱，南诏征调望蛮子弟服兵役，组成望苴子。所谓越赕扑子，并是望苴子，即言其军户，可知望蛮为扑子之支系。望苴子（望蛮）为盛罗皮所讨定之部族，以南诏在澜沧江以西发展统治势力之过程言之，则望蛮应在永昌之西南，《樊志》作西北者误也。又望蛮，当是佤族之先民，佤族自称为Ava或Pruava，望即Va之译音。《樊志》所谓望蛮外喻部落，外喻当是地名，不详其位置；惟在辣蒜江（小黑江）、南卡江流域以至怒江西岸，自古为佤族居住区域，姑假定望外喻部族在今澜沧县、西盟县、沧源县等地，此约略可知者。"

黑齿蛮、金齿蛮、银齿蛮、绣脚蛮、绣面蛮，并在永昌、开南，案：开南，《新唐书》作关南，与此异。达案：开南与柘东、镇西、宁北之义同。本书卷五、卷六俱作开南。《新唐书》作关南，非也。杂类种也。黑齿蛮以漆漆其齿，金齿蛮以金镂片裹其齿，银齿以银。达案：银齿以银四字原本脱去，兹依《御览》卷七百八十九黑齿、金齿、银齿、绣脚条引《南夷志》补。有事出见人则以此为饰，寝达案：原本无寝字，兹依《御览》引补入。食则去之。皆当顶上达案：原本无上字，兹依《御览》引补入。为一髻。以青布为通身裤，又斜披青布条。案：此处脱银齿蛮一条。达案：银齿蛮一条已依《御览》引补入。绣脚蛮则于踝上腓达案：腓原本作排，兹依《御览》引改正。下，周匝刻其肤为文彩。衣以绯布，以青色为饰。绣面蛮初生后出月，达案：初生后出月，《御览》卷七百八十九绣面蛮条引《南夷志》作生一月。以针刺面上，达案：《御览》引作则以针刺面。以青黛涂之，如绣状。达案：以青黛涂之如绣状，原本作以青黛傅之，兹依《御览》引补正。僧耆案：僧耆亦蛮部之名，此下当有脱文。悉属西安城。达案：据本书卷六、卷十，南诏只有安西城，无西安城。此书之西安城疑是安西城之误。又据本书卷六，金齿、漆齿、绣脚、绣面、雕题、僧耆等十余部落，皆隶摩零都督城，而摩零都督城属于镇西节度，则此处之西安亦得为镇西之误。姑识于此，以待续考。皆为南诏总之，攻战亦召之。

**补注：**

按：方国瑜《中国西南历史地理考释》云："《樊志》卷四曰：'黑齿蛮、金齿蛮、绣脚蛮、绣面蛮，并是永昌、开南杂类种也。'按：《樊志》卷六永昌城、镇西城所管，并有此数种部族，散居甚广，见于记录较多，以称金齿蛮为著。此名至元、明时期犹用之，即称傣族，其主要区域：（一）《元史·地理志》金齿宣抚司说：'南诏蒙氏兴，异牟寻破群蛮，尽虏其人以实其南、东、北，取其地，南至青石山缅界。'此为今之德宏地区，在瑞丽江、大盈江下游，为傣族所居，初唐时期，当已如此。（二）《樊志》卷四载黑齿、金齿诸蛮说：'悉属安西城。皆为南诏总之。'则安西城为金齿部族之主要区域，其地在今孟拱。"

穿鼻蛮、长鬃蛮、栋峰蛮，其蛮并在拓东，南生杂类也。穿鼻蛮部落以径尺金环穿鼻中隔，下垂过颐。达案：颐，原本作领，兹依《御览》卷七百八十九穿鼻蛮条引《南夷志》改正。《新唐书》卷二百二十二下《南蛮传》亦作颐。若是君长，即以丝绳系其环，达案：

卷四　名类第四

《御览》引无若是及其环四字。使人牵起乃行。其次者以达案：《御览》引无以字。花头金钉两枚，从鼻两边穿令透出鼻孔中。达案：穿令透出鼻孔中，《御览》引作穿令透下。长鬃蛮部落、栋峰蛮部落鬃黑而长。达案：鬃黑而长原本作发黑而长，兹依《御览》卷七百八十九长鬃、拣锋条引《南夷志》改正。又栋峰《御览》作拣锋，《新唐书》作栋锋。兹依旧本不改。当额前为一长鬃，达案：原本无鬃字，兹依《御览》引补入。髻下过脐。每行即以物撑起。若是达案：《御览》引无若是二字。君长，即使两女人前达案：《御览》引作即使两女在前。各持一物，两边撑其髻乃行。达案：两边撑其髻乃行，《御览》引作撑之。今亦为南诏所总，攻战即点之。

**补注：**

"并在拓东，南生杂类也"句疑为"并是拓东南、银生杂类也"，不然，文意不可解，即"生"字上夺一"银"字。

茫蛮部落，并是达案：《御览》卷七百八十九茫蛮条引《南夷志》无是字。开南杂种也。茫是其君之号，蛮达案：蛮，《御览》引作亦。呼茫诏。从永昌城南，先过唐封，以至达案：以至，《御览》引作次。凤蓝苴。达案：苴原本作苴，兹依《御览》引改正。以次达案：以次，《御览》引无以字，下同。茫天连，以次茫吐薅。又有大达案：大，《新唐书》亦作大，《御览》作火。赕、茫昌、茫盛恐、达案：《御览》引作盛恐他，《新唐书》无此名，兹一仍原本之旧。茫鲊、案：薛，《新唐书》一作鲊。达案：鲊，原本作薛，兹依《御览》引及《新唐书》改正。又馆臣按语中鲊字，《渐西本》误作鲜。茫施，达案：原本施下尚有茫字，如《渐西本》自大赕下俱以茫字断句。而《御览》引及《新唐书》俱作茫施，下并无茫字，因据删茫字。且疑应依茫天连、茫吐薅例，断句时茫字属上不属下也。皆其类也。楼居，无城郭。或漆齿。皆达案：《御览》引无皆字。衣青布裤，藤篾缠腰，红缯布缠髻，出其余垂后为饰。妇人披五色娑罗笼。孔雀巢人家树上。象大达案：《御览》引脱大字。如水牛。土达案：《御览》引脱土字。俗养象达案：《御览》引脱象字。以耕田，仍烧其粪。贞元十年南诏异牟寻攻其族类。

咸通三年十二月二十一日，亦有此茫蛮，于安南苏历江岸聚二三千人队。

**补注：**

按：向氏注引《元史·地理志》及正德《云南志》云："唐代茫蛮等部落所居，即在今芒市一带。"方国瑜《元代云南行省傣族史料编年》茫蛮部族云："《樊志》卷四曰：'茫是其君之号'，疑'君'字为'居'字形近而误，即可理解也。若君字不误，则应作'茫君之号呼为茫诏'，即住在坝子的酋长。"又《中国西南历史地理考释》："茫蛮亦称傣族，散居甚广，其地区可考校者：（一）《樊志》卷六开南城所属，在南者，茫乃道并黑齿等类十部落皆属焉。疑茫乃即后来之猛泐，读音相近，其地在今西双版纳；（二）《樊志》茫蛮条曰：'从永昌城南，先过唐封，以至凤蓝苴。以次茫天连，以次茫吐薅。'按：疑茫天连即后来之孟连，亦即今孟连县。"芹按：是也。不论金齿或茫蛮，议者多认为是今之傣族先民，惟因居地不同，名称有别。大抵称金齿云云，为南诏永昌及丽水节度辖区内的傣族先民，即今德宏地区的傣族；称茫蛮者在开南节度辖区内，即今西双版纳的傣族，《樊志》分别记述是有道理的。又本书《城镇篇》《物产篇》亦纪之有别，则向氏之说不可从。

**粟粟两姓蛮**、达案：粟、粟，《内聚珍本》《四库本》诸本俱作粟、粟，只《备征志》《渐西本》误作栗、粟。雷蛮、梦蛮，皆在茫部①台登城，东西散居，皆乌蛮、白蛮之种族。丈夫妇人以黑缯为衣，其长曳地。又东有白蛮，丈夫妇人以白缯为衣，下不过膝。梦蛮主苴梦冲，案：苴原本作首，今从《唐书》改正。达案：1940年，前中央博物院吴金鼎、曾昭燏在大理大和村五华楼一带发掘所得南诏带字残瓦中有首成造、

---

① 方国瑜云，茫部疑为邛部之误。是也。按：此言"皆在茫部台登城"，而本书界内途程第一台登城在邛部川，则茫部当是邛部之误。

苴军、官苴诸片，所记为造瓦人姓名。是当时苴姓固甚盛也。窃疑梦蛮主苴梦冲之姓亦应作苴，苴乃沿袭致误。《永乐大典》苴犹作苴，原来痕迹，尚可概见。以无他证，姑识所疑于此。吴、曾诸君在大理所得带字残瓦，具见其所撰报告书中，兹不赘。开元末，尝受恩赐于国，而暮年又私于吐蕃。贞元七年，西川节度使韦皋遣嶲州刺史苏隗 案：《唐书》作苏峞。就杀梦冲。因别立鬼主，以总其部落，共推为蛮长。贞元中船持①为都大鬼主，其时梦冲及骠傍皆卑事之。亦呼为东蛮。

丰巴蛮， 案：丰巴，《唐书》作丰琶。本出嶲州百姓，两林南二百里而居焉。丰巴部落，贞元中大鬼主骠傍、阿诺两姓及 达案：及原本作乃，卢校作及，是也。因据改。 诸蛮部落，皆为丰巴部落。心长向国。 案：此一段文有脱误。达案：心长向国一语不可解，卢校释之云："以其本嶲州百姓，故长归向中国也。"云云。亦无所据，谨著以资参考而已。

崇魔蛮②，去安南管内林西原十二日程。溪洞而居，俗养牛马。比年与汉博易。

自大中八年经略使苛暴，令人将盐往林西原博牛马，每一头匹只许盐一斗。因此隔绝，不将牛马来。③

桃花人，本属 达案：属原本作管，《通鉴考异》及《鲍本》俱作属。卢校云："按本管当依《通鉴考异》作本属，方与下管辖字不复。其五绾亦

---

① 方国瑜云，船持为"那时"之误。是也。按：以《新唐书·南蛮传》所录《樊志》之文校之（见附录），则此处之船持当是两林都大鬼主苴那时之误也（见界内途程第一两林、丰琶）。

② 方国瑜言：《太平御览》卷七八九引《南夷志》崇魔作棠魔。棠魔蛮去林西原十二日程，应在其上游。据《樊志》日程，林西原上游约九日至甘棠州，又三日至下步，崇魔蛮盖在其处，为所谓生僚部落也。

③ 此"自大中"以下为樊绰附益之文，低一格录之。

当作七绾,下文不误,今改正。"云云。卢校是也。今据改。安南林西原七达案:七原本作五,《鲍本》及余本俱作七,卢校亦云应作七。今据改。绾洞主大首领李由独管辖。亦为境上戍卒,每年亦纳赋税。

自大中八年被峰州知州官申文状与李涿,请罢防冬将健六千人,案:与李涿三字原本作与涿,今据《通鉴考异》所引《蛮书》文改正。达案:六千人《闽本》误作六十人。不要味、真、登州①界上防遏。案:味原本作来,今据《通鉴考异》所引《蛮书》文改正。达案:界上防遏,原本界作境,兹依《考异》引《蛮书》文改正。其由独兄弟力达案:力原本作所,兹依《考异》引《蛮书》文改正。不禁,被蛮柘东节度达案:原本脱度字,兹依《考异》引《蛮书》文补入。使与书信,案:书信原本作善信,今据《通鉴考异》所引《蛮书》文改正。将外甥嫁与李由独小男,补柘东押衙。自此之后,七绾洞悉为蛮收管。臣于咸通三年三月八日入贼重围,因见柘东蛮判官杨忠义背后领八个蛮持弓枪,臣因问贼帅朱道古根源。切以桃花人今亦呼桃花蛮也。本安南林西原七绾洞左右侧居。人披羊皮或披毡。前梳髻。虽拘于蛮,心皆向唐化。咸通三年三月二十一日,仅五六千人,安南城西角下营。蛮贼杨思缙委罗伏州扶邪县令麻光高部领之。②

―――――――

① 方国瑜《中国西南历史地理考释》云:"《樊志》说'罢冬防将健六千人,不要来真登州界上防遏。'《通鉴》说:'峰州官请罢戍兵,专委李由独防遏。'则林西原在真登州界上,即峰州与真登州之间。……又《樊志》卷六安宁城条载路程说'贾勇步入真登州林西原,取峰州路行',即自贾勇步出安南,经真登州至林西原,再经峰州而行。林西原在峰州与真登州之间,所说甚明确。按:真登州者,《越史通鉴纲目正编》卷二天成六年癸酉(宋明道二年,公元1033年)帝(李公蕴)将征定原州,发京师,次真登州,有陶氏者,献其女,纳为妃。注曰:'真登州属山西省,今临洮府是。'"芹按:据此,"不要味、真、登州界上防遏"句,当为"不要来真登州界上防遏"之误,则向氏将"来"字改"味"字为不妥。

② "自大中八年"以下为樊绰据访问所得而附益之文,兹低一格录之。

# 卷五　六赆第五

赆者州之名号也。韦齐休《云南行记》有十赆，字作此赆字。案：赆字原本误作脸，今从《一统志》改正。又韦齐休《云南行记》七字，原本误作大书，今亦改正。达案：闻在宥云，赆，力验切，或作睑，尼奄切。又云睑（xien），实泰语。今案董冲《唐书释音》卷二十四，赆，九俭切，恐以董冲音为正也。韦齐休于长庆三年从韦审规使云南，所著《云南行记》，散见《太平御览》中，尚二三十条。

**大和谓之大和赆，**达案：大，原本、《文津本》作太，《鲍本》作大，无"谓之大和赆"五字。大字据卢校改。卢校云："按大和下有脱文。当云大和谓之大和赆，如此则六赆方不缺其一。今《新唐书》备载十赆之名，有大和赆。十赆内本无龙口，且龙口即本是大厘城，不得别为一赆。"云云。今案《新唐书》卷二百二十二下《南诏传》，有十睑，夷语睑若州。曰云南赆、白崖赆亦曰勃弄赆、品澹赆、邆川赆、蒙舍赆、大厘赆亦曰史赆、苴咩赆亦曰阳赆、蒙秦赆、大和赆、赵川赆。《新唐书》十赆，此所无者云南、品澹、蒙秦、赵川四赆，余俱同。卢校甚是，因补谓之大和赆五字。**阳苴咩谓之阳赆，大厘谓之史赆，邆川谓之赕赆，**达案：《新唐书》于此作邆川赆，故疑此有脱文。如非邆川谓之邆川赆，则当云邆川谓之邆赕赆也。姑识此以待续考。**蒙舍谓之蒙舍赆，白崖谓之勃弄赆。**案：标题称六赆，第十卷亦有六赆之文，此所列乃止五赆。疑后龙口一城当亦为一赆，系传写讹脱一句也。达案：四库馆臣案语谓此处有脱文云云，是也。据卢校补入谓之大和睑一句，遂使本文豁然贯通。以龙口为一睑，卢校指证其非，亦甚是。唯卢校却误以龙口即为大厘城。本文龙口条之龙口，蒙舍川条之龙口，俱应是龙尾之误。大厘、邆川两条之龙口始为真正之龙口城。唯大厘条已明言大厘北去龙口城二十五里，岂可谓龙口即本是大厘城也。又案：原本于勃弄睑下尚有："云南、柘东、永昌、宁北、镇西及开南、银生等七城，则有大军将领之，亦称节度。贞元十年掠吐蕃铁桥城，今称铁桥节度。其余镇皆分隶焉。"凡五十二字。馆臣案云："自云南、柘东至皆分隶焉五十二字，与六睑文不相属。疑为第六篇云南城镇条下之文错简于此。"云云。馆臣之意甚是，因为移置卷六篇首。

**补注：**

按：所记太和、阳睑、史睑、赕睑、蒙舍、勃弄等六睑属南诏前期的首府区。后期（贞元十年即公元794年后）又增加了云南、蒙秦、品澹、赵州四个睑。

大和城、大厘城、阳苴咩城，本皆河蛮所居之地也。开元二十五年蒙归义逐河蛮，夺据大和城。后数月，又袭破咩罗皮，达案：咩罗皮原本作苴咩盛罗皮。据本书卷三邆睑诏条，蒙归义与邆睑诏咩罗皮同伐河蛮。咩罗皮据有大厘。后为归义所夺，并筑龙口城。是取大厘者乃归义，与其父盛罗皮无涉也。此处之苴咩盛罗皮五字必是咩罗皮之误，因为改正。取大厘城，仍筑龙口城为保障。阁罗凤多由大和、大厘、邆川来往。蒙归义男等初立大和城，以为不安，遂改创阳苴咩城。

**补注：**

向达注云，阳苴咩城，一云异牟寻建，一云阁罗凤建，未知孰是，姑两存之。按：《新唐书·南诏传》载，大历十四年，"异牟寻更徙苴咩城，筑袤十五里。"郭松年《大理行记》则言："大理，名阳苴咩城，一名紫城，方围四五里，即蒙氏第五主神武王阁罗凤赞普钟十三年甲辰岁所筑，时唐代宗广德二年也。"也就是说，阳苴咩城为阁罗凤所建，而异牟寻时整修徙治焉。

大和城北去阳苴咩城一十五里。巷陌皆垒石为之，高丈余，连延数里不断。城中有大碑，达案：碑字，《鲍本》误作牌。阁罗凤清平官郑蛮利之文。案：《旧唐书》阁罗凤得西泸令郑回，甚爱重之，更名蛮利，后为清平官。此云王蛮利者，疑即其人也。达案：郑蛮利，原本作王蛮利。《旧唐书》卷一百九十七《南诏传》云，有郑回者，本相州人，天宝中举明经，授嶲州西泸县令。嶲州陷，为所虏。阁罗凤以回有儒学，更名曰蛮利，甚爱重之。命教凤伽异。及异牟寻立，又令教其子寻梦凑。回久为蛮师，凡授学虽牟寻、梦凑，回得箠挞，故牟寻以下皆严惮之。蛮谓相为清平官，凡置六人。牟寻以回为清平官，事皆咨之，秉政用事。余清平官五人事回卑谨，或有过，回辄挞之。本书卷四独锦蛮条注引《白氏长庆集》卷四十《与南诏清平官书》亦有郑蛮利之名。则此处之王蛮利必是郑蛮利之误，因为改正。论阻绝皇化之由，受制西戎之意。

**补注：**

方国瑜言："《新唐书》太和赕，有作矣和，以太和为是，即在太和城也。《新唐书》曰：'夷语山陂陀为和，谓之太和。'《樊志》卷八记方言曰：'山谓之和。'则依山为城，故名太和城，设赕置官为六赕、十赕之一也。《新唐书·南诏传》误作"矣和"，王忠《新唐书·南诏传笺证》以为'即矣次和城'，非是"。

龙尾城，达案：龙尾城原本作龙口城。铃木俊据王昶《滇行日录》下关即龙尾关也之语，谓此处之龙口城应是龙尾城之讹。按之本书卷一及《新唐书·地理志》所记戎州至阳苴咩城路途，以及本条所记形势，俱应作龙尾城，因为改正。阁罗凤所筑。萦抱玷苍南麓数里，城门临洱水下。河上桥长百余步。过桥分三路：直南蒙舍路，向西永昌路，向东白崖城路。

**补注：**

向达校语云，龙尾城原本作龙口城，据铃木俊、本书卷一、《新唐书·地理志》及本条所记形势，因为改正，云云。按：《云南备征志》本已作"龙尾城"。

大厘城南去阳苴哶城四十里，北去龙口城二十五里，邑居人户尤众。哶罗皮达案：哶罗皮原本作盛罗皮。按南诏盛罗皮卒于开元十六年，子皮罗阁即蒙归义嗣位，诸书无异辞。开元二十五年，蒙归义与邆赕诏哶罗皮共逐河蛮，哶罗皮据大厘。未几，蒙归义又逐哶罗皮，袭有大厘。此时盛罗皮逝世已将十年，岂能多在此城？此处之盛罗皮必哶罗皮之误无疑，因为改正。多在此城。并阳苴哶并邆川，今并南诏往来所居也。家室共守，五处如一。东南十余里有舍利水城，在洱河中流岛上，四面临水，夏月最清凉，南诏常于此城避暑。

**补注：**

方国瑜言，史赕，疑为识赕之音字，意即鹿川，昔为鹿所栖或曾养鹿，而大厘之厘又为鹿字音稍讹而称之，姑作此说。又《南诏德化碑》曰："大利流波濯锦"，此"大利"为地名。《樊志》卷七记养柘蚕抽丝织锦，盖西洱河地区皆有之，而大利最佳，疑"大利"或即"大厘"之音字。

阳苴哶城①，南诏大衙门。上重楼，左右又有阶道，高二丈余，甃以青石为磴②。楼前方二三里。南北城门相对，大和往来通衢也。从楼下门行三百步至第二重门，门③屋五间。两行门楼相对，各有榜，并清平官大军将六曹长宅也。入第二重门，行二百余步，至第三重门。门列戟，上有重楼。入门是屏墙。又行一百余

---

① 向达注文，苴哶音义之说不可从。按，方国瑜曰："苴哶二字读音，《樊志》卷一《注》：'上音斜，下符差切。'《集韵》：'苴哶城在云南，上徐嗟切，下弥嗟切。'并在麻韵，读开口三等，其音如 shia mia。苴读邪纽，钱玄同先生曰：'邪纽从且之字古读归从。'（见《古无邪纽证》）则苴音如 tshia，今滇西语读苴哶如 tso mi，则音稍变也。"

② 《云南备征志》本"磴"误作"邆"。

③ 此处之"门屋五间"，语意不明，疑"门"字下"屋"字上夺"旁"字，即当为"门旁屋五间"，则语义明矣。

步，至大厅，阶高丈余。重屋制如蛛网，架空无柱。两边皆有门楼。下临清池。大厅后小厅，小厅后即南诏宅也。客馆在门楼外东南二里。馆前有亭，亭临方池，周回七里，水深数丈，鱼鳖悉有。

遵川城，旧遵川也。南去龙口城十五里。初望欠达案：望欠，《内聚珍本》《文津本》《鲍本》《闽本》俱作望父，只《备征志本》《渐西本》作望欠。《琳琅本续校》云："按三卷三页施浪诏之主名望欠，此云望父，未知即望欠否？"今案《新唐书》卷二百二十二中《施浪诏传》亦作施望欠，则作望欠者是也。因改正。部落居之，后浪穹诏丰咩袭而夺之。丰时孙铎罗望达案：丰时孙铎罗望一语，原本作丰咩孙铎望。《琳琅本续校》云："按丰咩为丰时之弟，其孙名皮罗遵，丰时之孙名铎罗望，详见前三卷。此以铎望为丰咩孙，恐误。"云云。据本书卷三浪穹诏条及《新唐书》卷二百二十二中《浪穹诏传》，与南诏战败，退保剑川者为丰时孙铎罗望。丰咩子咩罗皮。蒙归义既袭有大厘，继夺遵赕，咩罗皮遂退居野共川。咩罗皮子皮罗遵，皮罗遵子遵罗颠，遵罗颠子颠之托。丰咩一系至颠之托，犹居野共。逮南诏破剑川，进袭野共，俘颠之托，丰咩一系遂亡。故此处所记，乃丰时孙铎罗望之事。原本丰咩乃丰时之误，铎望必为铎罗望之脱误，因据《新唐书》及《琳琅本续校》补正。与南诏战败，退保剑川南，遂有城①。城依山足，东距泸水，北有泥沙②。自阁罗凤及异牟寻皆填固增修，最为名邑。东北有史郎川，又东禄诺品川，又北俄坤。③

---

① "遂有城"语，疑"有"字下夺"此"字，即当为"遂有此城"。
② 方国瑜云："'北有泥沙'者，卷三遵赕诏载：'皮罗阁追逐三浪过遵赕，败卒多陷死于泥沙之中。'按：是时遵赕城以北为湖沼地，后渐冲积，至清代犹多水域。咸丰《邓川州志》卷二载：邓川平坝，自其西北浸漏为洫者，西闸河、绿玉池、西湖、摩迦泽相续，以下始疏为罗时江，则古时为一片污泽之地可知也。"
③ 据方国瑜考证：史郎川疑为施浪诏故城，在弥苴河入洱海口之东，即所谓牟苴和城，今为青索乡。青索以东平川有海坝，疑即禄诺品川，又海坝之北有地今名新城，亦在平川，疑俄坤即在其处也。

蒙舍川[1]，罗盛已上之地，旧为蒙舍州，去龙尾城达案：龙尾城原本作龙口城。据本篇龙尾城条之文观之，此处之龙口城亦应是龙尾城之误，因为改正。一日程。当五诏俱存，而蒙舍北有蒙嶲诏，即杨瓜州也。同在一川，地气有瘴，肥沃宜禾稻。又有大池，周回数十里，多鱼及菱芡之属。川中水东南与勃弄川合流。南有笼磨些川[2]。凡遵川河，蒙舍谓之川赕。[3]然邑落人众蔬果水菱之味，则蒙舍为尤殷。

渠敛赵，达案：渠敛赵，本书卷一亦作渠蓝赵。本河东州也。西岩有石和城。乌蛮谓之土山坡陀者，谓此州城及大达案：大，《内聚珍本》《文津本》《闽本》作太，余本作大，卢校亦作大，兹据改。和城，俱在陂陀山上故也。州中列树夹道为交流，村邑连甍，沟塍弥望。大族有王、杨、李、赵四姓，皆白蛮也。云是蒲州人，迁徙至此，因以名州焉。东北至毛郎川，又东北至宾居汤，又北至越析川，磨些诏故地也。

**补注：**

方国瑜言：越析诏城（越析州）在今宾川城，其南宾居，今犹称此地名，毛郎川在宾居西南，当即今之乌龙坝，此三地盖原为越析诏所属，后隶赵川赕也。

---

[1] 方国瑜云：蒙舍川在今巍山城区，无大池，惟阳瓜江流贯之，盖古时江水经低洼地，潴为大池也。又蒙舍有瘴气，产亚热带水果，则南涧地属蒙舍。又雌黄，盖石磺，今凤仪、巍山交界处盛产。

[2] 笼磨些川，方国瑜云：以方位言，盖今之公郎地，临澜沧江也。

[3] "凡遵川河，蒙舍谓之川赕"句，疑"河"字下夺"赕"字，当为"凡遵川、河赕、蒙舍谓之川赕"。

白崖城在勃弄川，天宝中附于忠、城、阳等五州之城也。依山为城，高十丈，四面皆引水环流，惟开南北两门。南隅是旧城，周回二里。东北隅新城，大历七年阁罗凤新筑也，周回四里。城北门外有慈竹蒌，大如人胫，高百尺余。城内有阁罗凤所造大厅，修廊曲庑，厅后院橙枳青翠，俯临北埔。旧城内有池方三百余步，池中有楼舍，云贮甲仗。川东西二十余里，南北百余里。清平官已下，官给分田，悉在。南诏亲属亦住此城傍。其南二十里有蛮子城，阁罗凤庶弟诚节母子旧居也。正南去开南城十一日程。

**补注：**

方国瑜云：白崖城南二十里，在今弥渡县城，为诚节旧居也。《新纂云南通志》卷四《大事记》引《樊志》曰："诸子皆授刺史，而'成'则两为刺史，故《樊志》两载之。《阮志》（道光《云南通志》）以成为一人，成进又为一人，疑误。"按：《樊志》之"次男成节度蒙舍州刺史"，度字为衍文，而成节为人名，《阮志》以"成"为名者误，《大事记》以"成"两为刺史更误（瑜撰《南诏德化碑跋》已言之）。向达《蛮书校注》删度字，又以为成节即诚节，是也。诚节居蛮子城，为天宝初年以前事，《南诏德化碑》诉张虔陀谋害有六事，其一事曰："诚节，王之庶弟，以其不忠不孝，贬在长沙，而彼奏归，拟令间我。"则诚节已被贬流，张虔陀阴谋使归，不详其事迹，惟为阁罗凤所不容，不可能回其故居也。

又云"天宝中附于忠、城、阳等五州之城也"句，宜读作"天宝中附、于、忠、城、阳等五州之城也"。

## 卷六　云南城镇第六

云南、柘东、永昌、宁北、镇西及开南、银生七城，则有大军将领之，亦称节度。贞元十年掠吐蕃铁桥城，今称铁桥节度。其余镇皆分隶焉。

**补注：**

按：南诏前期有弄栋（云南）、柘东、永昌、宁北（剑川）、镇西（丽水）、开南（银生）等六节度及会川、通海二都督。贞元十年，异牟寻破铁桥城等，新设铁桥节度。实际上也就是南诏地方民族割据政权的行政区。

云南城，天宝中阁罗凤所规置也。尝为信州地。①城池郭邑皆如汉制。州中南北二十余里，东西四十五里。带邑及过山虽有三千

---

① 方国瑜云：《旧唐志》曰："宋州，武德四年置西宋州，贞观十一年去'西'字，在京师西南五千一十里，北接姚州。"《新唐志》作宗州，疑形近而误。按：宋州在姚州南一百十里，疑在今之云南驿。樊绰《云南志》卷六曰"云南城尝为信州地"，信与宋发声相近也。向达《校注》以为信州即《新唐志》戎州羁縻之信州。惟此信州与居州、炎州同列，应在马湖地区，不应在姚州地区也。元郭松年《大理行记》曰："云南州西北十余里山麓间，有石如镜，光可鉴面，旧名镜州。"万历《云南通志》卷二大理府古迹曰："镜州城，在云南县治西南，唐置，领夷郎等六县，遗址尚存。"道光《云南通志》卷二十五引《一统志》："镜州故城在云南县西南，土城遗址尚存，唐置，隶戎州都督府。"又引《云南县志》："镜州故城在今高官铺，唐永徽间置，仅存西南二方。"按：《新唐书·地理志》戎州都督府羁縻州有镜州领夷郎等六县，据《太平寰宇记》卷七十二戎州羁縻南广溪洞内有镜州，"在戎州南三百九十六里"，则此镜州不能远在云南县境内，诸本志书所说都不可信。惟郭松年所说则有根据，不知何时设此州，不能以与唐戎州所属有镜州同名，而误认为同在一地也。（见《地理考释》）又云南城即今云南驿。

余户，田畴多废，间里少人。诸葛亮分永昌东北置云南郡，斯即其故地达案：故地，《文津本》误作地故。也。西隔山有品睑赕①，亦名清字川，尝为波州。大池绕山，长二十余里。波州废地在池东南隅。故渭北节度②段子英，此州人也。故居坟墓，皆在云南。③达案：据《新唐书》卷六十四《方镇表》，肃宗上元元年，始置渭北鄜坊节度使，治坊州，并领丹、延二州。代宗大历十四年罢渭北节度，置都团练观察使。德宗建中四年，复置渭北节度，如上元之旧。寻罢。贞元三年复置。段子英，《文津本》段误作殷，应依《内聚珍本》。东第二程有欠舍川，大都部落。第三程至石鼓驿，旧化川④也。第四程至曲驿，有大览赕、小览赕，汉旧览州⑤也。

弄栋城在故姚州川中，南北百余里，东西三十余里。废城在东岩山上。当川中有平岩，周回五六顷，新筑弄栋城在其上。管杂蛮数部落，悉无汉人。姚州百姓陷蛮者，皆被移隶远处。

---

① 品睑赕，方国瑜云：品睑当读为品赕，因其地称赕，复一睑字，而改上赕字作"品睑睑"，其不作"品睑睑"者，可证睑即赕之误也。品赕与品澹为对音字。品赕在云南城西隔山，今自云南驿西北至祥云县城，品澹应在其地。元郭松年《大理行记》曰："云南州西北十余里，又西行三十余里至品甸，甸中有池名清湖，灌溉之利，达于云南之野。湖西官道中有石焉，纹如古篆，号曰地符，行人谨避莫敢践之。又山行三十余里至白崖甸。"此品甸即品赕，今之祥云城区，湖即今青龙湖，地符即今晒经坡也。又品赕应为樊绰路程所记之波大驿。

② 此处"渭北节度"当是"宁北节度"之误，因曰南诏节度中未有此名，其后亦无记录可寻。

③ 此处向氏读作"故渭（宁）北节度段子英，此州人也。故居坟墓，皆在云南。东第二程有欠舍川，大都部落"。按：此说段子英为云南城人，意属上，其故居坟墓皆在云南，不会在他地。而下"东第二程欠舍川"云云，为另叙一事，"云南"二字当属下句，则应作"故宁北节度使段子英，此州人也，故居坟墓皆在。云南东第二程有欠舍川，大都部落"。

④ 向达谓："化川，诸本同，然疑应作化州。"据上校补，向氏之言是也。惟向氏未改，因为补焉。

⑤ 方国瑜言："景泰《云南志》曰：'楚雄府，唐为览州。'所说是也。"

## 补注：

向达注云："盖自天宝以后，姚州当先陷吐蕃，贞元十年始从吐蕃归于南诏耳。"此说谬也。按，方国瑜云："《樊志》卷四弄栋蛮条载：其众有北奔分散在磨些江及剑共诸川者，'贞元十年，南诏异牟寻破掠吐蕃城邑，收获弄栋城，迁于永昌之地'。此弄栋城必为弄栋蛮之误。向达之说则不可解也。弄栋城之位置，《樊志》所记甚为明白，岑仲勉《六诏所在地》一文确定弄栋城在姚州，引不同之说曰：'夏光南氏《中印缅道交通史》，以弄栋为盐兴（页三十），又以为今祥云境（页三六），又以为楚雄（页二七），非失之过东，则失之偏西，而且自相矛盾。'岑氏之辩甚是。"又"岑仲勉《六诏所在地》一文引日本铃木俊说：'沙却馆疑与石鼓异名同实，今楚雄附近。'此说未确也，岑氏已辩之。铃木俊又以为欠舍川与求赠馆在同一地，岑仲勉驳曰：'欠舍川在云南城东第二程，求赠馆则为城东第一程，显非同地，铃木误。'岑说是也"。芹按：其说是也。尚可说者，此处"姚州百姓陷蛮者，皆被移隶远处"句，当与本书卷四弄栋蛮条合而观之，则陷于蛮而移他处之"姚州百姓"，指的是原北奔磨些江、剑、共诸川之弄栋蛮，非一直居姚州之百姓移隶远处即永昌地。若从向氏之说，则不可解也。

柘东城，广德二年凤伽异所置也。其地汉旧昆川，故谓昆池。东北有井邑城隍，城西有汉城，土俗相传云是庄蹻故城。城之东十余里有谷昌村，汉谷昌王故地也。贞元十年，南诏破西戎，迁施、顺、磨些诸种数万户以实其地。又从永昌以望苴子、望外喻等千余户分隶城傍，以静道路。

## 补注：

柘东应在今之昆明平原，柘东城址应在今昆明市区。

晋宁州，汉滇池故地也。达案：滇池原本作滇河。汉盖州郡有滇池县。据《华阳国志》卷四《南中志》："晋宁郡蜀建兴三年改曰建宁，治味县。宁州别建为益州郡。后太守李邈与前太守董懂、建兴爨量共叛，宁州刺史王逊表改益州为晋宁郡，治滇池县。"则此处之滇河，必是滇池之误，因为改正。在柘东城南八十里晋平川，幅员数百里。西爨王墓，累累相望。

**补注：**

方国瑜云："向达《校注》读'在柘东城南八十里晋平川，幅员数百里'。惟'晋平川'为地名不可解，疑夺'宁'字，读作'在柘东城南八十里晋宁平川数百里'。又晋宁州亦当作晋宁川，因当通道，设驿馆也。"

石城川，味县故地也。①贞观中为郎州，开元初改为南宁州。州城即诸葛亮战处故城也。城中有诸葛亮所撰文，立二碑，背上篆文曰："此碑如倒，蛮为汉奴。"

近年，蛮夷以木揳柱。案：《新唐书》谓诸葛亮碑在柘东城，与此不合，盖《唐书》之误。臣今春见安南兵马使郭延宗曾奉使至柘东，停住一月日，馆谷勤厚，赠遗不轻。②案：以上五句与上下文不相属，疑亦错简在此。

---

① 石城川，向达注引《汉书》益州郡有味县，《华阳国志·南中志》建宁郡治味县，正德《云南志》曲靖府石城在府城北二十余里，《读史方舆纪要》曲靖军民府石城在府北二十里，《旧唐书·地理志》郎州下有味县，《新唐书·地理志》南宁州治味县，并引嘉庆《重修一统志》曲靖府建置沿革，然向氏未明石城川为何地。按：石城川在味县故地，即今曲靖市，向氏于本书途程第一首条注误以为味县即今宜良，故如此耳。

② 自"近年"以下至"赠遗不轻"为樊绰附益之文，低一格录之。

又有爨鹿弄川，汉同劳县故地也①。案：《旧唐书·地理志》郎州有同乐县，同劳疑即同乐之讹。在龙河遇川②南百余里。

石城南面有新丰川，汉南宁州新丰县故地也。废城墙堑犹在，大小石城川同。

**补注：**

按：新丰川即今宜良地。

升麻川西川南有曲轭川，达案："升麻川西川南有曲轭川"一语，疑应作"升麻川西南有曲轭川"，第二川字是衍文。以无别本可据，姑存疑于此。汉南宁州同起县也。

**补注：**

向氏注谓升麻川即今寻甸地，是也。惟谓在升麻川西南之曲轭川疑即在今嵩明境内也，则非。按：方国瑜云："《新唐书》《旧唐志》并有同起县，……汉无同起县，当唐之同起县，土人名曲轭。《樊志》谓：'归义兴问罪之师，行次昆川，信宿而曲轭川溃散。'是知曲轭在昆川附近，昆川即昆州，在今昆明。蒙归义出兵自西而东，曲轭应在昆川之东；而爨归王与爨

---

① 向达注云，据《南中志》，同劳县属晋宁郡，同乐县属建宁郡，四库馆臣误为一县，其误始自景泰《云南志》云云。按：方国瑜云："两《汉志》益州郡有同劳县，《宋、齐志》建宁郡有同乐县，同劳当即同乐。'劳''乐'为对音字……盖晋始改名，而《晋志》无同乐县者，失之。《华阳国志·南中志》晋宁郡有同劳县，建宁郡有同乐县，亦误。按：晋爨宝子建宁同乐县人，碑在今曲靖城南七十里之扬旗田。宋爨龙颜亦建宁同乐县人，碑在今陆良城东南二十里之贞元堡。《南中志》曰：'同乐县，大姓爨氏。'则今曲靖南之越州（元置越州，明置越州卫，清废入曲靖）及陆良县盘江东南之地，即汉、晋之同乐县。景泰《云南志》曰：'陆凉州，乃汉之同劳郡，即同乐也。'其说甚是，后来志书多从之，汪士铎以为在马龙西南，则非也。"又云："《旧唐志》：'味县隋废，同乐县，武德元年复置改名。'（《太平寰宇记》同）盖隋废味县并于同乐，武德元年分之，同乐当与味县接近。……爨鹿弄川当土人所名，元置陆良州，疑为鹿弄之译音。"

② 向达注云，龙河遇川无考。按：方国瑜云：爨鹿弄川在龙河遇川南百余里，疑龙河遇川即越州，为南盘江流经之平川，江南流入陆良境，沿江路程约百里也。

崇道分居石城，曲轭应在石城之西；又曲轭在升麻西南：审之地理，曲轭应即今之马龙县，马龙为汉同濑县故地。"又此"升麻川西川南有曲轭川"句，"西"字下之"川"字当是衍文，故宜作"升麻川西南有曲轭川"。

安宁镇去柘东城西一日程，连然县故地也。通海镇去安宁西第三程，至龙封驿。驿前临瘴川，去柘东城八日程，汉俞元县故地也。量水川。达案：《旧唐书·地理志》黎州有梁水县，量水盖即梁水，转音之讹。汉旧黎州，今吐蕃呼为量水川①。通海城②南十四日程至步头。从步头船行沿江三十五日出南蛮。夷人不解舟船，多取通海城路贾勇步③入真、登州林西原，取峰州路行。量水川西南至龙河，又南与青木香山路直，南至昆仑国矣。达案：《文津本》青木香山木作

----

① 向达注云："据本书卷一所纪从安南府城至苴哶城路程，通海至安宁为程四日，至江川一日，江川至晋宁一日。即自通海至俞元或龙封驿仅二日程，由此至柘东最多不过二日。而此云驿前临瘴川，去柘东城八日程。此不合一也。此又云通海镇去安宁西第三程至龙封驿，似龙封驿又在安宁西三程矣。然安宁西第三程为曲馆，并无龙封驿之名。此不合二也。私意俞元或龙封驿在通海至柘东路程之中，应无疑义。《蛮书》此处所纪程数方位，抵牾不符，当是文字有讹脱也。"按：方国瑜云："龙封驿为汉俞元县故地，即《樊志》卷四所载西爨地名之喻献，在今之澄江、江川、玉溪等地。所谓'去安宁西第三程至龙封驿'者，'西'字应作'南'，龙封驿当在今玉溪县境，为安宁城至步头途中。又'去柘东城八日程'之'八'，应为'三'字之误。又《樊志》在'去安宁西第三程'上有'通海镇'三字，当是衍文。此段错误较多，故向达《蛮书校注》谓：'此处所纪程数方位，抵牾不符，当是文字有讹误。'按：删'通海镇'三字，改'西'为'南'字，'八'为'三'字，则相符也。……又量水川为黎州，《樊志》卷二曰：'量水川在滇池南两日程，汉旧黎州也。'按：黎州之境域甚广，惟州治盖在江川（即绛县），即所谓量水川也。"

② "通海城南十四日程至步头"句之"通海城"是"安宁城"之误，因此条讲安宁，又说的是步头路，非通海路，就虽说通海路亦不符，故当作"安宁城南十四日程至步头。"

③ 向达注引《元史·地理志》、伯希和等说，认为贾勇步（古涌步）即步头，在今建水城。并云"《元史·地理志》记云南历代地理沿革，本末灿然，其所据必为所得大理图籍。非有确证，《元史》之说不可遽废"。云云。按：向氏此言即指方国瑜古涌步为河口、步头在元江之说。详见方国瑜《中国西南历史地理考释·唐代后期云南安抚司地理》中"南诏通安南道"一节。

水，崑仑崑作昆，当是写官之误。

　　**宁北城在汉楪**达案：楪，《文津本》《内聚珍本》作桑，《鲍本》及卢校俱作楪，今据改。**榆县之东境也。本无城池。今以浪人诏矣罗君**达案：《文津本》脱君字。**旧宅为理所**①。**东地有野共川**②，**北地有𪃋川，又北有𪃋川**，达案：又北，《文津本》作又之北，当衍一之字。**又北有郎婆川**③，**又北有桑川，即至铁桥城北九赕川**④。**又西北有罗眉川。又西牟郎共城**⑤。**又西至傍弥潜城，有盐井。盐井西有剑寻城**。达案：剑寻原本作敛寻，依卷四例改。**皆施蛮、顺蛮部落，今所居**

---

　　① 向达注云"异牟寻击破剑川，俘矣罗君，徙之永昌。剑川既破，三浪瓦解。南诏因于此筑宁北城，以矣罗君宅为理所。南诏建剑川节度使，亦当在宁北城也"。按：南诏未破剑川，即已立宁北节度，治城在"邓川北三十里"，破剑川后移治剑川，称剑川节度，惟宁北城仍在原处也。方国瑜曰："正德《云南志》卷三曰：'宁北城，在邓川北三十里。'今弥苴河中所桥东里许，犹有宁北城故址。"

　　② 野共川，方国瑜曰：据《樊志》"在遵赕以北，与剑川近，为宁北城东地，盖即今之姜邑坝，为鹤庆南部与邓川交接之处。疑姜邑原作江邑，江读如工，与共同音"。

　　③ 方国瑜曰："宁北城之北，以牛街三营坝为大，疑𪃋川在其地。又北则有松桂坝，有平畴富饶，疑横川在其地。四库文津阁本《蛮书》作'又之北有横川'，盖'之北'为'东北'之误，武英殿本删'之'字。若然，松桂在牛街之北偏东，适相符也。松桂之北则鹤庆坝，疑即郎婆川，今纳西语称鹤庆为'冷普赕'，疑为郎婆赕之对音。"

　　④ 方国瑜曰："《元史·地理志》丽江路通安州曰'昔名三赕'，疑三赕即桑川、郎婆川以北之平川也。……巨津州即今巨甸，土名剌巴，即罗婆，故称罗婆九赕也。"

　　⑤ 方国瑜曰："牟郎共城在罗眉川之西，以位置言，可能在今兰坪城西五十里澜沧江边之营盘街，渡江即今碧江县地也。"

之地也。又西北至聿赍城，又西北至弄视川。①

铁桥城②在剑川北三日程。川中平路有驿。贞元十年，南诏异牟寻用军破东西两城，斩断铁桥，大笼官已下投水死者以万计。今西城南诏置兵守御，东城至神川已来，半为散地。见管浪加萌、于

---

① 方国瑜曰："《樊志》曰：'西至傍弥潜城，有盐井，盐井西有敛寻城，皆施蛮、顺蛮部落今所居之地也。'又卷七记'其盐出处甚多'，曰：'敛寻，东南有傍弥潜井、沙追井，西北有若耶井、讳溺井，剑川有细诺邓井。'按此为产盐区之地名。剑川城西南五十里沙溪坝子南经沙登村之石钟山，有南诏时期石窟数处，其一窟有天启十一年（大中四年、公元850年）七月二十五日题记曰：'沙追附尚邑三赕白张傍龙。……'此沙追即其地名，今沙溪有弥沙井区，即傍弥潜、沙追盐井，此可知敛寻城在今沙溪镇，而傍弥潜城在其西，沙追在其南也。《新唐书·南诏传》曰：'施蛮者，居大施赕、敛寻赕（见《樊志》卷四，惟有误），即施蛮部落所居也。'《樊志》卷四顺蛮曰：'贞元十年，南诏异牟寻虏其王傍弥潜宗族，置于云南白崖养给之。'即顺蛮王宗族居傍弥潜者。向达《校注》曰：'傍弥潜城，当由顺蛮王傍弥潜得名。'未必可从。又敛寻城西北，则今为兰坪县境，有喇鸡、顺荡、日期等井区。疑若耶、讳溺即在其地，惟不能详，姑假定若耶在南，为日期井区，讳溺稍北，为喇鸡井区。又细诺邓井属剑川，今云龙县城西北三十五里有诺邓井区，盖古之细诺邓井也。又曰：聿赍城者，《樊志》卷二曰：'澜沧江源出吐蕃中，东南过聿赍城西，谓之濑水河，又过顺蛮部落，南流过剑川大山之西。'按：其地临澜沧江，而在剑川之北。《新唐书·南诏传》载贞元十七年吐蕃兵戍聿赍等五城，则其地接吐蕃界，疑即在今维西。元《一统志》曰：'临西县，罗衺间之地，至元十四年，以罗衺间置临西县，隶巨津州。'（《元史·地理志》同）不识'衺'为'裒'字形近之误否？若然，聿赍与罗裒之音相似也。又弄视川者，《樊志》卷二曰：'牦牛河环绕弄视川，南流过铁桥上下磨些部落，即谓之磨些江。'此即金沙江上游，元《一统志》巨津州曰：'金沙江亦谓之犁牛河，至临西县境，绕猪婆山、弄视川，南流过铁桥，临巨津州。'疑弄视川在今奔子栏，其地临金沙江，当巨甸、中甸两路进西藏相会之处。"所释是也。

② 方国瑜云：铁桥城在剑川北不止三日程，三字当误。今巨甸北二日程塔城关，即铁桥城旧址。《樊志》谓铁桥有东西二城，南置兵于西城，盖西城即在今塔城关。《樊志》谓"东城至神川以来，半为散地"。则东城非与西城隔江而居，乃是距离较远之处，以地形言，可假定在今之中甸县城。

浪、传兖、长裈、磨些、扑子、河人、弄栋等十余种。①

昆明城在东泸之西，去龙口十六日程。正北有讳苴川②，正南至松外城，又正南至龙怯河，西南至小婆城，又西南至大婆城③，西北至三探览城，又西北至铁桥城。其铁桥上下及达案：及，原本作乃，按文义应是及字之误，因为臆正。昆明、双舍至松外④已东，边近泸水，并磨些种落所居之地。

永昌城古哀牢地，在玷苍山西六日程。西北去广荡城⑤六十日程。广荡城接吐蕃界。隔候雪山西边大洞川，亦有诸葛武侯城⑥。城中有神庙，土俗咸共敬畏，祷祝不阙。蛮夷骑马，遥望庙即下马趋走。西南管柘南城⑦，土俗相传，呼为要镇。正南过唐封川，至

---

① 山川江源第二高黎贡山条纪永昌西，怒江岸之穹赕为汤浪、加萌所居，则疑此处"见管浪加萌"之"浪"字上夺"汤"字，应是"见管汤浪、加萌"。惟汤浪、加萌居穹赕，即潞江坝，何以属于铁桥东城所辖？是铁桥节度势力所及？抑或汤浪、加萌之民有移居或被迁徙？因无据，存疑于此。惟"浪加萌"当是"汤浪、加萌"无疑。又此处之河人，当是河赕人之误。

② 讳苴川，方国瑜曰："此地名不见其他记录，惟以方位言之，疑在今盐源县北部之瓜别、古柏树地。"

③ 方国瑜曰："据地理方位，小婆城在今之蒗蕖，而大婆城在今之永胜。……三探览城，应在今之永宁。"

④ 方国瑜言："双舍地在两江会合之处，即今盐边县之东南，盖此一带为双舍（寻声）部落所居，故曰'其地总谓之双舍'，龙怯河亦双舍地也。又松外城在昆明城之南，龙怯河之北，则今盐源城与盐边城之间也。"

⑤ 据方国瑜考证：广荡城在永昌城西北六十日程，又在金宝城（今密支那）北，与吐蕃接界，则地在最西北，盖广荡城在今之坎底坝。

⑥ 诸葛武侯城，据方国瑜考证，在今龙陵县。

⑦ 柘南城，方国瑜言：疑在镇康。

茫天连①。自澜沧江以西，越赕、扑子，其种并是望苴子。俗尚勇力，土又多马。开元已前，闭绝与六诏不通。盛罗皮始置达案：置字原本作罢，曾昭燏云："罢宁疑是置字之误。"其说是也。因据改。柘俞城②，阁罗凤已后，渐就柔服。通计南诏兵数三万，而永昌达案：昌原本作西，疑是昌字之误，因为臆正。居其一。又杂种有金齿、漆齿、银齿、绣脚、穿鼻、裸形、磨些、望外喻等，皆三译四译，言语乃与河赕相通。

银生城在扑赕之南，去龙尾城十日程。东南有通镫川，又直南通河普川，又正南通羌浪川；却是边海无人之境也。东至送江川，

---

① 向达注文谓："唐封川、茫天连，盖在今芒市地区。"据方国瑜言："姑假定唐封川在今凤庆（顺宁），凤蓝茸在今耿马，茫天连在今孟连，茫吐薅在今勐阿，临南卡江，与芬班养相接，为今云南最西南境也。"芹按：所说为假定，然以地理方位言，当在此区域，又金齿、黑齿等部落在永昌城西，即今德宏地区，而茫族群在永昌城南，此处之唐封川、茫吐薅诸地，是部落群居住区域，虽说二者同为傣族先民，然因居住地之不同，条件之差异，其发展亦有别，但从今日傣族之区域来看，与此大致相吻合。

② 向达注文云：此处云盛罗皮始置柘俞城，本书卷四望苴子蛮条亦云盛罗皮所讨定。顾此处又云开元已前闭绝，与六诏不通。所记似有抵牾。今案盛罗皮卒于开元十六年。南诏至归义始渐强大。阁罗凤讨平寻传，皆在赞普钟十一年，南诏经营西陲，盖始于此。今两云盛罗皮，颇疑其有误也。按：本处所记："开元已前闭绝，与六诏不通。盛罗皮始置柘俞城，阁罗凤已后，渐就柔服。通计南诏兵数三万，而永昌居其一。"开元已前不通六诏，而盛罗皮始置柘俞城，此并不矛盾，因盛罗皮卒于开元十六年，则盛罗皮于开元中（开元元年至十六年）经营这一地区，是有可能的；盛罗皮经营永昌，置柘俞城，在六诏尚未统一之前，其势力并不稳固，到阁罗凤时"渐就柔服"，合乎其发展，则互不抵牾。蒙舍诏其先为哀牢夷，即当时之扑子蛮，虽说其迁至巍山之时间已长，当有同一族属之关系，在兼并洱海区域部落的同时，经营其地是完全可能的；南诏常备军数三万，而永昌占三分之一，可见其对此区域势力控制之强，绝非一夕之力所能做到；南诏常备军中有精兵，望苴子为其中之突出者，这与其是同一族属之渊源及长时间经营此地区是不可分的。由上观之，则《樊志》所记可信也。

南至邛鹅川，又南至林记川，又东南至大银孔①。又南有婆罗门、波斯、阇婆、勃泥、昆仑数种外道。达案：道原本作通，《御览》卷九百八十一麝条引《南夷志》作道，因据以改正。交易之处，多诸珍宝，以黄金麝香为贵货。扑子、长鬃等数十种蛮。又开南城在龙尾城南十一日程。管柳追和都督城。又威远城、奉逸城、利润城②，内有盐井一百来所。茫乃道③并黑齿等类十部落皆属焉。陆路去永昌十日程，水路下弥臣国三十日程。南至南海，去昆仑国三日程。中间又管模迦罗、于泥、礼强子等族类五部落。

越礼城④在永昌北，管长傍⑤、藤弯。长傍城三面高山，临禄

---

① 据方国瑜考证，疑羌浪川在今之莱州（藤条江流入把边江地区）。自景东至莱州一路之较大地名有墨江，古名他郎，疑即通镫川。又江城古名勐烈，疑即河普川。江城有路沿把江边西岸而行约二百公里可至莱州，疑羌浪川在莱州境。又，送江川在今临沧，邛鹅川疑在澜沧县。又林记川疑在今缅甸之景栋。又大银孔疑在今泰国之景迈。

② 方国瑜曰："柳追和为重镇，与镇西节度之摩零都督城相同，则在开南城前哨，以地理审之，盖在今之镇沅。""威远城在今景谷县，奉逸、利润二城，疑在今普洱、倚邦、易武、勐腊等处。"按：普洱坝今称凤阳，即与奉逸之音相近。

③ 方国瑜曰："此即《南诏德化碑》所谓黑嘴之乡也，黑齿即称傣族，茫乃道统有黑齿数十部落，疑即今之西双版纳，首府允景洪，古名勐泐，音与茫乃略相近，亦可为证也。《樊志》卷七曰：'茶出银生城界诸山，散收无采造法，蒙舍蛮以椒姜桂和烹而饮之。'按：银生城界者，即银生节度管辖界内，今所称云南普洱茶者，实产于倚邦、易武、勐海各地。产茶之年代甚早，今易武城东有茶王树地名，有古老之茶树，在勐海有三人合抱之大茶树，已枯之一树，锯其干，视年轮，知已生长七百余年，传说倚邦产茶更早。则银生界内产茶诸山，在今倚邦、易武、勐海等处可知也。《樊志》又曰：'象，开南已南多有之，或捉得，人家多养之，以代耕田也。'又曰：'开南已南养象（象字原作处，今改），大于水牛，一家数头，养之代牛耕也。'按：开南已南，为开南节度南境，亦在今西双版纳地区，自古以来产象。"

④ 方国瑜曰："《樊志》永昌城所载地名，为永昌节度所属。又《樊志》载：'越礼城在永昌北，管长傍、藤弯。'则越礼城所载地名，亦属永昌节度。惟《樊志》载永昌城与越礼城之间为银生、开南城，又越礼城后为丽水城。今本丽水城不提行，由此知越礼城条当是错简，应置永昌城后也。

⑤ 方国瑜言：长傍城即临今之恩梅开江，疑在今他戛（拖角）地区，为明代茶山长官司也。……永昌北之越礼城应在保山北怒江西之上江地区，即马面关、明光隘一带，以大塘之地面较大，自古视为要塞，假定越礼城在今大塘，未必确，惟亦不至过远也。

卑江。达案：禄卑原本作禄旱，兹依卷二例改作禄旱。藤弯城南至磨些乐城①，西南有罗君寻城。又西至利城，渡水郎阳川，直南过山，至押西城②。又南至首外川。又西至茫部落。又西至盐井。达案：又西至盐井，《文津本》作又西至盐井，余本不误。又西至拔熬河③丽水城④。寻传大川城在水东。从上郎坪北里眉罗苴盐井又至安西城⑤，

① 禄卑江原作禄旱江，为向氏所改，应以"旱"为正。又方国瑜曰："磨些乐城当是贾耽《路程》之乐城，《旧唐书》之些乐城，疑以些乐城为正。……以方位考之，些乐城应在今之瑞丽城。"

② 方国瑜曰："押西城疑即镇西城，位置在今盈江县城。又藤弯在今腾冲城，则罗君寻城盖在今腾冲之曼东街。又利城在勐宋，并当大盈江北，然后渡大盈江而南至押西城，则所谓郎阳川者，即大盈江也。此以在藤弯城西南、又西、又南之方向解释，今程自腾冲至盈江城凡二百九十里，疑大盈江以北之地属藤弯城。"

③ 首外川、茫部落、盐井、拔熬河。方国瑜曰："此为押西（今盈江城）以南之地名，以地理考之，疑首外川在今龙川江南岸之小陇川坝，茫部落在今芒市，盐井在今遮放，拔熬河在今瑞丽坝，此可以方位说之。惟未闻遮放产盐，且在此区域亦无盐井，则不可解，是否以销盐设店而名其地？不获知也。又些乐城在今瑞丽城，则自藤弯城至些乐城，经过茫部落及盐井，何以《樊志》记载不连说之？岂以通至些乐城道，以经诸葛亮城，为要镇地名，故别说之耶？又"《樊志》卷六曰：'丽水城，寻传大川城在水东。'是知丽水城一名寻传大川城，在水之东也。"芹按：丽水城即寻传大川城，故应读作"又西至拔熬河。丽水城寻传大川城在水东"。

④ 丽水城，方国瑜曰："《樊志》卷六曰：'丽水城，寻传大川城在水东。'是知丽水城一名寻传大川城，在水之东也。按：丽水即大金沙江，亦即伊洛瓦底江。……丽水城之位置，《新唐书·地理志》载贾耽《路程》曰：'自诸葛亮城西去藤充城二百里，又西去弥城百里，又西过山二百里至丽水城，乃西渡丽水、龙泉二百里至安西城。'此藤充城在今之腾冲县城，而安西城即今缅北之勐拱，则丽水城在腾冲城直西至伊洛瓦底江边之处，且龙泉水为勐拱河，则丽水城应在勐拱河入伊洛瓦底江口稍北，应在今打罗之地。"

⑤ 方国瑜曰："此数条记载，以地理审之，可确定者，丽水即伊洛瓦底江（Irawaddy），弥诺江即钦敦江（Chindwin）。又大婆罗门国、小婆罗门国在东印度（伯希和已有说），则安西城为丽水节度所辖最西之城镇，以安西为地名，亦有取意。而自丽水城西渡丽水，又渡龙泉水，至安西城，盖自丽水城船行可至安西城也。此龙泉水当是勐拱河，而安西城在今勐拱（密支那西三十六英里）也。"

直北至小婆罗门国。东有宝山城。又西渡丽水，至金宝城①。眉罗苴西南有金生城②。从金宝城北牟郎城渡丽水至金宝城。从金宝城西至道吉川③，东北至门波城④，西北至广荡城，接吐蕃界。北对雪山，所管部落，与镇西城同。镇西城⑤南至苍望城⑥，临丽水，东北至弥城⑦，西北至丽水渡。丽水渡面南至祁鲜出。出西有神龙河

① 方国瑜曰："《樊志》丽水城曰：'东至宝山城，又西渡丽水至金宝城。'又曰：'从金宝城北牟郎城渡丽水，至金宝城。'按：'从金宝城北'云云，当是宝山城之误，非然，则难通也。《樊志》卷二：'从藤充过宝山城，又过金宝城以北，大赕周回百余里。'则金宝城在丽水西，由此北去至大赕，可知金宝城应在今之密支那。密支那北沿迈立开江西岸，过孙不拉蚌至坎底，为最适宜之交通线也。又宝山城当腾冲至密支那路程所经，又丽水城之东，疑即今之昔马，自腾冲四程（约二百三十里）至昔马，又三程（约一百五十里）至密支那，为通行之大道。且昔马自来为要镇也。牟郎城盖在金宝城隔丽水之东岸，疑即允冒（晚暮），地当昔马西北，过江即密支那也。"

② 方国瑜曰："《樊志》丽水城曰：'从上郎坪北里眉罗苴、盐井，又至安西城。'又曰：'眉罗苴西南有金生城。'按：岑仲勉《唐代滇边的几个地理名称》曰：'北里当北至之误。'所说是也。《樊志》卷七记产盐曰：'丽水城有罗苴井'，当是眉罗苴，不知丽水城附近何处有盐井。惟据所说，上郎坪盖在丽水城对岸，北至眉罗苴，则或临勐拱河，沿河可至安西城也。而眉罗苴西南至金生城，疑即今之青蒲附近，在八莫北伊洛瓦底江西岸，盖金生城以产金得名，即在江边也。"

③ 方国瑜曰："《樊志》丽水城曰：'从金宝城西至道吉川'，按：以方位考之，疑道吉川在今岗板，惟不能详也。"

④ 方国瑜曰："《樊志》丽水城曰：'从金宝城东北至门波城。'疑门波城在昔董，当密支那以东北，约一百五十里，自古视为要地。"

⑤ 方国瑜曰："《樊志》丽水城曰：'所管部落与镇西城同'，此谓丽水节度与镇西节度所管之区域相同，即南诏大军将驻镇西城，亦驻丽水城。《樊志》记七节度有镇西，而《新唐书·南诏传》载六节度有丽水，实同一节度也。《樊志》藤弯城所载之押西城，疑即镇西城，因此地名有取意，而两名之义相同也，又此名后世沿用之。镇西即元代之镇西路，在今盈江。"

⑥ "南至苍望城，临丽水。"方国瑜曰："《樊志》卷二丽水曰：'南流过丽水城西，又南至苍望。'则苍望为沿丽水较大之城，又镇西城通至丽水之道路，盖沿大盈江而行，则苍望城当在今之八莫也。"

⑦ 方国瑜曰："《樊志》镇西城曰：'东北至弥城。'……弥城在今腾冲城西约百里之盏西地。"

栅①。祁鲜已西即裸形蛮也。管摩零都督城②，在山上。自寻传、祁鲜已往，悉有瘴毒，地平如砥，冬草木不枯，日从草际没。诸城镇官，惧瘴疠，或越在他处，不亲视事。南诏特于摩零山上筑城，置腹心，理寻传、长傍、摩零、金弥城等五道事云③。凡管金齿、漆齿、绣脚、绣面、雕题、僧耆等十余部落。

---

① 方国瑜曰："《樊志》镇西城曰：'西北至丽水渡，丽水渡面南至祁鲜山，山西有神龙河栅。祁鲜已西即裸形蛮也。'又卷四曰：'裸形蛮，在寻传城西三百里，为巢穴，谓之为野蛮。阁罗凤既定寻传，而令野蛮散居山谷。'又卷七曰：'寻传、祁鲜已西，蕃蛮并不养蚕。'按：丽水渡盖在丽水城，又寻传城即丽水城，祁鲜在寻传界内。……盖祁鲜山在丽水城西南一带之地。据地理，则为伊洛瓦底江南流至八莫折西成一大弯，经瑞姑以北地带，今地图在密支那至八莫伊洛瓦底江西。又瑞姑以北地区，群山起伏，在青蒲之西有海拔二千四百四十六英尺高峰，疑即祁鲜山区也。所谓神龙河栅，疑即在瑞姑以西流入伊洛瓦底江之可克威河，在祁鲜山之西也。"

② 方国瑜曰："《樊志》镇西城曰：'管摩零都督城，在山上。南诏特于摩零山上筑城，置腹心，理寻传、长傍、摩零、金（金宝）、弥城等五道事云。'此摩零城为边境重镇，属镇西节度管辖，应在镇西城以西冲重之地。按：朱孟震本《西南夷风土记》曰：'形胜惟蛮莫独擅，后拥蛮哈，前阻金沙，上通迤西（按：勐养）、里麻（按：江心坡）、茶山（按：拖角、片马），中通干崖、南甸、陇川、木邦，下通孟密、缅甸、八百、车里、摆古（按：白古），诚水陆交会要区，诸夷襟喉重地。'蛮莫之地理位置，实为重要，南诏设重镇于此，亦属可能，因镇摄寻传、祁鲜以西之地也。"

③ 此处向达读作"理寻传、长傍、摩零、金弥城等五道事云"，并注文曰："此处所云之镇西、苍望、弥城或金弥城，俱无可考。"据上所补，此处理五道事云云，则应作"理寻传、长傍、摩零、金、弥城等五道事云"，金即金宝城，弥即弥城也。

# 卷七　云南管内物产第七

　　从曲靖州已南①，滇池已西，土俗惟业水田。种麻豆黍稷，不过町疃。水田每年一熟。②从八月获稻，至十一月十二月之交，便于稻田种大麦，三月四月即熟。收大麦后，还种粳稻。小麦即于冈陵种之，十二月下旬已抽节，如三月小麦与大麦同时收刈。③其小麦面软泥少味。大麦多以为麨，达案：麨，《文津本》作面，疑误。别无他用。酝达案：酝，《文津本》作酺。酒以稻米为麹达案：麹，《闽本》误作燅。者，酒味酸败。每耕田用三尺犁，格长丈余，两牛相去七八尺，一佃人前牵牛，一佃人持按犁辕，一佃人秉耒④。蛮治山田，殊为精好。悉被城镇蛮将差蛮官遍令监守催促。达案：催促，

---

①　此句应作"从曲、靖州已南"，说详见本书《名类第四》补注。
②　"水田每年一熟"之一字，方国瑜谓为"二"字之误。按：是也。读下文"从八月获稻，至十一月十二月之交，便于稻田种大麦，三月四月即熟。收大麦后，还种粳稻"，知一熟粳稻二熟大麦，则一熟必为二熟之误耳。
③　此处向氏读作"小麦即于冈陵种之，十二月下旬已抽节，如三月小麦与大麦同时收刈"。此言小麦种之早，故十二月下旬即已抽节，犹如内地之三月小麦然，故大、小麦一齐收刈。又上文谓种于稻田之大麦三四月即熟，可知非三月，而是三四月同时收刈。则应作"小麦即于冈陵种之，十二月下旬已抽节如三月，小麦与大麦同时收刈"。王忠《新唐书南诏传笺证》、李家瑞《读蛮书校注札记》亦有此说。
④　向氏注已引《汉书·食货志》与陆龟蒙《耒耜经》《说文》等释二牛三夫之耕田法。尚可补者，南诏中兴二年《画卷》有细奴逻父子耕于巍山图，虽画于后期，亦可参证也。

《文津本》误作催足。如监守蛮乞酒饭者<sup>①</sup>，察之，杖下捶死。每一佃人佃，疆畛连延或三十里。<sup>②</sup>浇田皆用源泉，水旱无损。收刈已毕，蛮官<sup>③</sup>达案：蛮官，原作官蛮，《琳琅本续校》云，官蛮依上文当作蛮

---

① "如监守蛮乞酒饭者"句，难解，疑有讹脱。按：上文言"差蛮官遍令监守催促"，其句下言"察之，杖下捶死"，指的是所差蛮官，则此句蛮字下夺一官字，即应是"如监守蛮官乞酒饭者，察之，杖下捶死"，则文意可解也。

② "每一佃人佃，疆畛连延或三十里。"此语不可解。马长寿《南诏国内的部族组成和奴隶制度》谓："每个奴隶在二百亩之内都有劳动的义务，所以说'每一佃人佃，疆畛连延。'又云南多是丘陵地，平川之间隔以山陵，水田多在平川或近平川的山上，这里一块，那里一块，那里一亩，很不整齐，所以，二百亩田可能相隔三十里，而这三十里的里距也正是奴隶们一日之内可能往返之路程。"按：此为一说，然不足取。又王忠《新唐书南诏传笺证》云"每一佃人佃"疑当作"田"，亦非。方国瑜云"每一佃人"，当作"每一佃区"。非一人之力所胜任。按：此言甚是。本条云："城镇蛮将差蛮官遍令监守催促。"又曰："蛮官据佃人家口数目，支给禾稻，其余悉输官。"南诏为六节度、二都督，辖下有城、有镇、有赕，再下为村邑。有节度使、城使、镇使，赕有首领，村邑有理人处。除当时统治中心洱海周围的六赕（后期十赕）直属外，余皆隶于节度。是知为一个区域，即指一个村落，非一人一户。则应作"每一佃区，佃疆畛连延或三十里"，其意即明。又"佃人"为"耕种""渔猎"者也。

③ 向达校语云"蛮官原作官蛮，据《琳琅本续校》改"。按：《云南备征志》本已作"蛮官"。

又按：范义田《云南古代民族之史的分析》认为明家人分布的地方，其邑里区划的名称凡三，即"甸""赕""川"。……甸，就是古代授田制中之井田法也。征引周官小司徒："乃经土地而井牧其田野。九夫为井，四井为邑，四邑为邱，四邱为甸，四甸为县，四县为都，以任地事，而责贡赋。"这是井田制中之不留公田，专按亩而课其租赋者。"赕"字又别作"睒"，白蛮语谓"川"为"赕"，凡明家区域概称之"川"，亦为古代授田法之另一制度，即十夫有沟，百夫有洫，千夫有浍，万夫有川是也。周官遂人："凡治野，夫间有遂，遂上有径。十夫有沟，沟上有畛。百夫有洫，洫上有涂。千夫有浍，浍上有道。万夫有川，川上有路，以达于畿。"沟洫浍川为间之水渠，而田间之陆道，则称作阡陌，史记作阡陌，汉书作阡伯，朱子阡伯之说云："陌之为言百也。遂洫从而径涂亦从。则遂间百亩，洫间百夫，而径涂为陌矣。阡之为言千也，沟浍横而畛道亦横，则沟间千亩，浍间千夫，而畛道为阡矣。阡陌之名，自此而得。"他的结论是"南诏邑里区划之称为赕、为川，其军队编制为千人百人，即本其制，'甸'为井田制度，以九夫为井，井之上邑，邱、甸、县、都，以四递进，区划规则整齐，适宜于平川，而不适宜于山地。沟洫为井田之外另一制度，以一夫为单位，十百千万，以十递进，只求亩额之均等，而不求经界之方正，遂洫与沟浍纵横划分，适宜于山野陂陀之地。故云南各地，甸之名称多在平地，至洱海流域，至澜沧江以西，山间陂陀之地，南诏时概称为赕（或川），则以沟洫之制为主也。观南诏对户口之管理及军队之统率，均以百千万递进，尤足以证明其所行者

为沟洫之制也。"芹按：所论有独到之处，即南诏土地制度与西周土地制度相类，云南多山间陂陀之地，而遍行沟洫之制，证以樊绰《云南志》"每一赕区，赕疆畛连延或三十里"，此说可从，惟应该说南诏土地制度同西周土地制度的基点相同，即基于农村公社，然而，时间、地点、条件互异，所以只能说大同小异。又范义田以为南诏之授田法，完全与古制相合，有民人之占田与贵族之世禄田两种。其一，民人之占田为上官授田四十双，一双为五亩，汉二顷也。上户三十双，汉一顷五十亩。中下户各有差。其次，贵族有世禄田，划为一区，"勃弄川东西二十余里，南北百余里，清平官以下官给分田悉在"。南诏兵制与户口编制相合。"战斗不分文武，无杂色役。每有征发，但下文书于村邑理人处，克往来月日而已。兵杖人各自赍，并无官给，百家以上有总佐一，千家以上有理人官一，万家以来即制都督，递相管辖。""田桑之余，便习战斗。"此为平时人人皆耕，战时人人皆兵之制。又"每家有丁壮，皆定为马军，各据邑居，远近分为四军。以旗幡色别东西南北，每面置一将，或管千人，或五百人，四军又置一军为统之。""师行以二千五百人为营，每百人罗苴子佐一人管之。"（以上引文均见樊绰《云南志》）此为兵制之兵额组织；百人千人万人，与邑里之户口组织，百家千家万家相配合。亦如周代之制，以授田为中心，而军队五级制，与户口五级制相为配合也。（周时之民兵编制为伍两卒旅师军，户口编制为比闾族党州乡，皆为五级制。民兵以五人为伍，五伍为两，四两为卒，五卒为旅，五旅为师，五师为军。户口以五家为比，五比为闾，四闾为族，五族为党，五党为州，五州为乡。比、闾、族、党、州、乡之各级首长，亦即伍、两、卒、旅、师、军之各级军将）南诏兵制及乡里组织制度，亦与西周兵制及乡里制度相类。芹按：此说亦是。前面已经说过，南诏前期其社会最基层为农村公社，惟并非是原生形态，即公有私耕、兵制、贡赋三位一体。到后期，这些平时耕作为民，战时为军的农村公社成员已经是农奴化了，只不过还保留了一些原来的形式罢了。范义田的结论是："此种制度，实随晋南北朝时之白氏南迁以俱来，加以李雄之推行而成为功令。其非南中土著之原有方法，可无疑也。而白氏之族，古时原多集中汉中一地，为西周之王畿附近，已施行井田及沟洫浍川之制。诗经所谓'信彼南山，维禹甸之'是也。白氏之族既南迁，其田制亦易地而保存，自属势之必然也。"芹按：原始社会末期，人类均经过农村公社阶段，这是具有普遍性的，所以不宜说南诏时期的上述制度是白氏人传承西周而引进云南。

官。共言是也，因据改。**据佃人家口数目，支给禾稻，其余悉输官。**

**蛮地无桑，悉养柘蚕绕树，村邑人家柘林多者数顷，耸干数丈。二月初蚕已生，**达案：二月原本作三月。《琳琅本续校》云，三月初疑当作二月初，此言蚕生之早也。其言甚是。下既言三月中茧出，岂能当月蚕生当月出茧耶？盖蚕生二月茧出三月耳。因据改。**三月中茧出①。抽丝法稍异中土。精者为纺丝绫，亦织为锦及绢。其纺丝入朱紫以为上服。锦文颇有密致奇采。蚕及家口悉不许为衣服。其绢极麄，**达案：麄，《文津本》作麁，《鲍本》《渐西本》作麤，麄、麁，俱麤之俗字也。**原细②入色**，案：原细二字未详。**制如衾被，庶贱男女，许以披之。亦有刺绣。蛮王并清平官礼衣悉服锦绣，皆上缀波罗皮。南蛮呼大虫为波罗密。**达案：波罗密释见本书卷八。**俗不解织绫罗。**

自大和三年蛮贼寇西川，掳掠巧儿及女工非少，如今悉解织绫罗也。③

**自银生城、柘南城、寻传、祁鲜已西，蕃蛮种并不养蚕，唯收娑罗树子破其壳，**达案：《御览》卷九百六十一牧婆罗条引《南夷志》即此，收误作牧，又误以牧婆罗为一专名，第一句作南诏多牧婆罗树子破其壳云云。婆罗为娑罗之讹，故改正，说见下校注。**其**达案：《御览》引无其

---

① 向氏校语云，二月原本作三月，据《琳琅本续校》改。按：若言蚕生之早，《通典》卷一八七曰："早蚕以正月生，二月熟。"此为贞观二十二年（公元648年），梁建方出兵征讨松外诸蛮之记录，距樊绰所录贞元十年（公元794年）前之情况已一百四十余年，然当相沿，又与李京《云南志略》所记"四时皆蚕"合而观之，则早蚕应是正月生，二月熟。《樊志》此处所记文字有讹误。方国瑜云："三月中茧出之'三'字疑是'五'字之误。"按：所说是也。

② "原细"二字，四库馆臣注"未详"，王忠《新唐书南诏传笺证》谓"疑即原丝之讹"是也。

③ "自大和三年"以下为樊绰附益之文，故低一格录之。

字。中白如柳絮。纫为丝，织为方幅，裁之为笼段。达案：纫为丝，织为方幅，裁之为笼段一句，原本作组织为方幅，裁之笼头，兹依《御览》引改正。男子妇女达案：女，《御览》引作人。通服之。骠达案：骠，《御览》引作缥。国、弥臣、弥诺，达案：弥臣、弥诺原作弥臣诺，兹依日本藤田丰八校语补正。悉达案：悉，《御览》引作亦。皆披娑达案：娑，原本作婆，依上例改正。罗笼段。达案：娑罗笼段，原本作罗段，兹依《御览》引改正。

**补注：**

按：娑罗布即木棉布，其源甚早。《华阳国志·南中志》永昌郡"有兰干细布。兰干僚言纻也（顾校《御览》八百二十引僚人贾言纻为兰，盖即此文也），织成文如绫锦，又罽㲬帛叠"。《后汉书·西南夷哀牢传》："宜五谷、蚕桑，知染采文绣，罽㲬、帛叠、兰干细布，织成文章如绫锦。"

其盐出处甚多，煎煮则少。安宁城中皆石盐井，深八十尺。城外又有四井，劝百姓自煎。

天宝八载，玄达案：玄，原本作元，《文津本》作玄。宗委特进何履光统领十道兵马，从安南进军伐蛮国。十载已收复安宁城并马援铜柱，本定疆界在安宁，去交趾四十八日程，安宁郡也。何履光本是邕管贵州人，旧尝任交、容、广三州节度。天宝十五载，方收蛮王所坐大和城之次，属安禄山造逆，奉玄达案：玄原本作元，兹改作玄。宗诏旨，将兵赴西川，遂寝其收复。案：此条乃叙次盐井所在，其天宝八载以下一百十四字，于上下语意不相属。疑亦他处之文，因安宁城而错误在此。①

---

① 四库馆臣谓"天宝八载以下一段为他处之文错简在此"。按：此为樊绰附益之文，途程第一所载此处"收复安宁城并马援铜柱，本定疆界在安宁"，云云，可以参证。又所谓安宁郡当是安宁城之误。则应作"十载已收复安宁城。安宁城去交址四十八日程"，而此四十八日程即是步头路，非通海路。又向氏谓天宝十五载云云，则文饰之词。其言是也。又按：所言"马援铜柱"之说误，卷一已有说。

升麻、通海已来，诸爨蛮皆食安宁井盐。唯有览赕城内郎井盐洁白味美，惟南诏一家所食取足外，辄移灶缄闭其井。泸南有美井盐，河赕、白崖、云南已来供食。昆明城有大盐池，比陷吐蕃。蕃中不解煮法，以咸池水沃柴上，以火焚柴成炭，即于炭上掠取盐也。贞元十年春，南诏收昆明城。今盐池属南诏，蛮官煮之，如汉法也。东蛮、磨些蛮诸蕃郎落共食龙佉达案：佉原本作怯，兹依本书卷三越析诏条及《新唐书》卷二百二十二上《越析诏传》改正。河水，中有盐井两所。剑达案：剑原本作敛，兹依本书卷四施蛮条校注改作剑。寻东南有傍弥潜井、沙追井，西北有若耶井、讳溺井。①剑达案：剑，《文津本》误作敛。川有细诺邓井。丽水城有罗苴井。长傍诸山皆有盐井，当土诸蛮自食，无榷税。蛮法煮盐，咸有法令。颗盐每颗约一两二两，有交易即以颗计之。②

茶出银生城界诸山，散收无采造法。蒙舍蛮以椒姜桂和烹而饮之。

**补注：**

银生节度辖区，尤今之西双版纳地，盛产茶叶。方国瑜曰：从《樊志》可知，"早在一千二百年以前西双版纳的茶叶已行销洱海地区。当时西川也盛产茶叶，韦齐休《云南行记》说：'名山县出茶，有山曰蒙山，联延数十里。'这是所谓雅利蒙山茶，可能行销到云南。但从语言来研究，云南各族人民饮用之茶，主要来自西双版纳。今西双版纳傣语称茶为la，彝语撒尼方言、武定方言也称茶为la，纳西语称为le，拉祜语称为la，皆同傣语，可知这

---

① 傍弥潜井、沙追井在今剑川南五十里之沙溪；讳溺井、若耶井在今兰坪，细诺邓井在今云龙。

② 方国瑜《马可·波罗云南行纪笺证》云：《行纪》"其小货币则用盐。取盐煮之，然后用模型范为块，重约半磅，每八十块值精金一萨觉"。按：景泰《云南图经志书》卷二武定府，卷三镇沅府，卷四楚雄府，卷五丽江府并载以盐市易。又康熙《沅江府志》亦载交易以盐为货，则自唐以来相沿如此。

些民族最早饮用的茶是傣族供应的，西南各族人民仰赖西双版纳茶叶的历史已很久了。"（见《普洱茶》一文）

**荔枝、槟榔、诃黎勒、椰子、桄榔等诸树，永昌、丽水、长傍、金山并有之。** 达案：《御览》卷九百七十二椰条引《南夷志》曰："荔枝、槟榔、诃黎勒、椰子、桄榔等诸树，永昌、丽水诸水皆有之。"脱长傍、金山四字。

**甘橘** 达案：橘原本作桥，兹依《御览》卷九百六十六橘条引《南夷志》改。**大厘城有之，其味甚** 达案：原本无甚字，兹依《御览》引补。**酸。穹** 达案：穹原本作宁，兹依《御览》引改。**赕** 达案：赕字《御览》引作䞤，下有音飘二字小注。今案字书并无䞤字。大约由原来之赕字误书为䞤，䞤慨从猋，故有飘之文。皆由于后世传写讹误，从而傅会，樊氏原书当无此注也。因仍依《大典》之旧，而著其故。**有橘** 达案：橘原本亦作桥，并依《御览》引改。**大如覆杯。** 案：桥疑橘字之讹。达案：桥字已改正。又案杯字原本作柸，柸抛裴切，音坏。柸治连用，恨不得之义，非是实辞。《御览》引作杯，是也。因据改。

**补注：**

向氏云"大如覆杯"之杯字原本作柸，据《御览》改。按《云南备征志》本已作"杯"，不作"柸"。

**丽水城又出波罗蜜果，大者若汉城甜瓜，引蔓如萝卜，** 达案：萝卜，卢校云："按疑当作葡萄。"今案波罗蜜果今名蜜多萝，一名树菠萝。卢校望文生训，非是。故不取。**十一月十二月熟。皮如莲房，子处割之，色微红，似甜瓜，香可食。或云此即思难也。南蛮以此果为珍好。禄卑** 达案：卑原本作旱，兹依卷二例改正。**江左右亦有波罗蜜果，树高数十丈，大数围，生子，味极酸。蒙舍、永昌亦有此果，大如甜瓜，小者似橙柚，割食不酸，即无香味。土俗或呼为长傍果，或**

呼为思漏果，亦呼思难果。

补注：

向氏依卷二例，改禄昱江为禄㠱江。按：仍以原本之禄㠱江为是。

其次有雄黄，蒙舍川所出。达案：雄黄条原在波罗蜜条末，因另述一物，与波罗蜜非一类，故为提行。青木香，永昌所出，达案：《御览》卷九百八十二青木香条引《南夷志》，出上有所字，今据补。其山名达案：名原作多，兹依《御览》引改。青木香山，在永昌南三月日达案：《御览》引日上有月字，今据补。程。

濩歌诺木，丽水山谷出。大者如臂，小者如三指，割之色如黄蘖。土人及赕蛮皆寸截之。丈夫妇女久患腰脚者，浸酒服之，立见效验。

补注：

"土人及赕蛮皆寸截之。"按：全书未有赕蛮之称，惟因洱海区域之商人各地有之，而河赕为其总称，此区域之人，往往称为河赕人或河赕蛮，则"赕"上夺一"河"子，类此者本书多有。

藤荔生永昌、河赕。缘达案：缘，《闽本》误作绿，余本不误。彼处无竹根，以藤渍经数月，色光赤，彼土尚之。案：此条文义未明，疑有讹脱。

孟滩竹，长傍出。其竹节度三尺，柔细可为索，亦以皮为麻。

补注：

向达注文引桂馥《滇游续笔》麻竹条云"桂氏所云麻竹，疑即孟滩竹也"。按：是也。方国瑜曰：桂馥《滇游续笔》："永昌、顺宁山谷，有竹，中实，叶大，节最疏。土人破为丝绳作履，谓之麻竹。余案即濮竹。《汉书·哀牢夷传》其竹节相去一尺，名濮竹。"此盖即孟滩竹，桂未谷以为濮竹者非是。《华阳图志·南中志》："濮竹节长受一斛。"则中空非实心。

**野桑木，永昌已西**达案：已西，原本作巴西。本卷巴西巴南之称，屡见不一。云南以及弥诺江一带，不应有以巴称之地名，而沙牛条谓弥诺江巴西出牦牛，开南巴南养处大于水牛，象条，象，开南巴南多有之，俱及巴西巴南。窃谓本卷所之巴西巴南皆应是已西已南之误。如沙牛条谓通海已南多野水牛，又《内聚珍本》《文津本》于沙牛条之开南巴南俱作开南已南。是亦有未误之文也。因于本卷所有巴西巴南，胥改为已西已南。诸山谷有之，生于石上。及时月择可为弓材者，先截其上，然后中割之，两向屈令至地，候木性定，断取为弓。不施筋漆，而劲利过于筋弓。蛮中谓之腨弓者是也。案：《新唐书·南蛮传》作瞑弓。

生金，出金山及长傍诸山，藤充北金宝山。土人取法，春冬间先于山上掘坑，深丈余，阔数十步。夏月水潦降时，添其泥土入坑，即于添土之所达案：所，《文津本》误作沙。沙石中披拣。有得片块，大者重一勋达案：勋，《文津本》作斤。或至二勋，小者三两五两，价贵于麸金数倍。然以蛮法严峻，纳官十分之七八，其余许归私。如不输官，许递相告。麸金出丽水，盛沙淘汰取之。沙赕法，男女犯罪，多送丽水淘金。长傍川界三面山并出金，部落百姓悉纳金，无别税役征徭。

**补注：**

向达注引《续博物志》："麸金出丽水河赕川，有罪送淘金所，最为重役。"文后云"《续博物志》文即出此书，惟沙赕作河赕川为异"，向氏"《续博物志》即出此书"之说甚是。惟何以沙赕作河赕川？按：此处"沙赕法，男女犯罪，多送丽水淘金"，文义不可解，如以上各例，沙赕必为河赕之误。应作"河赕法"，当以"南诏法"解，则文义明也。又《续博物志》因不解"河赕法"之义，且在丽水之后改为河赕川，故此致误，然此亦可证《樊志》原作"河赕法"。

银，会同川银山出，锡、瑟瑟，山中出。禁戢甚严。

## 卷七 云南管内物产第七

补注：

《南诏德化碑》谓："会川收瑟瑟之宝"，碑阴题名多处有"瑟瑟告身"，即以瑟瑟作饰品，又《元史·本纪》至元二十七年十一月庚戌"罢云南会川路采碧甸子"，所谓瑟瑟盖碧甸子玉石之类，向达已引《天下郡国利弊书》卷六十八会川卫篇所载，即此玉石。

琥珀，永昌城界西去十八日程琥珀山掘之，去松林甚远。片块大重二十余斤。达案：斤，原本此处作斤，上作觔。余本统作觔。贞元十年，南诏蒙异牟寻进献一块，大者重二十六斤，当日以为罕有也。

补注：

本书末卷载：贞元十年十一月七日册封事毕，异牟寻遣使贡献诸物，有琥珀，方土所贵也。本条所说重二十六斤之琥珀，当即此事也。韦应物《咏琥珀》诗曰："曾为老茯神，本是寒松液，蚊蚋落其中，千年犹可觌。"（《韦江州集》卷八）

马出越赕川东面一带，岗西向，地势渐下，乍起伏如畦畛者，有泉地美草，宜马。初生如羊羔，一年后纽莎为拢头縻系之。三年内饲以米清粥汁。四五年稍大，六七年方成就。尾高，尤善驰骤，日行数百里。本种多骢，故代称越赕骢。近年以白为良。藤充及申赕亦出马，次赕、滇池尤佳。东爨乌蛮中亦有马，比于越赕皆少。一切野放，不置槽枥。唯阳苴咩及大厘澄达案：澄原作登，兹依卷五例改。川各有槽枥，喂马数百匹。

补注：

次赕，方国瑜曰："其地盖近滇池，若以对音考之，今罗次县地，原分罗部、次部为二，元时始合为一县，则次赕或即在罗次地也。"

犀出越赕、丽水。达案：丽水，原本作高丽。高丽在海东，未闻出犀，且何能与越赕相联系？《后汉书》卷一百十六《哀牢夷传》记汉和帝永元六年永昌郡徼外敦忍乙王慕延慕义遣使译献犀牛大象。《华阳国志》卷四记永昌郡物产亦有犀象。则古代传说中伊洛瓦底江一带固产犀也。伊洛瓦底江古名丽水，此处之高丽，当系由丽水而误，因为改正。**其人以陷阱取之。每杀之时，天雨震雷暴作。寻传川界、壳弄川界**达案：壳弄川，卢校云按疑是勃弄川。今案：勃弄川在弥渡县境，何能出犀皮？壳弄川另有其地，盖与寻传川同在怒江、丽水之间也。卢亦疑似之辞！**亦出犀皮。蛮排甲并马统备**案：《新唐书》作统伦。**马骑甲仗，多用犀革，亦杂用牛皮。负排罗苴已下，未得系金佉苴者，悉用犀革为佉苴，皆朱漆之。**

**补注：**

丽水原作"高丽"，向达认为"高丽"即"丽水"之误，故作"犀出越赕、丽水。其人以陷阱取之"。按：方国瑜曰："高丽其人当作高丽共人。"所言甚是。此"其"字，与"共"字形近而误。越赕在高丽共山（高黎贡山）之麓，其地有犀，其人用陷阱取之，事当如此。又下文言"寻传川界壳弄川界亦出犀皮"（寻传大川城即丽水城，壳弄川亦当丽水节度辖区内），若把"高丽"改为"丽水"，则此句似已重复。则当作"犀出越赕，高黎共人以陷阱取之"，向氏以讹改错，不可从。高黎贡，景颇语称山为贡，汉译高黎贡山。又景颇语称水为"开"，如恩梅开、迈立开，汉译加江字。

**大虫，南诏所披皮，赤黑文深，炳然可爱。云大虫在高山穷谷者则佳，如在平川，文浅不任用。**

**补注：**

大虫即虎也。南诏文书中应作虎，樊绰避唐讳改作大虫。《玉溪编事·骠信诗》赵叔达贺"波罗毗勇猜"句，原注："波罗，虎也，毗勇，野马也。骠信昔年幸此，会射野马并虎。"诗句用方言，放作此注。风俗第八服饰披大虫皮，即虎皮。

**麝香出永昌及南诏诸山，土人皆以交易**达案：交易，《文津本》误作易交。**货币。**

**补注：**

《新唐书·地理志》载："姚州土贡麸金、麝香。"麝香自古以来为云南特产之一，城镇第六开南、银生条载对海外贸易曰："以黄金、麝香为贵货。"可知麝香为当时南诏之特产。

沙牛①，云南及西爨故地并只生沙牛，俱缘达案：缘，《文津本》误作绿。地多瘴，草深肥，牛更蕃生犊子。天宝中一家便有数十头。通海已南多野水牛，或一千二千为群。弥诺江已西达案：已西原作巴西，今改，说见上。出牦牛，开南已南达案：已南原作巴南，今改，说见上。养处，大于水牛。一家数头养之，代牛耕也。②

鹿，傍西洱河达案：河原本作沙，疑是河字之误，因为臆改。诸山皆有鹿。龙尾城东北息龙山，南诏养鹿处，要则取之。览赕有织和川及鹿川，龙足鹿达案：《琳琅本》补校云，龙足二字未详。白昼三十五十，群行啮草。

**补注：**

向达注引《华阳国志》云："云川，或系云南川之讹脱，而熊苍山则必是点苍山，点误书作熊耳。"是也。惟神鹿一身两头之说不可信。方国瑜曰："左思《蜀都赋》注引魏完《南中志》说：'神鹿两头，食毒草。'则非一身两头。尤言两只。"所言甚是。《酉阳杂俎》之"有鹿两头，食毒草"，亦可证之。

---

① 沙牛即黄牛，当时滇池区域盛产，《新唐书·地理志》载"昆州土贡黄牛"。
② 向达读作"弥诺江已西出牦牛，开南已南养处，大于水牛。一家数头养之，代牛耕也，"文义难解。按，方国瑜曰："开南已南养处之'处'字为'象'字之误。"是也。本书名类第四曰："茫蛮部落，象大如水牛。土俗养象以耕田，仍烧其粪。"又本卷象条："象，开南已南多有之。或捉得人家多养之，以代耕用也。"则此"处"字为"象"字之误无疑。若然，应读作"弥诺江已西出牦牛。开南已南养象大于水牛，一家数头养之，代牛耕也"。赵吕甫《校释》已改之。

鲫鱼，蒙舍池鲫鱼大者重五斤。达案：五斤，《文津本》作十斤。西洱河及昆池之南接滇池，冬月，鱼、雁、丰雏、水扎鸟遍于野中水际。

**补注：**

《琳琅本》《云南备征志》本，"鱼、雁"之下"丰雏"之上尚有"鸭"字，向氏录文所夺也。又按：滇西俗语曰"鲫鱼难上斤"，鲫鱼当到处有之，惟蒙舍所产重至五斤或十斤，为比较突出者而特言之。

大鸡，永昌云南出，重十余斤。达案：斤，《鲍本》《渐西本》作觔。觜距劲利，能取鹯、鹗、戴鹊、凫、鸽、鸲鹆之类。

**补注：**

鸡到处有之，而重至十余斤者为突出，而特记之耳。又今保山、临沧、德宏、西双版纳地有鸡体小，鸣声"茶花两朵"，称茶花鸡，亦曰摆夷鸡。桂馥《滇游续笔》、檀萃《滇海虞衡志》卷六并有摆夷鸡条。

象，开南已南达案：已南原作巴南，今改，说见上。多有之。或捉得人家多养之，以代耕田也。

**补注：**

南诏境内耕田大都用牛耕，而开南南境耕田用象，此为突出者，故本书有三处提及以象代耕也。

猪、羊、猫、犬、骡、驴、豹、兔、鹅、鸭，诸山及人家悉有之。但食之与中土稍异。蛮不待烹熟，皆半生而吃之。

**补注：**

直到近代，滇西各地食肉多如是，称为刹生，此俗自古相沿也。

大羊多从西羌、铁桥接吐蕃界三千二千口将来博易。

**补注：**

自古以来滇西北及康、藏地区牧业很盛，当地居民经常到洱海地区以羊等来贸易，换回盐、茶、糖、布等货，至近代也如此。

铎鞘状如刀戟残刃。积年埋在高土中，亦有孔穴，傍透朱笴。达案：铎鞘条诸本断句分段俱不一。《文津本》《内聚珍本》《闽本》为同一系统，每半叶九行，行二十一字，傍透朱笴连下不断。《鲍本》每半叶十行，行二十一，至傍透适为一行，用分段号∟分开，朱笴起另为一段。《渐西本》每半叶十行，行二十二字，至傍透止为一行，朱笴起另为一段。今案朱笴以下亦言铎鞘，岂能析而为二！故校注根据《内聚珍本》，傍透朱笴连下，其句读应为亦有孔穴，（句）傍透朱笴。（句）出丽水。装以金穹铁荡，所指无不洞也。南诏尤所宝重。以名字呼者有六：一曰禄达案：禄，《渐西本》作绿。婆摩求，二曰亏云孚，三曰铎苴，四曰铎摩那，五曰同铎。案：惟有五名，疑阙其一。昔时越析诏于赠有天降铎鞘，后部落破败，盛罗皮得之。今南诏蛮王出军，手中双执者是也。贞元十年，使清平官尹辅酋入朝，献其一。

郁刀次于铎鞘。造法用毒药虫鱼之类，又淬以白马血，经十数年乃用。中人肌即死。俗秘其法，粗问达案：问《文津本》误作门。得其由。

**补注：**

所谓郁刀，即同铎鞘一类也。毒槊（铎鞘中人无血而死《酉阳杂俎》所纪），郁刀，用毒药虫鱼之类淬以白马血，中人肌即死；铎鞘积年埋在高土中，而郁刀经十数年乃用。是知其造法和用途基本一致。所不同者，铎鞘乃谓天降，而郁刀则非。疑此为南诏统治者为说明其神意，即其所以征服统治周围各部，乃是天意。越析于赠得一天降铎鞘，故于赠"持铎鞘，骗泸江"，而阁罗凤"枭于赠之头"，"铎鞘尽获"（《南诏德化碑》语），无非想说"天命有归"。因此之故，"南诏蛮王出军，手执双铎鞘"；袁滋册封南诏，异牟寻出迎，执双铎，以示其威武。不然，既言铎鞘出丽水，又何言其天降？既言天降，为何只降双铎鞘？若然，铎鞘疑即神化了的郁刀耳。

又此言"昔时越析诏于赠有天降铎鞘,后部落破败,盛罗皮得之"。盛罗皮当是"阁罗凤"之误,其事见于本书《六诏第三》及《南诏德化碑》。

南诏剑。使人用剑,不问贵贱,剑不离身。造剑法,锻生铁,取进汁,如是者数次,烹炼之。剑成即以犀装头,饰以金碧。浪人诏能铸剑,尤精利,诸部落悉不如,谓之浪剑。南诏所佩剑,已传六七代也。

**补注:**

当时战争十分频繁,有与唐王朝之间的战争,有同吐蕃之战争,而兼并战争及掠夺战争尤甚,故刀剑弓弩等武器制造业迅速发展。其中,永昌地区之郁刀以及洱海北之浪人剑为最,所谓南诏剑疑即浪剑也。

枪箭多用斑竹,出蒙舍白崖诏南山谷。心实圆紧柔细,极力屈之不折。诸所出皆不及之。

**补注:**

所谓斑竹,"诸所出皆不及"蒙舍白崖者,非他处斑竹质地不如白崖,只因白崖为蒙舍最先兼并之地,用此斑竹做枪、箭为早,故如是言之耳。

## 卷八　蛮夷风俗第八

其蛮，丈夫一切披毡。其余衣服略与汉同，唯头囊特异耳。南诏以红绫，其余向下①皆以皂绫绢。其制度取一幅物，近边撮缝为角，刻木如樗蒲头，实角中，总发于脑后为一髻，即取头囊都包裹达案：裹原本作里。卢校云，按里当作裹。《渐西本》亦作裹。是也。因据改。头髻上结之。羽仪已下及诸动有一切房甄别者，案：此句疑有讹脱。然后得头囊。若子弟及四军罗苴已下，则当额络为一髻，不得戴囊角②；当顶撮髽髻，并披毡皮。俗皆跣足，虽清平官大军将亦不以为耻③。曹长已下，得系金佉苴。案：原木阙金字，今据《新唐书》增入。或有等第战功褒奖得系者，不限常例④。

---

①　"南诏以红绫，其余向下皆以皂绫绢"之语，难解。方国瑜曰："向下"当为"官将"二字缺蚀之误。即官字剥蚀如官、将如丅，而书者作向下。本卷食用条有"其余官将则用竹筝"之句，言其文武官员官将连用，可资为证也。

②　头囊之俗，一直沿续至宋、元时期。方国瑜曰：《樊志》所纪头囊，"为有职位者所服"。李京《云南志略·白人风俗》说："男女首戴次之，制如中原渔人之蒲笠差大，编竹为之，覆以黑毡。亲旧虽久别无跪拜，惟取次工以为馈。"正德《云南志》卷二亦载此事，惟"馈"字作"礼"。此为通常所服，或即南诏时已有。

③　披毡跣足，自唐初以来相沿如此。方国瑜曰："《通典》'男子毡皮为帔'，'男女皆跣'。张胜温《画卷》大理贵族服饰华丽而跣足。"

④　金佉苴，方国瑜曰："《樊志》'曹长以下得系金佉苴，或有等第战功褒奖得系者，不限常例。'《新唐书·南诏传》：'自曹长以降系金佉苴。'《樊志》卷七：'负排罗苴已下，未得系金佉苴者，悉用犀革为苴，皆朱漆之。'按：元稹《长庆集》卷二十四《蛮子朝》'清平官系金咮嗟'，白居易《长庆集》卷三《蛮子朝》'大军将系金咮嗟'，则金佉苴曹长以上始系，疑'以下'为'以降'之误。"

贵绯紫两色。得紫后有大功则得锦。又有超等殊功者,则得全披波罗皮。其次功则胸前背后得披,而阙其袖。又以次功,则胸前得披,并阙其背。谓之大虫皮,亦曰波罗皮。谓腰带曰佉苴。

**补注:**

关于服饰,方国瑜曰:"有吐蕃颁赐者,《南诏德化碑》载阁罗凤称臣于吐蕃后说:'赞普仁明,重酬我勋效。遂命宰相倚祥叶乐持金冠、锦袍、金宝带……,赐为兄弟之国。'即以授阁罗凤者。樊绰《云南志》卷八:'贵绯紫两色,得紫后有大功则得锦。'卷七曰:'其纺丝入朱紫为上服。'《新唐书·南诏传》:'尚绛紫,有功加锦。'按:《南诏德化碑》碑阴题名职衔,赏袍带者甚多,各有等级。"

妇人一切不施粉黛。贵者以绫锦为裙襦,其上仍披锦方幅为饰。两股辫其发为髻。髻上及耳,多缀珍珠、金贝、瑟瑟、琥珀。贵家仆女亦有裙衫。常披毡及以缯帛韬其髻,亦谓之头囊。

南诏有妻妾数百人,总谓之诏佐。清平官大军将有妻妾数十人。俗法处子孀妇出入不禁。少年子弟暮夜游行闾巷,吹葫芦笙,或吹树叶。声韵之中,皆寄情言,用相呼召。嫁娶之夕,私夫悉来相送。既嫁有犯,男子格杀无罪,妇人亦死。或有强家富室责资财赎命者,则迁徙丽水瘴地,终弃之,法不得再合。

**补注:**

南诏政权之建立,标志着一个阶级对另一些阶级统治权的确立,长子继承制亦牢固地形成,随之一夫多妻制业已盛行,为维护财产及政治上的承袭,对既嫁有犯者,格杀勿论,富者可赎,然得流放远方,不得再合,其法可谓严也。

每年十一月一日盛会客,造酒醴,杀牛羊,亲族邻里,更相宴乐,三月内作乐相庆,惟务追欢。户外必设桃茢,如岁旦然。改年即用建寅之月。其余节日,粗与汉同,唯不知有寒食清明耳。

**补注：**

十一月当为十二月之误，三月内为三日内之误。方国瑜曰："《樊志》卷八：'每年十一月一日盛会客，造酒醴，杀牛羊，亲族邻里，更相宴乐，三日内（按：日字原作月，今改）作乐相庆，惟务追欢。户外必设桃菊，如岁旦然。'按：《通典》载：'以十二月为岁首。'惟《樊志》'改年即用建寅之月。其余节日粗与汉同，惟不知寒食清明耳。'《新唐书·南诏传》：'俗以寅为正，四时大抵与中国稍差。'则南诏历法用建寅，惟以十二月为岁首，仍旧俗盛会，《樊志》十一月当十二月之误。李京《云南志略·白人风俗》说：'每岁以腊月二十四日祀祖，如中州上冢之礼。六月二十四日，通夕以高竿缚火炬照天，小儿各持松明相烧为戏，谓之驱禳。'又按：《玉溪编事》载，南诏以十二月十六日谓之星回节。所谓星回，盖取《礼记月令》'季冬之月，星回于天，数将几终岁且更始'之意。《骠信诗》：'不觉岁云暮，感极星回节。'袁嘉穀《滇绎》卷二以为星回节为岁首。今碧江县勒墨族（白族），以夏历十二月将尽属龙之日为元旦，过节凡三日，当自古相沿如此。已考《玉溪编事》所载为乾符五年记录。考是年十二月壬戌朔，十六日逢丁丑，十九日庚辰，为最后属龙之日，亦即元旦日。则元旦前三日为星回节，岁首在十二月，改年月建寅。"

每饮酒欲阑，即起前席奉觞相劝。有性所不能者，乃至起前席扼腕的颡，或挽或推，情礼之中，以此为重。取生鹅治如脍法，方寸切之，和生胡瓜及椒檄啖之，谓之鹅阙，土俗以为上味。南诏家食用金银，其余官将则用竹筝。贵者饭以箸不匕，贱者抟之而食。

**补注：**

所言"南诏家食用金银"，指蒙氏统治家族，不宜为专用名称。又"贱者抟之而食"，向氏注文以为指扑子蛮、土僚等不同族。实指奴隶等劳动者而言，所记蒙氏食用器皿为金银，官将用竹筝。贵者以箸，贱者抟之而食，其意甚明。

一尺，汉一尺三寸也。一千六百尺为一里。汉秤一分三分之一。帛曰幂，汉四尺五寸也。田曰双，汉五亩也。

补注：

向达注文已采李京《云南志略》、陶宗仪《南村辍耕录》《元史·地理志》、万历《云南通志》、陈鼎《滇游记》诸书有关田亩之记载。尚可提出者，吴大勋《滇南闻见录》上卷曰："吾乡田地以亩计，分毫不能增减隐混。他省如北地称日称晌，江、楚称工，至于丽江称只称双。称日者，计一日可耕之地；称工者，计一夫可耕之地；称只者，计一牛可耕之地。"按：滇西计田亩云"几架牛工"，以二牛耕一日为一架，约四亩，盖称双者用二牛耕地一日得名也。

本土不用钱。凡交易缯帛、毡罽、金、银、瑟瑟、牛、羊之属，以缯帛幂数计之，云某物色直若干幂。

补注：

本书所记，仍是以物易物为主要，而缯帛起交易之媒介作用。此为南诏前期之情形，到了后期，则缯帛和贝子并用。《新唐书·南诏传》载："以缯帛及贝市易，贝之大若指，十六枚为一觅。"而本书未言，是知南诏前期不用贝，后期以辅币使用。又五代时之政和《证类本草》卷二十二引《海药》说："贝子云南极多，用为钱货交易。"亦可证上说。

凡人家所居，皆依傍四山，上栋下宇，悉与汉同，惟东西南北，不取周正耳。别置仓舍，有栏槛，脚高数丈，云避田鼠也。上阁如车盖状。

补注：

此民居建筑如汉制，不详院落，惟抗战期间中国营造学社刘敦桢到滇西大理、丽江一带考察，认为洱海地区房屋结构及院落布置与中原地区唐代建筑相类，即自古相沿者。《樊志·城镇第六》云南城曰"城池郭邑如汉制"，虽不言结构，惟当与中原同，此所谓汉即指唐也。

西爨及白蛮死后，三日内埋殡，依汉法为墓。稍富室广栽杉松。蒙舍及诸乌蛮不墓葬。凡死后三日焚尸，其余灰烬，掩以土壤，唯收两耳。南诏家则贮以金瓶，又重以银为函盛之，深藏别室，四时将出祭之。其余家或铜瓶铁瓶盛耳藏之也。

**补注：**

此言洱海地区乌蛮、白蛮死后安葬之法不同，但后来此区域居民融合成白族，信仰佛教阿吒力派，即一律火葬也。

言语音白蛮最正，蒙舍蛮次之，诸部落不如也。但名物或与汉不同，及四声讹重。大事多不与面言，必使人往来达其词意，以此取定，谓之行诺。才勺反。

大虫谓之波罗，亦名草罗。达案：波罗原作波罗密。本书卷七蛮王并清平官礼衣上缀波罗皮下原注云，南蛮呼大虫为波罗密。本书作波罗密者只此两处，余俱作波罗也。又下引《玉溪编事》中南诏清平官赵叔达诗，波罗毗勇猜注云，波罗，虎也。是南诏之称大虫正应作波罗，作波罗密当因波罗蜜果或佛经中之波罗蜜多而误，因为删去密字。犀谓之矣，读如咸。带谓之佉苴，饭谓之喻，盐谓之宾，鹿谓之识，牛谓之舍，川谓之赕，谷谓之浪，山谓之和，山顶谓之葱路，舞谓之伽傍。加，富也。阁，高也。诺，深也。苴，俊也。东爨谓城为弄，谓竹为翦，谓盐为眗，谓地为渿，谓请为数，谓酸为制。言语并与白蛮不同。达案：原本于言语一段后尚有："每出军征役，每蛮各携粮米一斗五升，各携鱼脯，此外无供军粮料者。蛮军忧粮易尽，心切于战。出界后许行劫掠，收夺州溪源百姓禾米牛羊等辈。用军之次，面前伤刀箭许将息。倘背后伤刀箭辄退者，即刃其后。"一段凡八十二字。四库馆臣校语云："案此条当在第九卷南蛮篇中，疑传写者误入于此。"其言是也。因移至卷九末。

**补注：**

关于白族语言问题，论者甚多，方国瑜先生之说具有代表性，现将其《洱海民族的语言文字》收入附录，以供参考。

## 卷九　南蛮条教第九

　　南俗务田农菜圃。战斗不分文武。无杂色役。每有征发，但下文书与村邑理人处，克往来月日而已。其兵仗人各自赍，更无官给。百家已上有总佐一，千人已上有理人官一。人约万家以来，即制都督，递相管辖。上官授与四十双，汉二顷也。上户三十双，汉一顷五十亩。中户下户各有差降。每家有丁壮，皆定为马军①，各据邑居远近，分为四军。以旗幡色别其东南西北，每面置一将，或管千人，或五百人。四军又置一军将统之。如有贼盗入界，即罪在所入处面将。②

---

　　① "每家有丁壮，皆定为马军"句，有脱讹。按：《新唐书·南诏传》作"壮者皆为战卒，有马为骑军"。以此为是。

　　② 南诏常备军，本书《城镇第六》所记为三万。从记录可知南诏四出掠夺，其兵力多至二十万，如大历十四年，攻掠黎、茂、文、扶四州地，众达二十万人。贞元十年，攻吐蕃铁桥城遣兵数万。咸通四年，入安南达十万之众，攻昆仑有数万人，掠女王国有二万，则多数为临时征集而来，之所以能临时征调这么多的士卒，而又能战，其来源有三：一是常备军，数目不多，然当是主力和核心。二是本条所记，平时农耕，并以村邑为单位，按军事编制起来，农隙加以训练的士兵，这是南诏军队的基础。如此编制之地区似乎以十赕地、弄栋节度、拓东节度以及永昌节度辖区（后二区可能只是部分辖区）为主。三是征调，被征服之边境部族，以开南、丽水及永昌三节度为多，诸如扑子、寻传、黑齿、茫蛮等。

罗苴子皆于乡兵中试入，故称四军苴子。戴光兜鍪①，案：《新唐书·南诏传》作戴朱鞮鍪。光字疑朱宁之讹。负犀皮铜股排，跣足历险如飞。每百人罗苴佐②一人管之。

负排③又从罗苴中拣入，无员数。南诏及诸镇大军将④达案：大军将，《内聚珍本》《文津本》《闽本》作大将军，《鲍本》作大军将。以作大军将为是，因据改。起坐不相离捍蔽者，皆负排也。

羽仪亦无员数，皆清平官等子弟充，诸蛮不与焉。常在云南王左右。羽仪长帐前管系之。

**补注：**

所谓羽仪军，即由纨绔子弟所组成。《樊志》附录袁滋册封南诏沿途仪仗"子弟羽仪六人沿路视事"。（拓东城）又说"子弟持斧钺"（至苴咩城），"并羽仪军奔驰供帐者"。

羽仪长八人，如方内节度支达案：卢校云，按支字下疑脱使字，否或支即使之讹。衙官之属。清平官已下，每入见南诏，皆不得佩剑，唯羽仪长得佩剑。出入卧外，虽不主公事，最为心腹亲信。

其六曹长即为主外词公务。六曹长六人，兵曹、户曹、客曹、刑曹、工曹、仓曹，达案：仓曹原作会曹。南诏六曹制度得之于唐。唐有仓曹，掌租调、公廨、庖厨、仓库、市肆。又本书卷八校注引敦煌吐蕃时代题名，有瓜州仓曹参军。吐蕃政治制度如此类者，亦取则于唐。《南诏德化

---

① 罗苴子即南诸常备军中之精兵，战时为先锋。又馆臣按语"光字疑朱字之讹"。是也。

② 大凡管百人或百人以上者称佐，本书《风俗第八》谓"南诏有妻妾数百人，总谓之诏佐"，又本卷首条称"百家以上有总佐一"。

③ 所谓负排，盖统治家族及清平官、大军将等之警卫，为贵族之亲兵。

④ 《云南备征志》本亦作"大军将"。

碑》碑阴题名亦有仓曹长。俱无会曹之称。会、仓字形微近，盖因此致误，兹为改正。一如内州府六司所掌之事。又有断事曹长，推鞫盗贼；军谋曹长，主阴阳占候，同伦长两人，案：同伦原本讹作司偏，今据后文改正。各有副都，主月终唱①。案：此字未详，疑误。诸曹稽通如录事之职。曹官文牒下诸城镇，皆呼主者。六曹长有功效明著，得迁补大军将。②

大军将一十二人，与清平官同列。每日见南诏议事。出则领要害城镇，称节度。有事迹功劳殊尤者，得除授清平官。案：原本以除授为句。今据《唐书·南诏传》，大军将出治军壁，称节度，次补清平官之文，是除授下应有清平官三字。原本盖因下条相属而误脱耳。今增入。

清平官六人，每日与南诏参议境内大事。其中推量一人为内算官，凡有文书，便代南诏判押处置，有副两员同勾当。

又外算官两人，或清平官或大军将兼领之。六曹公事文书成，合行下者一切是外算官，与本曹出文牒行下，亦无商量裁制。

**补注：**

所谓内算官、外算官，方国瑜曰："内算官与外算官，盖如唐制之中书令与尚书仆射。中书省掌机密文书，尚书省统六部。而中书、尚书统摄百僚，为帝王辅相。《樊志》卷五阳苴哶城'第二重门旁屋五间，两行，门楼相对，各有榜，并清平官、大军将、六曹长宅也'。盖议事之所集于此。"

---

① 司偏长，方国瑜曰："司偏长，《聚珍本》以为误字，改作同伦，即据同伦判官校之。惟同沦为侍从南诏之官，司偏为曹长之属，不能相混。《南诏碑》阴题名有'大囗编孙白伽'，疑为'大司编'，即'都司编'，盖其职掌月终考课，以为铨衡。《樊志》又有讹误，疑当作'司编长两人，各有副都，主月终课'。"

② 向达注文谓"南诏初期，诸曹承外算官之命而行。至后期既有诸爽，其所掌与六曹略同，不知如何分工也"。按：南诏前期设六曹，后期改九爽，即不但扩大且更易了名称，非二者并存。又《云南备征志》本"六曹长有功效明著"之"功"字作"课"字。

卷九　南蛮条教第九

又有同伦判官两人，南诏有所处分，辄疏记之，转付六曹。近年已来，南蛮更添职名不少。

凡试马军，须五次上。射中片板为一次上；中双庶子案：二字未详。为一次上；四十步外走马掳案：此字未详。颇柱中斛子为一次上；盘枪百转无失为一次上；能算能书为一次上。试过有优给。① 步卒须为五次上。玷苍山顶立旗，先上到旗下为一次上；蓦一丈三尺坑过为一次上；急流水上浮二千尺为一次上；弄剑为一次上；负一石五斗米②四十里为一次上。已上一一试过，得上次者，补罗苴也。

蛮王为楼，及诸城镇村邑达案：村邑原作林邑，殊不可解，疑是村邑之误。下文引文书境内诸城邑村谷句尚可以证此，因为改正。但有空平处，即立木八十尺，刻其上为斛子，中间以墨三寸规之，名曰颇柱。所试人持竹剑，去颇柱四十步外走马向前柱，中斛子者上，中第二规次之，中第一规为下。每农隙之时，邑中有马者，皆骑马于颇柱下试习。

**补注：**

此纪乡兵之训练，大凡首邑、城镇、村邑均有训练战斗之所，自上至下，成为常例。

每岁十一、十二月农收既毕，兵曹长行文书境内诸城邑村谷，各依四军，集人试枪剑甲胄达案：胄，《内聚珍本》《闽本》俱误作胃，

---

① 此为常备兵中之马军，因兼并、掠夺战争频繁，军队占有重要地位，故军队之训练极严，马军既要熟习射箭、弄刀、耍枪，还得能算能书。

② 对步卒亦有严格的训练考核，故其战斗力颇强。又所言"一石五斗米"当是"一斗五升"之误，后面"每出军征役"条可证。

《鲍本》《渐西本》已改为胄，因据改。腰刀，悉须犀利，一事阙即有罪。其法一如临敌。布阵罗苴子在前，以次弓手排下，以次马军三十骑为队。如此次第，定为常制。临行交错为犯令。

**补注：**

按："甲胄"，《云南备征志》本亦已作"胄"。

每战，南诏皆遣清平官或腹心一人在军前监视。有用命不用命及功大小先后，一一疏记回具白南诏，凭此为定赏罚。军将犯令，皆得杖，或至五十，或一百。更重者徙瘴地。诸在职之人，皆以战功为褒贬黜陟。

每出军征役，每蛮各携粮米一斗五升，各携鱼脯，此外无供军粮料者。蛮军忧粮易尽，心切于战。出界后，许行劫掠，收夺州溪源百姓禾米牛羊等辈。用军之次，面前伤刀箭许将息，倘背后伤刀箭辄退者，即刃其后。

**补注：**

临时征召之乡兵，自备武器和粮食，军法严苛，亦重军功。因出其辖区后，鼓励掠夺人口财物，破坏性极大，唯对南诏言，此为保持其战斗力之手段。

朝廷差使到云南，南诏迎接远送。自数年来，缘邕、交两地长吏苛暴，恣杀非辜，致令众蛮告冤，因兹频来攻掠。伏蒙圣心，征发大军指挥，期于克复。其容州经管三十四羁縻州。案：《新唐书·地理志》岭南路羁縻州九十二，隶桂管者七州，隶邕管者二十六州，隶安南州四十一州，并无属容管者，与此稍有不合。伏请委安南大首领为刺史。武定州案：《新唐书·地理志》武定州乃安南都护府所属羁縻州之一。亦请委大首领为长吏者。踵前许经略使眷顾亲属，奏元从押衙为刺史，恐非稳便。臣窃达案：窃，《文津本》《闽本》同，《鲍本》《渐西本》改作切。卢校云，按此窃字当本是切，今改正。知故安南前节度使赵昌，相继十三年，缉理交址，至今遗爱，布在耆老，至境内无事。其时以都押衙杜英策为招讨副使，入院判案，每月料钱供给七十贯。以寄客张舟为经略判官、已后举张舟为都护。自李象古任安南经略使，案：原本作李象右，今考《唐书》，李象古为安南都护，以苛刻失众，为贼杨清所害，盖即此人。今改正。恣意贪害，遂至征兵。续又有李涿继之诛剥，案：原本涿上脱李字，今据《通鉴》增入。令生灵受害。莫非长吏非人所致。

**补注：**

此节为樊绰附益之文，故低一格录之。

# 卷十　南蛮疆界接连诸蕃夷国名第十

弥诺国、弥臣国，皆边海国也①。呼其君长为寿。弥诺面白达案：《御览》卷七百八十九弥诺国、弥臣国条引《南夷志》，面白作面赤。而长，弥臣面黑而短。性恭谨，每与人语，向前一步一拜。国无城郭。弥诺王所居屋之中有一达案："有一"二字原本无，兹据《御览》引补入。大柱，雕刻为文，饰以金银。弥臣王以木栅为达案：为字原本无，兹据《御览》引补入。居，海际水中。以石狮子为屋四足，仍以板盖，悉用香木。王出即乘象，达案：王出即乘象五字原本无，兹据《御览》引补入。百姓皆楼居。披娑达案：娑原本作婆，与下骠国条之青婆罗裙，婆俱应作娑，因为改正。娑罗笼见本书卷四茫蛮条。罗笼。男少达案：原本无少字，兹据《御览》引补入。女多。俗达案：原本无俗字，兹据《御览》引补入。好音乐。楼两头置鼓，饮酒即击鼓，男女达案：女原本作

---

①　弥诺、弥臣，方国瑜曰："弥诺江即今之钦敦江。……据赵松乔《缅甸地理》说：'钦敦江至木具谷之东北，成为几条分支流，注入伊洛瓦底江。分支流河口，最远彼此相距达三十五公里。分支流之间构成一系列卑湿的岛屿（页四十五），即《樊志》所说：分流绕栅，居沙滩，南北一百里，东西六十里者也。'又弥臣国当在伊洛瓦底江入海之处，《樊志》说：弥臣王以木栅居海际水中。惟不详其首邑所在。《樊志》又说：小婆罗门与骠国、与弥臣国接界，可知弥臣国在骠国之南，其西部并与天竺国相接，惟不能详其疆界也。弥诺、弥臣二国之地区不同，族属亦异。《樊志》说：弥诺面白而长，弥臣面黑而短。从缅甸境内民族迁移与分布言之，弥臣为猛族，而弥诺为钦族，虽两国沿伊洛瓦底江而居，并与南诏关系密切。而骠国介于其间，又据《新唐书·骠国传》弥诺道立为骠国役属九城镇之一，则势较弱。而弥臣则受唐朝封王号也。"

子，兹据《御览》引改正。**携手楼中蹈舞为乐。在蛮**达案：《御览》引无蛮字。**永昌城西南六十日程。**达案：《御览》引《南夷志》文止此。**太和九年曾破其国，劫金银，携其族三二千人，配丽水淘金。**①

**骠国在蛮永昌城南七十五日程，阁罗凤所通也。其国用银钱。以青砖为圆城，周行一日程。百姓尽在城内。有十二门。**达案：门，《御览》卷七百八十九骠国条引《南夷志》作所堂。**当国王所居门前有一大象，**达案：象原本作像，《御览》引作象。《新唐书》卷二百二十二下《骠国传》亦谓有巨白象高百尺，讼者焚香跽象前，自思是非而退。有灾疫，王亦焚香对象跽自咎。则《御览》作象是也。因为改正。**露坐高百余尺，白如霜雪。俗尚廉耻，人性和善少言，重佛法。城中并无宰杀。又多推步天文。若有两相**达案：《御览》引无两相二字。**诉讼者，王即令焚香向大象**达案：象原本亦作像，兹并据上例改正，下同。**思惟是**达案：是，原本作其，兹据《御览》引改正。**非，便各引退。其**达案：《御览》引无其字。**或有灾疫及不安稳之事，**达案：《御览》引无及不安稳之事六字。**王亦焚香对大**达案：《御览》引无大字。**象悔过自责。男子多衣白氎。妇人当顶为高髻，以金银真珠为饰，余**达案：余字原本无，兹据《御览》引补入。**著青娑罗裙。**达案：娑罗裙原本作婆罗裙，《御览》引脱罗字，兹依前例改正。**又披罗段，行必持扇。贵家妇女，**达案：原本无女字，兹据《御览》引补入。**皆三人五人在傍持扇。有移信使到蛮界河赕，则以江猪白氎及琉璃罂为贸易。**案：罂原本作盟，贸易原本作加，今从《新唐书·骠国传》改正。达案：《新唐书·骠国传》原文云"与诸蛮市，以江猪白氎琉璃罂缶相易"云云。又自有移信使以下二十二字，《御览》引无此。**与波斯及婆罗门邻接。**达案：邻接，《御

---

① 太和九年以下为樊绰附益之文，故低一格录之。

览》引作接界。西去舍利城二达案：二，《御览》引作六。十日程。

　　据佛经，舍利城，中天竺国也。近城有沙山，不生草木。《恒河经》云，沙山中过。达案：自据佛经以下二十八字，《御览》引无此。然则骠国疑达案：此五字《御览》引作此疑是。东天竺也。蛮贼太和六年劫掠骠国，虏其众三千余人，隶配柘东，令之自给。今子孙亦食鱼虫之类，是其种末也。咸通四年正月六日寅时，有一胡僧，裸形，手持一仗，达案：仗与杖通。束白绢，进退为步，在安南罗城南面。本使蔡袭当时以弓飞箭当胸，中此设法胡僧，众蛮扶舁归营幕。城内将士，无不鼓噪。

　　昆仑国正北去蛮界西洱河八十一日程。出象及达案：象及二字原本无，兹据《御览》卷七百八十九昆仑国条引《南夷志》补入。青木香，旃达案：原本无旃字，兹据《御览》引补入。檀香、紫檀香、槟榔、琉璃、水精、蠡杯达案：杯原本作坏，兹据《御览》卷九百八十二青木条引《南夷志》文改正。等诸香药珍宝犀牛等。

　　蛮贼曾将军马攻之，被昆仑国开路放进军后，凿其路通江，决水淹浸。进退无计。饿死者万余，不死者，昆仑去其右腕放回。

**补注：**

　　昆仑国，方国瑜曰："《樊志》所载之昆仑国为今缅甸南部之部族。《新唐书·骠国传》说：'由弥臣至坤朗，又有小昆仑部，俗与弥臣同。由坤朗至禄羽，有大昆仑王国，川原大于弥臣。由昆仑小王所居，半日行至磨地勃栅。'按：《新唐书》所载骠国部落三十二，地名最后为磨地勃，即在最南之地。费瑯以为即今萨尔温江入海处之马达班，音读相近，位置大概如此。若然，小昆仑国在萨尔温江口毛淡棉附近。"

　　大秦婆罗门国界永昌北，与弥诺国江西正东案：此句疑有脱误。安西城楼接界。达案：此处之大秦婆罗门国，准之地望，即指天竺而言。

## 卷十　南蛮疆界接连诸蕃夷国名第十

疑应作大婆罗门国，秦字或是误衍耳。又以上诸语以有讹误，致多不可通。私意以为当作大婆罗门国界永昌北，弥诺国江西，正东与安西城楼接界。如此则文义通顺。以无别本可据，姑仍其旧。**东去蛮阳苴哗城四十日程。蛮王善之，街**达案：街，《文津本》作术。**来其国。**案：此八字文不相属，疑有脱误。

### 补注：

大秦婆罗门国，方国瑜曰："樊绰《云南志》卷十：'大秦婆罗门国界永昌北，与弥诺国江西正东安西城楼接界。'又'小婆罗门国与骠国及弥臣国接界，在永昌北七十四日程。'按：四库本注：大秦婆罗门条有脱误。兹从向达断句，稍可通。岑仲勉以为字句有错误，应作：'大秦婆罗门国界永昌西北正东，与弥诺国江西安西城楼接界。'（《中外史记考证》376页）惟安西城在弥诺江东，不在其西也。婆罗门者，《旧唐书·天竺国传》说：'即汉之身毒国，或云婆罗门地也。'《天竺国传》曰：'汉身毒国也，或云摩伽陀曰婆罗门。'以婆罗门为天竺之别名，唐人习用之。《樊志》之婆罗门即指天竺。"又"街来其国"的街字，似是"往"字之误。

**小婆罗门国与骠国及弥臣国接界，在永昌北七十四日程。俗不食牛肉，预知身后事。出贝**达案：贝原本作见，兹据《御览》卷七百八十九婆罗门国条引《南夷志》文改正。①**齿、白**达案：原本脱白字，兹据《御览》引补入。**蝎、越诺。**案：此句未详。达案：原本有脱误，故文意不明，兹据《御览》引补正，已大致明白。**共大耳国往来。蛮夷善之，信通其**达案：通其二字原本作共，兹据《御览》引改正。**国**②。案：此七字，文亦不属。达案：此七字，指原本"蛮夷善之信共国"而言。

**夜半国在蛮界苍望城东北隔丽水城川原。**达案：川原二字原本

---

①　向氏曰：贝原作见，据《御览》卷七百八十九引《南夷志》改。芹按：《御览》引《南夷志》作"具"，不作"贝"。

②　小婆罗门国在曼尼坡伊姆发尔以南。

无，兹据《御览》卷七百八十九夜半国条引《南夷志》文补入。**其部落妇人唯与鬼通，能知吉凶祸福，本土君长崇信之。** 达案：之字原本无，兹据《御览》引补入。**蛮夷往往以金购之，要知善恶。界接丽水相近。** 达案：界接丽水相近一句上原本尚有昆明、牂牁四字，兹为删去。又自昆明、牂牁界接云云起一段原本提行另为一段，兹并成一段。说俱见下校注中。

**蛮贼曾攻不得，至今衔恨之。**

**补注：**

夜半国，方国瑜曰："《樊志》卷十：夜半国在蛮界苍望城，东北隔丽水城川原。又说界接丽水相近（从向达校）。按：夜半国在南诏苍望城界，其东北接丽水节度地区。丽水节度所辖为丽水（伊洛瓦底江）上游，西与天竺（印度）接界。苍望城在今八莫，则夜半国在丽水城辖区之西南，惟不能确指今地名。《樊志》说：'其部落妇人唯与鬼通，能知吉凶祸福。'此即巫觋行术，自言与鬼通。明朱孟震刻本《西南夷风土记》邪术条说：'卜思鬼妇人习之。'其族盖为《风土记》所说安都鲁、遮些子、迤西（即勐养）遗种。钱古训《百夷传》亦谓'结些子，其人居戛璃'，即《明史·孟养土司传》之戛里（亦见《地理志》）。哈威《缅甸史》以为在今钦敦县之戛里（译本128页）即钦敦江与印度曼尼坡接近之处。以此推论，夜半国之地理位置，虽未必确切，惟在孟养地区，当丽水城辖境之西南，距伊洛瓦底江近，与苍望城辖境相接，则可得而说。《樊志》又说：'蛮贼曾攻不得，至今衔恨之。'即所谓攻夜半国，以其境远未能役属。惟当有往还也。"

**昆明牂牁。本使臣蔡袭尝奏请分布军马，从黔府路入。** 案：此条之首，当有脱文。达案：本卷所言为与南诏接连诸蕃夷国家。此处之二十一字，与诸蕃夷国家无关，疑是错简。卷末言异牟寻三道遣使，一道出牂牁从黔府路入。此处之二十一字或是卷末注脚，错简在此者耳。以无明证，姑仍其旧。

**女王国去蛮界镇南节度三十余日程。其国去骠州一十日程，** 达案：一十日程《御览》卷七百八十九女王国条引《南夷志》作十月程。**往往与骠州百姓** 达案：百姓二字，《御览》引作人。**交易。**

**蛮贼曾将二万人伐其国**，达案：蛮贼曾将二万人伐其国一语，《御览》引作蛮尝伐之。**被女王药箭射之**，达案：被女上药箭射之一语，《御览》引作中其药箭。**十**达案：十字，《御览》引作百。**不存一。蛮贼乃回。**

**补注：**

按：镇南节度即南诏开南节度，首邑在今景东县，骥州属安南都护府，在今河静省。以三十余日与十日距离之比例衡之，女王国应在今老挝之桑怒省。

**水真腊国、陆真腊国。与蛮镇南相接。**

**蛮贼曾领马军到海畔，见苍波汹涌，怅然收军却回。**案：此篇乃载南蛮接壤之国，自此以下皆别说他事，盖附录之文传写失其标目耳。今各低一格以别之。达案：以下各段，《备征志》《渐西本》一律顶格，故删去馆臣案语之"今各低一格以别之"八字。兹仍依《内聚珍本》。

**补注：**

水真腊、陆真腊，《旧唐书·真腊传》说："南方人谓真腊国为吉蔑国（高棉），自神龙（公元705—706年）以后，真腊分为二：半以南近海多陂泽处，谓之水真腊；半以北多山阜，谓之陆真腊，亦谓之文单国。"《新唐书·真腊传》谓水真腊地八百里，陆真腊地七百重。方国瑜言：唐仲友编《帝王经世图谱》卷七载僧一行（开元年间人）所作《山河分野图》，在云南南诏的南面稍偏东注记真腊地名。又载陈卓《十二次分野图》南诏滇池之南为真腊。是时，云南与真腊地界相接。法国马司帛洛《宋初越南半岛诸国考》引约在公元九百年《真腊碑文》说："其国境与中国及海水相接。即南滨于海，北接中国。"马司帛洛说："此处之中国，必非唐国，而为南诏。"按：南诏为中国版图的一部分，真腊人亦知之。……陆真腊即文单国。文单国之地理位置，前人所说不一。黄盛璋之《文单国——老挝历史地理新探》一文做了讨论，其结论：文单城在今老挝之万象。又说：水、陆真腊之分界，大致如今柬埔寨、老挝之境。以为文单国（陆真腊）在今老挝，此说可从。《樊志》说：真腊国与南诏镇南相接。镇南即开南节度，其辖境抵陆真腊国。又说南诏曾领军马到海畔，"见苍波汹涌，怅然收军却回"。似乎曾远征到水真腊滨海之处，惟无事迹可考。《樊志》卷六说："银生城（即开南城）东南有通镫川，又南通河普川，又正南通羌浪川，却是边海无人之境也。"此数地名未见其他记录，难于考订。惟既在银生城之东南、又直南、又正南，至路途遥远之处，故假定通镫川在今墨江（旧名他郎）、河普川在今江城（旧名猛烈），而羌浪川当在较广阔之平川，且与陆真腊相接，以地理条件考究之，盖在今老挝之生吕（即丰萨里首邑）。

咸通四年六月六日，蛮贼四千余人，草贼朱道古下二千人，共棹小船数百只收郡州。案：《通鉴考异》引《唐实录》以郡州为交州，《补国史》亦同。是郡州乃州名也。得安南都押衙张庆宗、杜存陵、武安州刺史陈行余，案：《新唐书·地理志》武安州属安南都护府。以航舶战船十余只，筑损蛮贼船三十来只沉溺。臣九月二十一日于藤州见安南虞候史孝愻，并得兵马使徐崇雅信，蛮贼不解水，悉皆溺死。吐蕃铁桥节度本属吐蕃，贞元十年蒙异牟寻攻破，今并属蛮管。案：吐蕃铁桥节度以下二十五字，文义与上文不相属，疑亦他处错简在此。达案：此二十五字原本连上。以与上文无关，故为提行另起一段。四库馆臣疑是他处错简在此，其说颇为有见。私意以为此或是本书卷六《城镇》篇中文，以未能决，故姑仍其旧。

**补注：**

吐蕃以下二十五字，馆臣案云"与上文不相属"，是也。又向氏以为似为本书卷六《城镇》篇中之文，亦有道理，惟其下段记述南诏曾诈臣吐蕃及袁滋册封南诏事。言其事之原委，故此二十五字仍属下段为宜。

异牟寻曾诈臣事吐蕃，吐蕃遂封异牟江寻①西卑贱，案：以下皆纪册封南诏之事，此二十字文不相属。盖所纪册封一事，佚其前段，而此条佚其后段耳。今不可考，姑仍其旧。达案：异牟江寻西卑贱七字，只《渐西本》《文津本》江寻二字互倒作寻江，余本俱同《内聚珍本》。卢文弨校将江西卑贱四字抹去，其辞云："按《新唐书》吐蕃封异牟寻曰东王，此脱曰东王三字。并改事中国所由遣使册封一节，亦脱去。此下俱纪其迎使者之仪

---

① 《云南备征志》本已作"寻江"。

也。江西卑贱四字乃写者妄羼入。"云云。今案四库馆臣及卢校俱是，然以无别本可作挪移之据，故仍旧不改。**因遣曹长段南罗各同伦判官赵伽宽等九人**，达案：赵伽宽等九人，《文津本》作赵伽宽九人。**与南诏清平官尹辅酋**达案：尹辅酋之名见本书卷四青蛉蛮条。《乐天集》作尹辅首，《德化碑碑阴题名》作尹附酋，盖是一人。**及亲信李罗札将大马二十匹迎，子弟羽仪六人沿路视事。十五日至安宁城。**达案：安宁城原本作安南城。贞元十年袁滋册南诏，自西川戎州出石门路，经鲁望柘东而西，以至阳苴咩城。而据本书卷一所记途程及《新唐书·地理志》之文，自柘东城西行至阳苴咩城，途中经行诸地只有安宁城并无安南城。本书卷一自安宁城至曲馆行三日，曲馆即此处之曲驿。此处自安南城至曲驿似亦行三日，日数与卷一所记大致相符。则安南城必是安宁城之误，因为改正。**城使段伽诺出步军二百队，马军一百队夹道排立，带甲马六十队引前，步枪五百人随后，去城五十里迎候。十九日到曲驿。镇使杨盛出马军一百三十队，步军一百七十队，夹道排立，带甲马二百人引前，步枪三百人随后，去驿一十里迎接。二十一过欠舍川。**达案：欠舍川原本作吹舍川。据本书卷六，云南城东第二程有欠舍川。《元史》卷六十一《地理志》镇南州条，州在路北，昔扑落蛮所居，川名欠舍，元宪宗七年立欠舍千户。至元二十二年改欠舍千户为镇南州。本书卷一之沙却馆亦即欠舍，是以《元史》谓沙却即今州治、今州镇南州也。此处之吹舍至云南城恰为二日，与卷六合，则吹舍川必为欠舍川之误无疑，因为改正。**首领父老百余人，蛮夷百姓数千人，路傍罗列而拜，马上送酒。云南节度将五十匹马来迎。二十三日到云南城。节度蒙酋物出马军一百队，步军三百人，夹道排立，带甲马一十队引前，步枪五百人随后，去城一十里迎候。门前父老二百余人，吐蕃封王数人，在路迎拜。是日南诏使大军将兼户曹长王各苴来迎。二十四日到白崖城。城使尹瑳**达案：《德化碑碑阴题名》有大军将赏二色绫袍金带尹瑳迁，与此疑是一人，只此脱迁字耳。姑识于此，以待续考。**出马军一百队，步军二百队，夹路排立，引马六十**

匹，步枪五百人，去城五里迎候。南诏遣大军将李凤岚达案：此处之李凤岚与本书卷四独锦蛮条之李负蓝，《白氏长庆集》之李附览，当俱为一人。字虽不同，音则无异也。又《德化碑碑阴题名》末有"（上阙）军将兼白崖城大军将大金告身赏二色绫袍金带李（下阙）"。颇疑此一题名上阙者为诏亲大三字，下阙者为凤岚，或负蓝、附览等二字。全衔当作"诏亲大军将兼白崖城大军将大金告身赏二色绫袍金带李凤岚"。盖南诏诏亲也。将细马一千匹并伎乐来迎。渠敛道中路客馆馆前父老二百余人，蛮夷百姓五六十人，路迎马前。大军将喻于俭出马步军三百队夹路排立，引马六十匹，步枪三百人，去城五里迎候。南诏妹达案：原本妹字下疑脱一婿或倩字。李波罗诺将细马一十匹来迎。入龙尾城客馆。南诏异牟寻叔父阿思将大马二百匹来迎。二十六日过大和城，南诏异牟寻从父兄蒙细罗勿案：罗勿原本作四勾，今据《新唐书》改正。达案：从父兄《新唐书》作兄。及清平官李异傍达案：李异傍之名亦见于《白氏长庆集·与南诏清平官书》中。大军将李千傍等，将细马达案：细马，《新唐书》作良马。六十匹来迎，皆金锼达案：锼字，《内聚珍本》《文津本》《新唐书》诸本作锼，《琳琅本》《备征志》作铰，《渐西本》作铰，《鲍本》作锼。卢校云，按锼当作铰，音范：金华所以饰马首。考董冲《唐书释音》云亡敢切，则当作铰无疑。今改正。云云。今案：锼、铰、铰诸字，音虽不同，而皆训马首饰，或作马冠，其义一也。铰即铰，仍是一物。故仍旧不改。玉珂，拂髦振铎。案：振原本作根，今据《新唐书》改正。夹路马步军排队二十余里。南诏蒙异牟寻出阳苴咩城五里迎。先饰大象一十二头引前，以次马军队，以次伎乐队，以次子弟持斧钺。南诏异牟寻衣金甲，披大虫皮，执双铎鞘。达案：原本无鞘字，兹据《新唐书》补入。男蒙阁劝达案：异牟寻之子名寻阁劝，又名寻梦凑，两《唐书》常省为阁劝或梦凑，在傍，步枪千余人随后，马上只揖而退。原缺。日授册。原缺。达案：《新唐书》作诘旦授册。贞元十年十月二十七日阳苴咩城具仪

卷十　南蛮疆界接连诸蕃夷国名第十

注设位，旌节当庭，东西特立。南诏异牟寻及清平官已下，各具仪礼，面北序立。宣慰南诏使东达案：东，《内聚珍本》《闽本》作南，《鲍本》《渐西本》作东。卢校云，按此当从《新唐书》作东向立，下册立使乃南向立耳。其说甚是，因为改正。向立①，册立南诏使南向立，宣敕书读册文讫。案：此条册字原本俱讹作开，今据文改正。相者引南诏蒙异牟寻离位受册，次受贞元十年历日。南诏及清平官已下稽颡再拜，手舞足蹈，庆退而言，牟寻曾祖父开元中册云南王，祖父天宝中又蒙册袭云南王。自隔大国，向五十年。贞元中皇帝圣明，念录微效，今又赐礼命，复睹汉仪，对扬天休，实感心肺。其日楼下大会，又坐上割牲，用银平脱马头盘二面。牟寻曰，此是天宝初先人任鸿胪少卿宿卫时，案：卫上原脱宿字，今补入。达案：此处先人云云，盖指凤伽异而言。开元皇帝所赐。此宝藏不敢用，得至今。又伎乐中有老人吹笛妇人唱歌，各年近七十。牟寻指之曰，先人归蕃来国，开元皇帝赐胡部及龟兹音声各两部。达案：《新唐书》作此先君归国时皇帝赐胡部龟兹音声二列。今死亡零落尽，只余此二人在国。酒既行，牟寻自捧杯擎跽劝让。册立使袁滋引杯酾②达案：酾原本作酒，《闽本》《文津本》同，《鲍本》、《渐西本》、卢校俱作酾。以作酾为胜，因改。酒曰："南诏当深思祖宗绪业，坚守诚信，为西南藩屏，使后嗣有以传继也。"异牟寻嘘嘻曰："敢不承命！"其年十一月七日事毕，发阳苴咩城。云南王蒙异牟寻以清平官尹辅酋十七人③，达案：《新唐书》作复遣清平官尹辅酋等七人。奉表谢恩，进纳吐蕃赞普钟印一面。案：《通鉴》吐蕃谓弟为钟。南诏服吐蕃时，封为赞普钟日东王。

---

① 《云南备征志》本已作"东向立"。
② 《云南备征志》本亦作"酾"。
③ 所谓清平官十七人云云，据本书卷九所记，当以《新唐书》所作"七人"为是，此处衍一"十"字。

并献铎鞘、达案：南语献铎鞘事可参看本书卷七铎鞘条。浪川剑、生金、瑟瑟、牛黄、琥珀、白氎达案：《新唐书》氎上脱白字。纺丝、象牙、犀角、越赕马、统备甲马、达案：《新唐书》作统伦马。并甲文金，皆方土所贵之物也。仍令大军将王各苴、柘东副使杜伽诺具牛羊领鞍马及丁夫三百人提荷食物。其年十一月二十四日送至石门。从石门更十日程到戎州。达案：戎原本作茂。本书卷一云从戎州南十日至石门，盖北路自西川入云南始于戎州也。故此处之茂州必是戎州之误，因为改正。茂州地在西川西北，入云南使节不应经此也。自后南蛮移心向化，遂与吐蕃仇隙。①

伏缘数年之间，当州镇厘革南诏入朝人数，纵有经过者，邮传残薄。兼缘安南大中年案：原本作大中牟。今据《唐书》及《通鉴》，宣宗大中十三年杜悰为西川节度使，奏请节减南蛮习学子弟及入贡傔从人数，南诏怒，自是颇扰边境。书中所说当指此事。牟字盖年字之讹，谨改之。奏请隔绝南诏往来通好。谨按《尚书》云，抚我则后，虐我则仇。本使蔡袭去年正月十四日内四度中矢石，家口并元随七十余人，悉殒于贼所。臣长男韬及奴婢一十四口，并陷蛮陬。臣夙夜忧忆本使蔡袭，行坐痛心。切以蛮贼尚据安南，今江源并诸州各自固守，其首领将吏，去年春夏频请救兵。自是海门案：安南既陷，以海门镇为行交州。不与发遣，并不给与戈甲弓弩，致令蛮贼侵掠州军。臣以南蛮从古及今，凡掳掠诸处百姓夷獠隶他处则贵。江源首领已下，知其配隶之事，固惜副卿必合勠力齐心，共御蛮夷之残暴。案：臣以下五十一字文义未详，且不相属，当有脱误。达案：《滇系》将臣以下五十一

---

① 向达注文云，"樊氏录此，疑即取自袁滋《云南记》。《新唐书》卷二百二十二上《南诏传》记册封异牟寻事，与樊氏书当同出一源"。按：说录自袁滋《云南记》，是也。然《新唐书·南诏传》当又转录自本书也。

字删去，于此段之首另标《蛮书序》之目，殊为无据。又隶他处一语，《琳琅本》他误作也，余本不误。

**又黔、泾、巴、夏四邑苗众**，达案：四邑苗众，《文津本》作四苗邑众，当是误乙。**咸通三年春三月八日，因入贼朱道古营栅竟日，与蛮贼将大羌杨阿触、杨酋盛、柘东判官杨忠义话得姓名**，达案：姓名，《文津本》作百姓。**立边城自为一国之由。祖乃盘瓠之后，其蛮贼杨羌等云绽盘古之后。**案：绽字有讹。**此时缘单车问罪，莫能若事。**案。若字有讹。**咸通五年六月，左授夔州都督府长史，问蛮夷巴、夏四邑根源，悉以录之，寄安南诸大首领。详录于此，为《蛮志》一十卷事，庶知南蛮首末之序。**案：以下六条，又附录中傍及之文，今再低一格以别之。达案：《备征志》及《渐西本》于以下诸条一律顶格，故馆臣案语中今再低一格以别之，八字并删。又卢校云，按此六条，似非樊绰之文，疑是后人附益之耳。唐人避虎，故绰书称大虫，而此全不避忌，且其文气，亦全不类。

**补注：**

卢氏谓此下六条非樊绰之文，疑为后世附益。按：上言"咸通五年六月，左授夔州都督府长史，问蛮夷巴、夏四邑根源，悉以录之，寄安南诸大首领，详录于此"，则访问所得蛮夷巴、夏四邑根源为附录，其意甚为明白，故不可谓为后人附益之文也。

**谨按：后汉《南蛮传》，昔高辛氏有戎寇吴将军。帝**达案：帝原本作为。卢校云，"为或当作帝，否则有缺文"。今案《后汉书》卷一百十六《南蛮传》，实应作帝，卢校是也。因据改。**患其侵暴，乃下敕曰："有人得戎寇吴将军头者，赐金百镒，封邑万家，妻以少女。"时帝有犬名盘瓠，后遂之寇所，因啮得吴将军头来，其寇遂平。帝大喜，因以官爵赉赐，犬不起。帝少女闻之，奏曰："皇帝信不可失！深忧犬之为患。"帝曰："当杀之。"女曰："杀有功**

之犬，失天下之信矣！"帝曰："善乎！"因请匹之。帝不得已，乃以配盘瓠。盘瓠得女，负入南山，处于石室，其处险阻，不通人迹。后生十二子，六男六女，自相匹偶。缉草木皮以为衣服。达案：缉草木皮以为衣服，《内聚珍本》《文津本》作缉以草木皮为衣服。《鲍本》《渐西本》与卢校俱作缉草木皮以为衣服，文义较长，因据改。帝赐以南山，仍起高栏为居止之。其后滋蔓，自为一国。案：此文与今《后汉书·南蛮传》不同。按王通明《广异记》云，高辛时人家生一犬初如小特。主怪之，弃于道下，七日不死，禽兽乳之，其形继日而大。主人复收之。当初弃道下之时以盘盛叶覆之，因以为瑞，遂献于帝，以盘瓠为名也。后立功，啮得戎寇吴将军头，帝妻以公主，封盘瓠为定边侯。公主分娩七块肉，割之有七男。长大各认一姓，今巴东姓田、雷、再、向、蒙、旻、叔孙氏也。共后苗裔炽盛，从黔南逾昆、湘、高丽之地，自为一国。幽王为犬戎所杀，即其后也。盘瓠皮骨今见在黔中，田、雷等家时祀之。

巴中有大宗，廪君之后也。《汉书》，巴郡本有四姓，巴氏、繁氏、陈氏、郑氏，皆出于武落钟离山。其山黑赤二穴。巴氏之子，生于赤穴，繁、陈、郑三姓达案：《后汉书》作四姓之子。生于黑穴。未有君长，俱事鬼。乃共掷剑于石穴，约能中者奉以为君。巴氏子务相独中之。又令乘土船下夷水到盐阳，约能浮者为君。务相独浮。因立务相为君也。遂有神女谓廪君曰，此地广大，鱼盐所出，请为留之。廪君不许。神女暮来取宿，晨则化为飞虫，群蔽日月，天地晦冥，积十余日。廪君伺其便射之，天乃开朗。廪君方定居于夷水。达案：《后汉书》作夷城。三姓达案：《后汉书》作四姓。皆臣事之。廪君死，魂魄化为白虎。及惠王达案：据《后汉书》盖秦惠王也。并巴蜀，以巴夷为蛮夷君，尚女。其人有罪，得以爵除。出赋二千一十六钱；达案：六下钱上原有百万二字，兹据《后汉书》删。三岁一出义赋一千八百钱；人出幏布八丈二尺，鸡羽三十镞也。案：此文与今《后汉书·南蛮传》稍有异同。达案：四库馆臣案语蛮上衍一郡字。《琳琅本续校》云，《南郡蛮传》郡字误衍。其说是也，因为删去。

　　巴氏祭其祖，系鼓而祭，白虎之后也。按《华阳国志》，秦昭王达案：《后汉书》卷一百十六《南蛮传》《板楯蛮夷传》所记即此，作秦昭襄王。时，白虎为害，多伤人。乃购之曰，有杀得白虎者，封邑千家，继以金帛。达案：《后汉书》作赏邑万家金百镒。于是朐忍夷廖仲药等以竹弩射之，中而死。达案：《后汉书》作时有巴郡阆中夷人能作白竹之弩，乃登楼射杀白虎，章怀注引《华阳国志》曰，巴夷廖仲等射杀之也。秦遂刻石，为夷人立盟曰，夷人顷田不租，十妻不算，伤人者论。达案：者字原本作不。兹按《后汉书》云，乃刻石盟要复夷人，顷田不租，十妻不算，伤人者论，杀人者得以倓钱赎死。原本不论语意适与相反。因据《后汉书》改正。倓钱，章怀注引何承天《纂文》曰，倓，蛮夷赎罪货也。音徒滥反。秦犯夷输黄龙一双，夷犯秦输清酒一钟。夷人遂因号虎夷，一名弦头，刚勇颇有先人之风。案：所引《华阳国志》与今本文稍不同。

　　按《秦纪》，始皇十八年，巴郡达案：郡，《内聚珍本》《文津本》《闽本》作都，卢校与《鲍本》《渐西本》作郡。作郡者是，因据改。出大人，长二十五丈，一夫两妻，号曰左右也。是故左思《蜀都赋》云，刚勇生其方，风谣尚其武。

　　按《夔城图经》达案：《宋史》卷二百四《艺文志》史部地理类收有刘得礼《夔州图经》四卷，与此处之《夔城图经》不知是否一书？刘得礼为何如人，亦无可考。云，夷事道，蛮事鬼。初丧鼙鼓以为道哀，其歌必号，其众必跳。此乃盘瓠白虎之勇也。俗传正月初夜，鸣鼓连腰以歌，为踏蹄之戏。五月十五日招命骑健达案：骑健为唐代兵种之一。《琳琅本》补校谓骑健疑当作健骑，其说非是。画楫图舟，十船同角，千人齐声，唱鼓扣舷，沿江腾波而下。俗三月八日为大节，以陈祠享，振铎击鼓师舞为敬也。

夷蜑居山谷，蜑即蛮之别名。巴夏居城郭。与中土风俗礼乐不同。

云南诏蒙异牟寻与中国誓文，臣今录白进献。

贞元十年岁次甲戌正月乙亥朔，越五日己卯，达案：正月乙亥朔越五日己卯一语，原本作正月乙亥五月己卯，《琳琅本续校》云："正月乙亥五月己卯此八字有脱误，当作正月乙亥朔越五日己卯。"卢校于五月亦改作五日。其说俱甚确，因为补正。云南诏异牟寻及清平官大军将与剑南西川节度使巡官崔佐时案：崔佐时乃韦皋所遣西川节度巡官，不可直称节度使，疑有脱文。达案：西川节度使巡官崔佐时原本作西川节度使崔佐时。而后文云："今再蒙皇帝蒙剑南西川节度使韦皋仆射遣巡官崔佐时传语牟寻等契诚，誓无迁变。"云云。《通鉴》卷二百三十四《唐纪》德宗贞元九年冬十月韦皋遣其节度巡官崔佐时赍诏书诣云南，并自为帛书答之。亦作巡官。是崔佐时初入云南，官为西川节度巡官，逮贞元十年随袁滋再入云南册封南诏，始为袁滋判官，袁滋《题名》可以见之。则此处崔佐时上必脱巡官二字，四库馆臣献疑是也。因为补入巡官二字。谨诣玷苍山北，上请天、地、水三官，五岳四渎及管川谷诸神灵同请降临，永为证据。念异牟寻乃祖乃父忠赤附汉。去天宝九载，被姚州都督张乾陁等离间达案：间，《鲍本》《渐西本》作闲。部落，因此与汉阻绝，经今四十三年。与吐蕃洽和，为兄弟之国。吐蕃赞普册牟寻为日东王。亦无二心，亦无二志。去贞元四年，奉剑南节度使韦皋仆射书，具陈汉皇帝圣明，怀柔好生之德。七年，又蒙遣使段忠义招谕，兼送皇帝敕书。遂与清平官大军将大首领等密图大计，诚矢天地，发于祯祥，所管部落，誓心如一。去年四月十三日，差赵莫罗眉、杨大和眉等赍仆射来书，三路献表，愿归清化，誓为汉臣。启告祖宗明神，鉴照忠款。今再蒙皇帝蒙剑南西川节度使韦皋仆射，遣巡官崔佐时传语牟寻等契诚，誓无迁变。谨请西洱河玷苍山神祠监盟，牟寻与清平官洪骠利时、大军将段盛等，请全部落，归附汉朝，山河两利。即愿牟寻、清平官、大军将等，福祚无疆，子孙昌盛不绝。管诸赕首领，永无离二。兴兵动众，讨伐吐蕃，无不克捷。如会盟之后发起二心，及与吐蕃私相会合，或辄窥侵汉界内田地，即愿天地神祇共降灾罚，宗祠殄灭，部落不安，灾疾臻凑，人户流散，稼穑产畜，悉皆减耗。如蒙汉与通和之后，有起异心，窥图牟寻所管疆土，侵害百姓，致使部落不安，及有患难，不赐救恤，亦请准达案：准，《内聚珍本》《文津本》《闽本》作唯，《鲍本》、《渐西本》、卢校作准。以作准为长，因据改。此誓文，神祇共罚。如蒙大汉和通之后，更无异意，即愿大汉国祚长久，福盛子孙，天下清平，永保无疆之祚。汉使崔佐时至益州，不为牟寻陈说，及节度使不为奏闻牟寻赤心归国之意，亦愿神祇降之灾。今牟寻率众官具牢醴，到西洱河，奏请山川土地灵祇。请汉使计会，发动兵马，同心勠力，共行讨伐。然吐达案：吐，《内聚珍本》《文津本》《闽本》《鲍本》俱作土，卢校与《渐西本》作吐，本文前亦作旺，故为改正。蕃、神川、昆明、达案：昆明原本作昆仑，然此处言吐蕃、神川，下言会同，俱在金沙江北岸，为吐蕃与南诏争战之场，昆仑地名不应出现于此，当是昆明之误，因为改正。会同已来，不假天兵，牟寻尽收复铁桥为界，归汉旧疆宇。谨率群官虔诚盟誓，共克金契，永为誓信。其誓文一本请剑南节度随表进献，一本藏于神室，一本投西洱河，一本牟寻留诏城内府库，贻诚子孙。伏惟山川神祇，同鉴诚恳！

某年六月二十一日奏状，今谨录白献进。案：后题贞元十年奏状，而此阙其年，亦刊削不尽之文。

东蛮和使杨传盛等，六月十八日到安南，赍蛮王蒙异牟寻与臣绢书一封，并金缕合子一具。合子有绵，有当归，有朱砂，有金。右达案：右原本作石，《琳琅本续校》云："石当作右，属下读。按下文言合子中有金者云云，并不及石，是其证。又言右蛮王与臣书一段，与此言右东蛮国王一段文例亦同。"云云。其说是也。因改正。东蛮国王是故云南诏王达案：王字疑是衍文。阁罗凤孙，姓蒙，名异牟寻。遣达案：遣，《内聚珍本》《文津本》《闽本》作遗，《鲍本》《渐西本》卢校作遣。以作遣为是，因据改。前件使赍表诣阙，于今月十八日到，兼得其王牟寻与臣书，远陈诚恳，并金镂合子一枚。其使味言，送合子中有绵者，以表柔服，不敢更与为生梗，有当归者永愿为内属，有朱砂者盖献丹心向阙，有金者言归义之意，如金之坚。达案：原本至此止为一段，以下提行另起。卢校云："按上语未了，不当提行。"其说是也。因为连下。又言蛮王蒙异牟寻积代唐臣，遍沾皇化。天宝年中，其祖阁罗凤被边将张乾陀谗构，部落惊惧，遂违圣化，北向归投吐蕃赞普。以赞普年少，信任谗佞，欲并其国。蒙异牟寻达案：蒙异牟寻，原本作蒙寻，据上文当作蒙异牟寻，因为补入异牟二字。远怀圣化，北向请命。故遣和使，乞释前罪。愿与部落竭诚归附。缘道遐阻，伏恐和使不达，故三道遣：一道出石门，从戎州路入；达案：石门原本作石山。唐代自戎州入云南，或自云南至戎州，必须取道本书卷一所云之北路。北路必经石门，故又名石门路。沿途并无石山其地，则此处之石山必为石门之误，因为改正。一道出牂牁，从黔府路入；一道出夷獠，从安南路入。其杨传盛等，今年四月十九日从蛮王蒙异牟寻所理大和城发，六月十八日到安南府。其和使杨传盛年老染瘴疟，未得进发。臣见医疗，使获稍损，即差专使领赴阙廷。其使云，异牟寻自祖父久背国恩，今者愿弃豺狼之思，归圣人之德。此皆陛下雨露之泽及外夷，故蛮徼遐荒，愿为内属。臣忝领蕃镇，目睹升平，踊跃忻欢，倍万常幸。达案：倍万常幸，《内聚珍本》《文津本》《闽本》作倍常万幸，《鲍本》《渐西本》与卢校作倍万常幸。后

卷十　南蛮疆界接连诸蕃夷国名第十

者为是，兹据乙正。右达案：右，《内聚珍本》《文津本》《闽本》作有，《鲍本》《渐西本》与卢校作右，兹据改。蛮王与臣书及金镂合子等，谨差十将李茂等随表奉进。谨奏。贞元十年六月二十一日，安南都护充管内节度观察处置等使检校工部尚书御史大夫臣赵昌奏状。

贞元十年南诏蒙异牟寻请归附圣唐，愿充内属，盟立誓言，永为西南藩屏。臣今于安南郡州溪源首领耆老处借得故蛮王蒙异牟寻誓文一本，安南都护赵昌贞元十年奏状白一本。伏以故南诏蒙异牟寻嗣孙酋龙达案：酋龙原本作惠龙。今案咸通三四年侵略邕、交诸州者为南诏世隆。世隆盖异牟寻四世孙，以名近玄宗讳，故唐人书多称为坦绰酋龙。《新唐书》卷二百二十二中《南诏传》云："会宣宗崩，使者告哀。是时丰祐亦死，坦绰酋龙立、悲朝廷不吊恤，又诏书乃赐故王，以草具进使者而遣。遂僭称皇帝，建元建极，自号大礼国。懿宗以其名近玄宗嫌讳，绝朝贡，乃陷播州。"云云。则此处之惠龙必是酋龙之讹误，因为改正。不守祖父留训，既违盟誓，自掇祸殃。尚未悛心，犹恣狂暴。全驱达案：驱，《内聚珍本》《文津本》《闽本》俱作躯，《鲍本》《渐西本》与卢校作驱。以作驱为是，因据改。蚁聚之众，攻劫邕、交之人。五载兴兵，三来掳掠。顺生灵之何负，受涂炭之苦辛。臣去年正月二十九日，已录蛮界程途，及山川城镇，六诏始末，诸种名数，风俗条教，土宜物产，六赆名号，连接诸蕃①，共纂录成十卷，于安南郡州江口，附襄州节度押衙张守忠进献。今臣谨录故蛮王蒙异牟寻贞元十年誓文及赵昌奏状白，随表奉进以上。②

---

① 所言本书十卷向氏作"蛮界程途及出川城镇，六诏始末，诸种名数，风俗条教，土宜物产，六赆名号，连接诸蕃"。共纂录十卷。按：循其十卷及其顺序，当作"《蛮界程途》《山川》《六诏始末》《诸种名数》《六赆名号》《城镇》《土宜物产》《风俗》《条教》《连接诸蕃》共纂录成十卷"。

② 向达云："《蛮书》至此止。"《文津本》末有总校官候补知府臣叶佩荪，校对官助教臣李岩，誊录监生臣张怀裕共三行。里封面有详校官主事臣石鸿翥一行。《内聚珍本》每半页九行，行二十二字；《文津本》每半页八行，行二十一字；《鲍本》每半页十行，行二十一字。

# 附　录

## 《太平御览》所录《南夷志》之文
（卷七百八十九、四夷部十、南蛮五）

## 骠　国

骠国，在永昌南七十五日程，阁罗凤所通也。其国用银钱，以青砖为圆城，周行一日程，百姓尽在城内，有十二所堂。当国王所居门前有大象露坐，高百余尺，白如霜雪。俗尚廉耻。人壮，和善少言，重佛法。城中并无宰杀。人多推步天文。若有诉讼者，即令焚香，向大象思维是非，便各引退。或有灾疫，王亦焚香对象悔过自责。男子多衣白叠，妇人当顶为高髻，以金银珍珠为饰，其余着青婆裙。人披罗段。行必持扇，贵家妇皆三人五人在傍扇。与波斯及婆罗门接界，西去舍利城六十日程，此是东天竺也。

## 暴蛮等部落

竹子岭东有暴蛮部落，岭西有卢鹿蛮部落，又有生蛮磨弥殿部落，此等部落，皆东爨乌蛮也。男则髽，女则散发，见人无节拜跪。三译乃与华通。大部落则有大鬼主，百姓二百家。小部落亦有小鬼主。一切信使鬼巫，用相主服制。土多牛马，无布帛。男女悉被牛羊皮。

## 勿 邓

勿邓部落大鬼主梦冲，地方十万里。功部一姓白蛮，五姓乌蛮。妇人以白黑缯为衣，白蛮妇人白缯为衣，下不过膝。

## 大 赕

大赕，周回百余里，悉是野蛮，无君长，地有瘴毒。南赕人至，中瘴者十死八九。阁罗凤尝遣使筑城于彼，管制野蛮。不逾岁，死者过半，遂罢弃。其土肥沃，种瓠长丈余，冬瓜亦然，皆三尺围。又多薏苡，无农桑，收此充粮。三面皆是雪山，其高造天。

## 南 泸

泸水，蜀诸葛亮伐南蛮五月渡泸处。大如臂，川中气候常热，虽方冬，行过者皆袒衣流汗。

## 量水川

量水川在滇池南两日行，汉旧黎州地。川中有天池，其池水南流，出一石窦中，水流甚广，石窦甚狭。蛮士云："此窦勿窒空，则百姓忧溺。"

## 弥诺国、弥臣国

弥诺国、弥臣国皆边海国也，呼其君长为寿。弥诺面赤而长，弥臣面黑而短。性恭谨，每与人语，向前一步一拜。国无城郭。弥诺王所居屋之中，有一大柱，雕刻为文，饰以金银。弥臣王以木栅为居，海际水中以石师子为屋四足，仍以板盖，悉用香木。王出即乘象，百姓皆楼居，披婆罗笼，男少女多。俗好音乐，楼两头置鼓，饮酒即击鼓，男女携手，楼中踏舞乐。在永昌城西南六十日程。

## 昆仑国

昆仑国王，北去四洱河八十程，出象及青木香、旃檀、槟榔、琉璃、水精、犀角等物。蛮寇尝攻之，为其决水淹侵，进退无计，饿死万余，不死者，去其右腕放回。

## 小婆罗门国

小婆罗门国在永昌北七十四日程。俗不食牛，曰预身后事。出具齿、白腊、越诺，共大耳国来往，蛮夷善之，信通其国。

## 夜半国

夜半国在苍望城东北，隔丽水城川原。其妇人唯与鬼通，能知吉凶祸福，本土君长崇信之，蛮夷往往以金购之，要知善恶。

## 女王国

女王国去骦州十月程，往往与骦州人交易。蛮尝伐之，中其药箭，百不存一。

## 独锦蛮

独锦蛮之苗裔也，在秦臧川，去安宁两日程。其族多姓李。异牟寻母即独锦蛮女也。有季负蓝，贞元中为大将军，在勃弄栋川为城使等。

## 弄栋蛮

弄栋蛮则白蛮苗裔也，本姚州弄栋县部落。其地旧为褒州，尝有首领误杀司户，惧罪率众北奔，在摩磨些江侧。贞元中，异牟寻破吐蕃城邑获弄栋城，迁于永昌之地。

## 清蛉蛮

清蛉蛮，亦白蛮苗裔也，本清蛉县部落。天宝中，嶲州初陷，有首领尹氏父子相率南奔河赕，阁罗凤厚待之。贞元中，南诏清平官尹辅酋皆其人也。衣服、言语与蒙舍略同。

## 长裈蛮

长裈蛮本乌蛮之后,落在剑川属浪诏。其俗皆衣长裈曳地,更无衣服,惟披牛羊皮。

## 施　蛮

施蛮种族也,铁桥西北大施赕、剑寻赕皆其所居之地。男小缯布为缦裆裤,妇人从顶横分其发,当额及顶后各为髻。男女终身跣足,披牛羊皮。

## 磨些蛮

磨些蛮,乌种也,铁桥上下及大婆、小婆、三探览、昆池等川,皆其所居之地。土多牛羊,一家即有羊群。终身不洗手面。男女皆披羊皮,俗好饮酒歌舞。

## 扑子蛮

扑子蛮,勇悍趫捷,以青婆罗段为通身裤。善用簸箕竹弓,深林间射飞鼠发无不中。部落首领谓之酋。无食器,以芭蕉叶藉之。

## 寻传蛮

寻传蛮,俗无丝绵布帛,披婆罗笼。跣足,可以践履搽棘,持弓挟矢射豪猪，生食其肉，取其两牙，双插顶傍为饰，又条其皮以系腰。每战斗，即以笼子笼头，如兜鍪状。

## 裸形蛮

裸形蛮在寻传城西三百里为巢穴，谓之野蛮。阁罗凤既定寻传蛮，野蛮散居山谷，集战即召之，亦无君长。女多男少，无农桑衣服，唯有木皮以蔽形；或十妻五妻共养一丈夫，尽日持弓下榾栏，有外来侵害者，则射之。

## 苴望子蛮

苴望子蛮有澜沧江以西。其人勇捷，善于马上用枪，所乘马不用鞍。跣足，衣短甲，才蔽胸腹而已。

## 望　蛮

望蛮外喻部落在永昌北。其人长大，负排持槊，前无强敌，又能用木弓，短箭傅毒药，中人立毙。妇人跣足，以青布为衣，联珂贝、巴齿、真珠斜络其身。有夫，竖分发为两髻，无夫者，顶后为一髻垂之地。宜沙牛，角长四尺以来，妇人嗜乳酪。

## 黑齿金齿银齿绣脚

黑齿、金齿、银齿、绣脚四蛮，并在永昌，关南杂种类也。黑齿以漆漆其齿，金齿以金镂片裹其齿，银齿以银，有事见人，则以此为饰，寝食则去之；皆当顶上为一髻，以青布为通身裤，又斜披青布条。绣脚蛮则于踝上腓下周匝刻为文彩，衣以绯布。

## 绣面蛮

绣面蛮生一月，则以斜刺面，青黛涂之，如绣状。

## 穿鼻蛮

穿鼻蛮在柘东，以径尺金环穿鼻中隔，下垂过颐，君长即以丝绳系，使人牵起乃行；其次者，花头金钉两枚从鼻两边穿，令透下。

## 长鬃拣锋

长鬃、拣锋二蛮部落，鬃黑而长，当额前为一长鬃髻，下过脐，每行，即以物撑起，君长使两女在前，各持一物撑之，今为南诏所揔。

## 茫 蛮

茫蛮部落，并关南杂种也。"茫"是其君之号，亦呼"范诏"。从永昌城南，先过唐封，次凤蓝苴，次茫天连，次茫吐薅，又有火赕、茫昌、盛恐他、茫鲊、茫施皆其类也。楼居无城郭，或漆齿，衣青布裤，藤篾缠腰，红缯布缠髻，出其余垂后为饰，妇人披五色婆罗笼。孔雀巢人家树上，象如水牛，俗养以耕田。

# 棠魔蛮

棠魔蛮，去安南林西原十二程。俗养牛马，长与汉人博易。大中八年，经略使苛暴，人盐一斗，博牛或马一匹，因兹隔绝不来。

水扎鸟，出昆明池，冬月遍于水际。卷九百二十五、羽族部十二。

蒙舍地有鲫鱼，大者重五斤。西沮河及昆池，南接滇池，冬月多鲫鱼。卷九百三十七、鳞介部九。

南诏多牧婆罗树子，破其壳，中白如柳絮，纫为丝，织为方幅，裁之为笼段，男子妇人连服之。缥国、弥臣诺亦皆披婆罗笼段。卷九百六十一、木部十。

柑橘大厘城有之，其味甚酸，穹赕（音飘）有橘大如覆杯。卷九百六十六、果部三。

荔枝、槟榔、诃梨勒、椰子、桄榔等诸树，永昌、丽水诸山皆有之。卷九百七十二、果部九。

南诏土无食器，以芭蕉叶借之。卷九百七十五、果部十二。

南诏有婆罗门、波斯、阇婆、渤泥、昆仑数种外道，交易之处，多珠珍宝，以黄金、麝香为贵货。卷九百八十一、香部一。

昆仑国正北去蛮界西洱河八十一日程，出象及青木香、旃檀香、紫檀香、槟榔、琉璃、水精、蠡杯。卷九百八十二、香部二。

南诏青木香，永昌所出，其山名青木山，在永昌南去三月日程。卷九百八十二、香部二。

泸河，在弄栋北，今谓之南泸，两岸葭苇大如臂。卷一千、百卉部七。

# 《新唐书·南蛮传》摘录樊绰《云南志》之文

凡调发，下文书聚邑，必占其期。百家有总佐一，千家有治人官一，万家有都督一。凡田五亩曰双。上官授田四十双，上户三十双，以是而差。壮者皆为战卒，有马为骑军。人岁给韦衫裤。以邑落远近分四军，以旗帜别四方，面一将统千人，四军置一将。凡敌入境，以所入面将御之。王亲兵曰朱弩佉苴。佉苴，韦带也。择乡兵为四军罗苴子，戴朱鞮鍪，负犀革铜盾而跣，走险如飞。百人置罗苴子统一人。(《樊志》南蛮条教第九)

望苴蛮者，在澜沧江西。男女勇捷，不鞍而骑，善用矛剑，短甲蔽胸腹，鞮鍪皆插猫牛尾，驰突若神。凡兵出，以望苴子前驱。(《樊志》名类第四) 以清平子弟为羽仪。王左右有羽仪长八人，清平官见王不得佩剑，唯羽仪长佩之为亲信。有六曹长，曹长有功补大军将。大军将十二，与清平官等列，日议事王所，出治军壁称节度，次补清平官。有内算官，代王裁处；外算官，记王所处分，以付六曹。(《樊志》南蛮条教第九)

祁鲜山之西多瘴歊，地平，草冬不枯。自曲靖州至滇池，人水耕，食蚕以柘，蚕生阅二旬而茧，织锦缣精致。大和、祁鲜而西，人不蚕，剖波罗树实，状若絮，纽缕而幅之。览睑井产盐最鲜白，惟王得食，取足辄灭灶。昆明城诸井皆产盐，不征，群蛮食之。永昌之西，野桑生石上，其林上屈两向而下植，取以为弓，不筋漆而利，名曰瞑弓。长川诸山，往往有金，或披沙得之。丽水多金麸。越睒之西，多荐草，产善马，世称越睒骏。始生若羔，岁中纽莎縻之，

饮以米潘，七年可御，日驰数百里。（《樊志》云南管内物产第七）

自曹长以降，系金佉苴。尚绛紫。有功加锦，又有功加金波罗。金波罗，虎皮也。功小者，衿背不袖，次止于衿。妇人不粉黛，以苏泽发。贵者绫锦裙襦，上施锦一幅。以两股辫为鬟髻，耳缀珠贝、瑟瑟、琥珀。女、嫠妇与人乱，不禁，婚夕私相送。已嫁有奸者，皆抵死。俗以寅为正，四时大抵与中国小差。脍鱼寸，以胡瓜、椒、薤和之，号鹅阙。吹瓢笙，笙四管，酒至客前，以笙推盏劝釂。（《樊志》蛮夷风俗第八）

师行，人赍粮斗五升。（《樊志》南蛮条教九）

犁田以一牛三夫，前挽、中压、后驱。（《樊志》云南管内物产第七）

王蒙氏，父子以名相属。自舍龙以来，有谱次可考，舍龙生独逻，亦曰细奴逻，高宗时遣使者入朝，赐锦袍。细奴逻生逻盛炎，逻盛炎生炎阁。武后时，盛炎身入朝，妻方娠，生盛逻皮，喜曰："我又有子，虽死唐地足矣。"炎阁立，死开元时，弟盛逻皮立，生皮逻阁，授特进，封台登郡王。炎阁未有子时，以阁罗凤为嗣，及生子，还其宗，而名承阁，遂不改。（《樊志》六诏第三）

七载，归义死，阁罗凤立，袭王，以其子凤伽异为阳瓜州刺史。（《樊志》六诏第三）

寻传蛮者，俗无丝纩，跣履榛棘不苦也。射豪猪，生食其肉。战，以竹笼头如兜鍪。其西有裸蛮，亦曰野蛮，漫散山中，无君长，作槛舍以居。男少女多，无田农，以木皮蔽形，妇或十或五共养一男子。（《樊志》名类第四）

（异牟寻）母李，独锦蛮女也。独锦蛮亦乌蛮种，在秦藏川南。天宝中，命其长为蹄州刺史。世与南诏婚聘。（《樊志》名类第四）

明年夏六月，册异牟寻为南诏王。以祠部郎中袁滋持节领使，成都少尹庞颀副之，崔佐时为判官，俱文珍为宣慰使，刘幽岩为判官。赐黄金印，文曰"贞元册南诏印"。滋至大和城，异牟寻遣兄蒙细罗勿等以良马六十迎之，金镂玉珂，兵振铎夹路陈。异牟寻金甲，蒙虎皮，执双铎鞘。执矛千人卫，大象十二引于前，骑军、徒军以次列。诘旦，授册，异牟寻率官属北面立，宣慰使东向，册使南向，乃读诏册。相者引异牟寻去位，跽受册印，稽首再拜；又受赐服备物，退曰："开元、天宝中，曾祖及祖皆蒙册袭王，自此五十年。贞元皇帝洗痕录功，复赐爵命，子子孙孙永为唐臣。"因大会其下，享使者，出银平脱马头盘二，谓滋曰："此天宝时先君以鸿胪少卿宿卫，皇帝所赐也。"有笛工、歌女，皆垂白，示滋曰："此先君归国时，皇帝赐胡部、龟兹音声二列，今丧亡略尽，唯二人故在。"酒行，异牟寻坐，奉觞滋前，滋授觞曰："南诏当深思祖考成业，抱忠竭诚，永为西南藩屏，使后嗣有以不绝也。"异牟寻拜曰："敢不承使者所命。"滋还，复遣清平官尹辅酋等七人谢天子，献铎鞘、浪剑、郁刃、生金、瑟瑟、牛黄、虎珀、氎、纺丝、象、犀、越睒统伦马。（《樊志》末卷）铎鞘者，状如残刃，有孔傍达，出丽水，饰以金，所击无不洞，夷人尤宝，月以血祭之。郁刃，铸时以毒药并冶，取迎跃如星者，凡十年乃成，淬以马血，以金犀饰镡首，伤人即死。浪人所铸，故亦名浪剑，王所佩者，传七世矣。（《樊志》云南管内物产第七）

施蛮者，在铁桥西北，居大施睒、敛寻睒。男女衣缯布；女分发直额，为一髻垂后，跣而衣皮。

顺蛮本与施蛮杂居剑、共诸川。咩罗皮、铎罗望既失邆川、浪穹，夺剑、共地，由是徙铁桥，在剑睒西北四百里，号剑羌。

磨蛮、些蛮与施、顺二蛮皆乌蛮种，居铁桥、大婆、小婆、三探览、昆池等川。土多牛羊，俗不颏泽，男女衣皮，俗好饮酒歌舞。

茫蛮本开南（原作关南，今改）种，茫，其君号也，或呼茫诏。永昌之南有茫天连、茫吐薅、大睒、茫昌、茫鲜、茫施，大抵皆其种。楼居，无城郭。或漆齿，或金齿。衣青布短裤，露骭，以缯布缭腰，出其余垂后为饰。妇人披五色娑罗笼。象才如牛，养以耕。（《樊志》名类第四）

弄栋蛮，白蛮种也。其部本居弄栋县鄙地，昔为褒州，有首领为刺史，误杀其参军，挈族北走，后散居磨些江侧，故剑、共诸川亦有之。（《樊志》名类第四）

汉裳蛮，本汉人部种，在铁桥。惟以朝霞缠头，余尚同汉服。（《樊志》名类第四）

安南桃林人者，居林西原，七绾洞首领李由独主之，岁岁戍边。李琢之在安南也，奏罢防冬兵六千人，谓由独可当一队，遏蛮之入。蛮酋以女妻由独子，七绾洞举附蛮，王宽不能制。三年，以湖南观察使蔡袭代之，发诸道兵二万屯守，南诏憺畏不敢出。（《樊志》名类第四）

先是，有时傍、矣川罗识二族，通号"八诏"。时傍母，归义女也。其女复妻阁罗凤。初，咩罗皮之败，时傍入居邆川州，诱上浪千余，势稍张，为阁罗凤所猜，徙置白厓城。后与矣川罗识诣神川都督求自立为诏，谋泄被杀，矣川罗识奔神川，都督送之罗些城。（《樊志》六诏第三）

蒙嶲诏，最大。其王嶲辅首死，无子，弟佉阳照立。佉阳照死，子照原立，丧明，子原罗质南诏。归义欲并国，故归其子原罗，众果立之。居数月，使人杀照原，逐原罗，遂有其地。（《樊志》六诏第三）

越析诏，或谓磨些诏，居故越析州，西距曩葱山一日行。贞元

中，有豪酋张寻求烝其王波冲妻，因杀波冲。剑南节度使召寻求至姚州，杀之，部落无长，以地归南诏。（《樊志》六诏第三）

波冲兄子于赠持王所宝铎鞘东北度泸，邑于龙佉河，才百里，号双舍。使部酋杨堕居河东北。归义树壁侵于赠，不克。阁罗凤自请往击杨堕，破之，于赠投泸死。得铎鞘，故王出军必双执之。（《樊志》六诏第三）

浪穹诏，其王丰时死，子罗铎立。罗铎死，子铎罗望立，为浪穹州刺史，与南诏战，不胜，挈其部保剑川，更称剑浪。死，子望偏立。望偏死，子偏罗矣立。偏罗矣死，子罗君立。贞元中，南诏击破剑川，虏罗君，徙永昌。凡浪穹、邆睒、施浪，摠谓之浪人，亦称"三浪"。（《樊志》六诏第三）

邆睒诏，其王丰咩，初据邆睒，为御史李知古所杀。子咩罗皮自为邆川州刺史，治大厘城。归义袭败之，复入邆睒，与浪穹、施浪合拒归义。既战，大败，归义夺邆睒，咩罗皮走保野共川。死，子皮罗邓立。皮罗邓死，子邓罗颠立。邓罗颠死，子颠文托立。南诏破剑川，虏之，徙永昌。（《樊志》六诏第三）

施浪诏，其王施望欠居矣苴和城。有施各皮者，亦八诏之裔，据石和城。阁罗凤攻虏之，而施望欠孤立，故与咩罗皮合攻归义，不胜。归义以兵胁降其部，施望欠以族走永昌，献共女遗南诏丐和，归义许之，度澜江死。弟望千走吐蕃，吐蕃立为诏，纳之剑川，众数万。望千死，子千旁罗颠立。南诏破剑川，千旁罗颠走泸北。三浪悉灭，唯千旁罗颠及矣川罗识子孙在吐蕃。（《樊志》六诏第三）

两爨蛮。自曲州、靖州西南昆川、曲轭、晋宁、喻献、安宁距龙和城，通谓之西爨白蛮；自弥鹿、升麻二川，南至步头，谓之东爨乌蛮。（《樊志》名类第四）

爨弘达既死，以爨归王为南宁州都督，居石城，袭杀东爨首领盖聘及子盖启，徙共范川。（《樊志》名类第四）

有两爨大鬼主崇道者，与弟日进、日用居安宁城左，闻章仇兼琼开步头路，筑安宁城，群蛮震骚，共杀筑城使者。玄宗诏蒙归义讨之，师次波州，归王及崇道兄弟千余人泥首谢罪，赦之。俄而崇道杀日进及归王，归王妻阿姹，乌蛮女也，走父部，乞兵相仇，于是诸爨乱。阿姹遣使诣归义求杀夫者，书闻，诏以其子守隅为南宁州都督，归义以女妻之，又以一女妻崇道子辅朝。然崇道、守隅相政讨不置，阿姹诉归义，为兴师，营昆川，崇道走黎州，遂虏其族，杀辅朝，收其女，崇道俄亦被杀，诸爨稍离弱。（《樊志》名类第四）

阁罗凤立，召守隅并妻归河赕，不通中国。阿姹自主其部落，岁入朝，恩赏蕃厚。阁罗凤遣昆川城使杨牟利以兵胁西爨，徙户二十余万于永昌城。东爨以言语不通，多散依林谷，得不徙。自曲靖州、石城、升麻、昆川南北至龙和，皆残于兵。日进等子孙居永昌城。乌蛮种复振，徙居西爨故地。（《樊志》名类第四）

乌蛮与南诏世昏姻，〔其种分七部落：一曰阿芋路，居曲州、靖州故地；二曰阿猛；三曰夔山；四曰暴蛮；五曰卢鹿蛮，二部落分保竹子岭；六曰磨弥敛；七曰勿邓。土多牛马，无布帛，男子髽髻，女人被发，皆衣牛羊皮。俗尚巫鬼，无拜跪之节。其语四译乃与中国通。大部落有大鬼主，百家则置小鬼主〕。（《樊志》名类第四）

勿邓地方千里，有邛部六姓，一姓白蛮也，五姓乌蛮也。又有初裹五姓，皆乌蛮也，居邛部、台登之间。妇人衣黑缯，其长曳地。又有束钦蛮二姓，皆白蛮也，居北谷。妇人衣白缯，长不过膝。又有粟蛮二姓、雷蛮三姓、梦蛮三姓，散处黎、嶲、戎数州之鄢，皆隶勿邓。勿邓南七十里，有两林部落，有十低三姓、阿屯三姓、亏望三姓隶焉。其南有丰琶部落，阿诺二姓隶焉。两林地虽狭，而诸部推为长，号都大鬼主。勿邓、丰琶、两林皆谓之东蛮。（《樊志》名类第四）

西洱河蛮，亦曰河蛮……开元中，首领始入朝，授刺史。会南诏蒙归义拔大和城，乃北徙，更羁制于浪穹诏。浪穹诏已破，又徙云南柘城。（《樊志》名类第四）

戎州……西有磨些蛮，与南诏、越析相姻娅。（《樊志》名类第四）

其西（姚州）有扑子蛮，趫悍，以青娑罗为通身裤，善用竹弓，入林射飞鼠无不中。无食器，以蕉叶藉之。人多长大，负排持稍而斗。又有望蛮者，用木弓短箭，镞傅毒药，中者立死。妇人食乳酪，肥白，跣足；青布为衫裳，联贯珂贝珠络之；髻垂于后，有夫者分两。（《樊志》名类第四）

群蛮种类，多不可记。有黑齿、金齿、银齿三种，见人以漆及镂金银饰齿，寝食则去之。直顶为髻，青布为通裤。有绣脚种，刻踝至腓为文。有绣面种，生逾月，涅黛于面。有雕题种，身面涅黛。有穿鼻种，以金镮径尺贯其鼻，下垂过颐。君长以丝系镮，人牵乃行。其次，以二花头金钉贯鼻下出。又有长鬃种，栋锋种，皆额前为长髻，下过脐，行以物举之，君长则二女在前共举其髻乃行。（《樊志》名类第四）

# 《白孔六帖》有关云南史事之文

牂牁无城郭，土热，多霖雨，稻粟再熟。卷四、热、土热多雨。

南蛮、骠国有二池，以为金堤。卷七、池、以金为堤。"南蛮多利火珠，大者如鸡卵，圆白，照数尺，日中以艾借珠，辄火出。"卷七、珠、火珠。南蛮、骠，堂饰明珠。卷七、堂饰明珠。

德宗时，南诏异牟（寻）谢天子。卷八、金、献生金。南诏异牟寻赠常（韦）皋黄金、丹砂。皋护送使者，奏："异牟寻请归天子，为唐潘（藩）辅，献金，示顺革；丹，赤心也。"德宗嘉之，赐以诏书。卷八、献金示顺革。南蛮投和在真腊南，银作钱，类榆荚。卷八、钱、榆荚。骠国以金银为钱，形如半月。卷八、半月。寓州土贡。卷八、布、丝布、花布。

李德裕出于滑州节度使，徙剑南、西川，筑仗义城，以制大度、清溪关之阻；作御侮城，控荣经犄角势；作柔远城，以扼西山、吐蕃。卷九、城、仗义、御侮、柔远。

韦仁寿检校南宁州都督，诏岁一按行，其劳将还，酋长泣曰："天子借公镇抚，奈何欲去我？"仁寿以池壁未立为解。诸酋即相率起廨，甫旬略具。卷十，廨署、起廨。李德裕建筹边楼，召习边事者与之商定，凡虏之情伪尽知之。卷八、楼、筹边楼。

南蛮、骠，舟楫皆饰金宝。卷十一、舟。

南诏衣缝紫锦罽、镂金带。卷十二、带绅。扑子蛮以青娑罗为通身裤。卷十二、裤。

南诏异牟寻献铎鞘、浪剑、郁刀。铎鞘者，状如残刃，有孔

·189·

傍达，出丽水，饰以金，所击无不洞，夷人尤宝之，以血祭之。郁刀，铸时以毒药并治取，迎跃如星者，凡十年乃成，淬以马血，以金犀饰镡首，伤人即死；浪人所铸，故亦名浪剑。王所佩者，传七世矣。卷十三、剑、铎鞘、浪剑、郁刀。南蛮异牟寻享使者，出银平脱马头盘二，曰："此天宝时，先君以鸿胪少卿宿卫，皇帝所赐也。"卷十三、盘。

南诏、骠，古朱波。王出，舆以金绳床。卷十四、床，金绳床。

回纥入朝，帝坐秘殿，陈十部乐，殿前设高坫，置朱提瓶其上，潜泉浮酒，自左阁通坫趾注之瓶，转受百斛缭盎，回纥数人饮毕，尚不能半。卷十五、酒。

南诏鲙寸鱼，以胡瓜、椒、蓤和之，号鹅阙。卷十六、脍。

南诏，初，安宁城有五盐井，人得煮鬻自给，玄宗诏特进何履光以兵定南诏境，取安宁城及并。卷十六、盐。

康承训字敬辞，南诏深入，太平裨将阴募勇儿三百，夜缒烧蛮屯，斩首五百，南诏恐，明日解而去。承训谬言大破贼告于朝，群臣皆贺，加检校右仆射，籍子弟娴昵冒赏而士不及，怨言讙流。卷四十九、僭赏、冒赏。杨园忠常领剑南，召募，使遣戍泸南，饷路险乏，举无还者。旧，勋户免行，所以宠战功，国忠令当行者先取勋家，故士无斗志。卷四十九、赏战功、勋户免行。

南诏乌蛮，其语四译乃与中国通。卷五十八、译语。

李德裕徙剑南节度使，请甲人于安定，弓人河中，弩人浙西，由是蜀之器械皆犀锐。卷四十九、兵器。杨忮同中书门下平章事，始，南蛮自大中以来，火邕州，掠交趾，调华人往屯，涉氛瘴死者十七，战无功，蛮势益张。忮议豫章募士二万，置镇南军以拒蛮，悉教蹋张，战必注满，蛮不能支。卷四十九、弩。

笙四管，酒至客前，以笙推杯劝釂。卷六十一、四夷乐。南蛮西舍利请献夷中歌曲，且令骠国进乐人，工十二人，服南诏服，立阙四门舞筵四隅，节拜合乐。又舞人服南诏衣，绛裙襦，黑头囊，金佉苴，画皮鞾，首饰抹额，冠金宝花鬘，襦上复加画半臂。执羽翟舞，俯伏以象朝拜；裙襦画鸟兽草木，文以五采杂华，以象庶物咸遂；羽葆四垂，以象天无不覆；正方布位，以象地无不载，分四列以象四气，舞为五字，以象五行。卷六十一、舞。又锦绣万花谷后集卷三十二、舞载。

西舍利王雍羌献其国乐至成都，有大匏琴二，覆以半匏，皆彩画之，上加铜瓯。以竹为琴，作虺文横其上，长三尺余，头曲如拱，长二寸，以绦系腹，穿瓯及匏本，可受二升。大弦应太簇，次弦应姑洗。有独弦匏琴，以班竹为之，不加饰，刻木为虺首；张弦无轸，以弦系顶，有四柱，如龟兹琵琶，弦应太簇。有小匏琴二，形如大匏琴，长二尺，大弦应南吕，次应应钟。卷六十二、琴。西舍利献其国乐至成都，筝二：其一形如鼍，长四尺，有四足，虚腹，以鼍皮饰背，面及仰肩如琴，广七寸，腹阔八寸，尾长尺余，卷上虚中，施关以张九弦，左右二十八柱，其一面饰彩花，傅以虺皮为别。卷六十二、筝。西舍利献其国乐至成都，韦皋以其乐器异常，乃图画以献，有龙首琵琶一，如龟兹制，而项长二尺六寸余，腹广六寸，二龙相向为首；有轸柱各三，弦随其数，两轸在项，一在颈，其覆形如师子。有云头琵琶一，形如前，面饰虺皮，四面有牙钉，以云为首，轸以有花象品字，三弦，覆手皆饰虺皮，刻捍拨为舞昆仑状而彩饰之。卷六十二、琵琶。

刘潼拜昭义节度使，徙西门（川），时李福讨南诏兵不利，潼至，填以恩信，蛮皆如约；六姓蛮持两，为南诏间候。有卑笼部落者，请讨之，潼因出兵袭击，俘五千人，南诏大惧，自是不敢犯边。卷七十六、节度使、南诏不敢犯边。

韦皋、张延赏为剑南西川节度使。初，云南蛮羁附吐蕃，其盗塞必以蛮为乡道，皋计：得云南则斩肤右支，乃间使招徕之。稍稍通西南夷。卷七十六、斩肤右支。李德裕徙节剑南西川，蜀自南诏入寇，败杜元颖，而郭钊代之，病不能事，民失职，无聊生，德裕至，则完残奋怯，皆有条次，乃建筹边楼，按南道山川险要，与蛮相入者图之左，西道与吐蕃接者图之右；其部落众寡、馈饷远近，曲折咸具；乃召习边事者与之指画商定，凡虏之情伪尽知之。卷七十六、尽知虏情伪。

自曲、靖州至滇池，人水耕食，蚕以柘蚕生，阅二旬而茧，织锦缣精致。卷八十二、异蚕。南蛮，庄蹻之裔。正月蚕生，二月熟。卷八十二、正月蚕。

韦皋进南康郡王，帝制纪功碑褒赐之。卷八十七、碑。

李夷简徙师剑南西川。巂州刺史王颙积奸赃，属蛮怒畔去。夷简逐颙，占檄谕祸福，蛮落复平。卷八十七、檄、占檄谕祸福。

李善坐与贺兰敏之善，流姚州，遇赦还。……卷八十八、师、讲授诸生。

南诏西舍利凡曲名十有二，七曰《禅定》，骠云《掣览诗》，谓离俗寂静也。卷八十九、禅定、离俗寂静。

西舍利献其国乐至成都。按瑞图曰："王者有道，则仪凤在鼓。"故羽葆鼓栖以凤皇。卷九十四、凤、在鼓。南蛮西舍利凡曲名十有二，四曰《白鹤游》，骠云《苏谩底哩》，谓翔则摩空，行则徐步也。卷九十四、鹤翔则摩空、行则徐步。西舍利乐，钲栖孔雀。卷九十四、钲栖孔雀，西舍利曲名，九曰《孔雀王》，骠云《桃台》，谓毛彩光华也。卷九十四，毛彩光华。南蛮良夷多白雉。卷九十四，白雉。

五代：南唐刘龚，云南骠信郑旻遣使致朱鬃白马以求婚。卷九十六、马、朱鬃白马。西舍利凡曲名十有二，五曰《斗羊胜》，骠云《来乃》。昔有人见二羊斗海岸,强者则见,弱者入山,时人谓之来乃。来乃者,胜势也。卷九十六、羊斗海岸。

茫蛮,象才如牛,养以耕。卷九十七、象。南蛮、东谢蛮,贞观三年,其酋元深入朝,冠乌熊皮。卷九十六、熊。

南蛮,自夜郎、滇池以西,皆庄蹻之裔,有桃李。卷九十九、桃、庄蹻之裔。

西舍利曲名凡十有二,八曰《甘蔗王》,骠云《遏思略》,谓佛教民如蔗之甘,皆悦其味也。卷一百、蔗、曲名。南诏永昌之西,野桑生石上,其材上屈,南向而下植,取以为弓。卷九十七、桑、生石上。

芹按:《白孔六帖》有关云南史事之文系由徐文德同志所辑录。

# 洱海民族的语言与文字

方国瑜

在南诏大理国时期，先后迁到洱海区的汉人，数量很多，对于这区域的经济文化，发生了很大的作用。首先是农业、手工业的生产以及社会经济生活的一般情况。《通典》卷一八七所载西洱河"种获与中夏同"。樊绰《云南志》卷八说"衣服略与汉同"。又卷五说："城池郭邑皆如汉制。"又如《樊志》卷七说原先只会织锦绢，后来织绫罗；原不解煮盐，后来煮之如汉法，若此之类。由于汉族移民的传播技术，也根据实际情况，创造性地接受汉族先进经验。元初郭松年《大理行纪》说"其宫室、寺观、言语、书数，以至冠婚丧祭之礼，干戈战阵之法，虽不能尽善尽美，其规模服色动作，云为略本于汉"，这是大理国时期如此，受汉族影响很大的。有关经济生活，详于别篇，兹略说语言文字受汉族的影响。

## 一、语言中的汉语成分

樊绰《云南志》卷八说"言语音，白蛮最正，蒙舍蛮次之，诸部落不如也；但名物或与汉不同，及四声讹重"，此以汉语为标准而言，谓"名物或与汉不同"，则同者多，又谓"四声讹重"，则音调有差异。《通典》卷一八七载西洱河风土言语"虽稍讹乖，大略与中夏同"，所指亦白蛮语。《樊志》卷四"青蛉蛮，亦白蛮苗裔也。衣服、言语与蒙舍略同"，因其为白蛮语，故相近。如上所引，西洱河白蛮语中，汉语的成分多。樊绰所谓白蛮，限于在西洱河，即汉人与僰人区域，语言如此，不足为异。

《樊志》又举了一段方言，没有标出是哪一部族的语言，但从上文知为在洱海区白蛮通用语，即举白蛮语与汉语不同者。这几个词汇，与后来白语不尽相符，兹征引略为考证。《樊志》说："大虫谓之波罗密（亦名草罗），犀谓之矣（读若咸），带谓之怯苴；饭谓之喻，盐谓之宾，鹿谓之识，牛谓之舍，州谓之赕，谷谓之浪，山谓之和，山顶谓之葱路，舞谓之伽傍。加，富也。阁，高也。诺，深也。苴，俊也。"此即与汉不同的名物，亦仅举例，当不止此十数名。此十数名有见于记录：（1）"大虫"者，《樊志》又说"大虫皮亦曰波罗皮"，《新唐书·南诏传》"金波罗，虎皮也"，《玉溪编事》赵叔达《诗注》"波罗，虎也"，则波罗密，即波罗皮，密与皮古同音；称"虎"为"罗"，乃羌族语，今彝族、纳西族、白族并如此。（2）"犀"者，《樊志》卷七"犀出越赕高黎贡"，则"谓之矣，读如咸"，乃高黎共人语，南诏亦用以为名。（3）"带"者，《樊志》又说"谓腰带曰佉苴"，《新唐书·南诏传》"佉苴，韦带也"，见元氏《长庆集》卷三作呿嵯，白氏《长庆集》卷二十四作呿嗟，今白族语谓带为子主，疑是羌语语言。《爨雅》"带谓之众札"，《东川府志》"彝谓带为祝是"。此"众""祝"与"苴"之音并相近。（4）"饭"谓之喻，古音喻读定母，舌头音，读如偷，盖出于羌语。《爨雅》"米谓之扯土"，《东川府志》"彝谓米为兔，谓饭米为假兔，亦谓之兔"。此兔或上之音与喻之古音相近。（5）"盐"谓之宾者，今白族语如此。（6）"鹿"者，《爨雅》"鹿谓之兕"，兕与识之音近，知出自羌语。《樊志》卷七"傍西洱河诸山皆有鹿。龙尾城东北息龙山，南诏养鹿处，要则取之。览赕有织和川及鹿川。按：织和川以鹿得名"，疑织即识之音。又《樊志》卷五"大厘城谓之史赕"，疑史以鹿得名。后称鹿赕，音近作厘城，厘城犹言鹿城。（7）"牛"谓之舍，不见其他记录，羌语读鼻音，如东川彝谓之"呢"，缅语谓之"那"，纳西语谓之"恩"，则此舍字疑为牟字形近而误。（8）"州"者，《樊志》卷五"赕者，州之名号也"。《新唐书·南诏传》"夷语赕若州"，此赕睑并为赕之形近异写，读若甸。谢肇淛《滇略》卷四"村落谓之甸，亦谓之赕，又作赆。蒙氏有十赆，华言州也"，以为赕即甸者甚是。王鸣盛《十七史商榷》卷九十二引程本立《晋宁州诗》，"赆"字，朱彝尊改为睑，以为非是。朱不知睑应读甸而误。（9）"谷"谓之浪者，未见其他记录，惟疑浪穹、施浪即以谷得名。纳西语谓谷为罗，与浪音相近。（10）"山"者，《樊志》卷五"乌蛮谓土山坡陀为和"，《新唐书·南诏传》"夷语山坡陀为和"，地名太和、石和，即以山得名。（11）"山顶谓之葱路"者，盖言高。《樊志》卷二载西洱河旁有囊葱山、有玷苍山，并为最高之山。苍与葱之音近，或因高山而作此名。（12）"舞"谓之伽傍，不见其他记录。（13）此以下"加，富也。阁，高也。诺，深也。苴，俊也"四字，盖从人名取意以为说。所见南诏人名，常用此四字，如凤伽异、赵迦宽、□伽瑳、孙白伽、杜颠伽之"伽"，并取富之意。皮罗阁、阁罗凤、寻阁劝、杨各酋之"阁"，并取高之意。柳诺、诺览期、赵诺眉、李波罗诺，大理出土瓦砖款识有官诺成、买诺之"诺"，并取深之意。又两林、勿邓诸部有苴梦冲、苴蒿、苴那时、苴骠离，大理出土瓦砖款识有丘傍首、官首、首戌、首军之"首"疑是"苴"字，而南诏有蒙嵯颠、李嵯龙、段瑳宝、尹瑳迁、杨瑳白奇、赵瑳□坚之"瑳"与"苴"同音，取俊之意。

《樊志》所举的十多个词汇，大都与羌语系语言相合，是当时洱海区白蛮的语言。但与现在白族语比较，只有谓虎为罗、谓盐为宾是完全相同的，而这一些就是《樊志》所谓白蛮语"名物或与汉不同"的举例。从这不完备的记载，提几点初步意见：（1）南诏统一洱海区到樊绰著书时，已一百三十年，原来不同种属的各部族已逐渐融合，但还没有结合成为只有一种语言，还有白蛮语、蒙舍语等诸部落语的区别。（2）虽然还没有完全统一的语言，但以所谓白蛮语为通用语。《樊志》说："大事不与面言，必使人往来达其词意，以此取定，谓之行诺。"这是指白蛮语。其意：大家都可用白蛮语面谈，但重大事件，用各自方言商量，经过用共同语言来传达，而后议定。所以那时已有共同的交际语，但各部族方言还没有消灭。（3）那时已通行为共同交际语的白蛮语中，汉语辞汇的成分多，所以《樊志》说白蛮语"名物或与汉不同"，则当时已相同者多。（4）白蛮语与汉语不同的词汇，大都属于羌语系的语言，樊绰所举的例子，虽不完备，亦不尽可考校，而大体如此。

洱海民族语言，发展到这一阶段，还要继续发展。其继续发展的途径，有几个问题可以推测：（1）加强混合，这是由社会生活的要求决定的。原来不同种属的社会，由于共同的趋向而统一，进而生活方式亦结合为一体，所有经济、文化、政治生活如此。语言为生活服务，也要趋向于结合为一，发展到只有一种共同的语言。（2）不同语言的结合，以白蛮语言为中心，融合其他语言，成为共同承认的共同语言。（3）随着社会经济文化的发展，不断地丰富了语言的构造和词汇，这是形成共同语言以后还继续发展，直到现在以及将来也不会停止的。

如上所说构成和发展的西洱河民族语言的内容，有几种情况：（1）保留着羌语系的基本语。原住在洱海区的昆明族和迁来的㸬族都是羌族支系，原始语为羌语系的语言，从这基础上发展起来的语言，最基本的词汇，很多是原来的羌语。闻在宥分析白族语同义数音的若干词汇，《撰民家（即白族）语中同义字之研究》一文，其结论在同义之若干音中，其最早或最根本的一个，大都为藏缅语系的语言。关于白族语言的族系，各家所说不同，罗常培、傅懋绩的《国内少数民族语言文字概况》，列于藏缅语族彝语支。从基本语来说，这样的分类是正确的。（2）洱海民族语中，最多的词汇是汉语，在长时期吸收汉语成为白语的有机部分。元李京《云南志略·白人风俗》说"白人语：着衣曰衣衣，吃饭曰咽羹，樵采曰析薪，帛曰幕，酒曰尊，鞍鞯曰焊（疑帖字之误），泥墙曰塿垣，如此类者甚多"，以古汉语释白语。在白语中若此者甚多，赵式铭著《白文考》列举四百多个词汇，考证今白语合于古汉语（已刊入《新纂云南通志》卷六十八、六十九）。此书多举辞章字句为证，不从语音演变解说，所举字例，不一定合于古音，并且有强为比附，不尽可从。近年张海秋研究白语中之汉语，分析为两类，一即与今汉语读音相同，一即与今汉语不同而从语音演变知为汉语古音，其中有与汉语古音不尽相合，而白语从古汉语演变之对应规律甚为清晰；可考求之汉语古音，有为唐、宋音，有为汉、晋音，从词汇读音的时代，也可以推测白族社会经济文化发展的过程。

　　现在白族语言词汇的分析，汉语成分占相当大的比重。罗常培作《云南之语言》（载《云南史地辑要》）说："民家语，当为藏缅语与汉语之混合语，且其中百分之六十以上为汉语成分。"这是他调查大理、宾川、邓川、洱源、剑川、鹤庆、云龙、泸水等县语言大致估计的意见，可能只是白族语与今汉语相同的部分。据赵继曾的了解，白族语中汉语词汇要在百分之七十五。他曾经费过几年工夫作白族语词典，还没有成书。一般的说白族语中的汉语成分占最多数。但现在白语中的汉语，有很多是元、明以后才渗入的。也就是说元、明以后白族与新迁来的汉人杂居而且社会生活发展，语言更加丰富，所增加的词汇大都采用汉语，因此白语中汉语成分的比重越来越大了。白语中汉语成分之多寡，可认为古白语与今白语之不同。有一显著的例子：现在住居在维西、兰坪、碧江的白族支系，傈僳族称之为勒墨，纳西族称之为那马（一作拉玛）。余庆远《维西闻见录》说："那马，本民家，即僰人也。浪沧、弓笼皆有文，地界兰州，民家流入，已莫能考其时代，亦多不能自记其姓氏，语言实与民家无异。"乾隆《丽江府志》也说"刺毛，居澜沧江边，喜近水，语类僰人"。那马是白族的一支，但住居在澜沧江两岸，可能从明初以前，与剑川、大理的白族隔绝，所以语言有着差别。据住在碧江县第四区的那马族和仪干说：初到剑川听白子话，只能懂一半。若能说汉话的那马族到剑川听白子话，可以全懂。这是由于剑川白子语中的汉语比较多，以及说话的腔调和语音有些距离。从两种方言的比较，可知明初以后汉语渗入白族语中的数量相当多，成为今白语，而那马语中的汉语成分也不少，那是古白语，待深入细腻的研究，对于白语的发展与白族社会经济文化的发展，可得更进一步的了解。

在白语中，除羌语和汉语的成分以外，据英国戴维斯说有二十三个是蒙克语词汇，但他调查的数字少，而且认为蒙克语的也不一定正确（闻在宥已有讨论），有待于深入了解。丁文江提出民家语属于泰语系，但无语言上之根据。在白族语中，渗入邻近各族语言成分，但其族系要从全部语言分析，才可能得出结论。

芹按：张海秋、秦凤翔《就剑川方言初步推断民家语的系属》一文，未见于报刊，而录于方国瑜《云南民族史讲义》（1954年油印本），该文极富有参考价值，并出于保存资料，兹节录之：

民家语是我们祖国西南各语言中内容最丰富的一种语言。对于这种语言加以深入的钻研，不论在民族事业上、在学术事业上说，都是极为重要而且具有深切意义的工作。但是，以前的语言研究者，对于这种语言的认识是很不够正确的，他们的推断对于我们并不能予以什么帮助，因为是议论纷纭，莫衷一是。

戴维斯等把它同另外几种没有多大内在关系的语言硬扯在一起，总称作蒙克墨语系，这就是把它同苗瑶语群和佤绷语群并列起来作为三种姊妹语言。

另有些研究者又把它说作是藏缅语系中羌语群的一支，甚而有人说它就是现代已经不存在的氐语的后身，并且附会古代月氏族迁往中亚细亚的史实说它同突厥语系有亲密的关系。

还有些研究者又把它说作是傣语群中的一支，来同傣纳、傣绷、傣仂、侬、僮、布依等语列为姊妹语言。

近来又有些研究者把它说作是藏缅语系彝语群中的一支，来同乃苏、纳西、哈尼、栗粟、拉祜等语列为姊妹语言。

我们对于民家语的剑川方言已经做了初步的研究，我们并且已经把它同苗瑶语群的武定花苗语，佤绷语群的岩帅佤语，羌语群的九祖营羌语，傣语中的傣纳语、傣绷语、傣仂语、侬语、布依语、僮语，彝语群中的路南撒尼语，纳西语组的丽江语，哈尼语组的布都语，栗粟语组的泸水语，拉祜语组的黑拉祜语都分别做了初步的比较研究。但是我们发现它不论是在声韵结构方面、在词汇异同方面、在语法组织方面，都没有把它说成同这一些语言中的任何一种是姊妹语言的科学根据。

因此，我们又把它同古汉语和现代汉语来比较研究。我们初步研究的结果，认为它是汉语的姊妹话。由于它有下面的各种事实：

一、民家语中凡是双音节以上具有抽象意义的词汇，它的声韵结构几乎完全同现代汉语西南官话区中有入声的方言一致，有极严密的对应规律，其偶有不同之处，除韵调稍稍变异外，一般地是保存着元、明时代的古音。读书时或同不懂民家语的人谈话时就是用这种结构的语言。这种结构的语音无疑是现代汉语方音的一种。

二、民家语中凡是单音节或是双音节以上具有具体意义的词汇，它的声韵结构同汉语六朝后期的声韵系统（"切韵"）一般有正则的对应规律，在这种准则的规律中有若干古音现象比现代吴语方言还要保存得多些。例如古"齐韵"的"鸡"字读"kɯi"而不读（tɕi）。

三、不合于上条对应规律的字音，大致属于另两类规律：（甲）同比"切韵"系统更古的汉语语音有上溯的对应规律，例如"湖"读为"go"入"群母"不入"匣母"。（乙）民家语演变过程中发生的下推的对应规律，例如"来、力、漏、留、柳"等字的声母都由"l"变成了"ɣ"。

四、同一语源的字音因结合在不同的词汇中，转变为不同的读音，例如"家"字在说"家中"时读"xo"，在说"张家冲"时读"kɑ"，在说"陈家冲"时读"tɕia"，乍看类乎是语音学上所谓"类化现象"，但尚未发现一定的规律而近于出之习惯。这种现象在现代吴语中也极发达，例如吴语的无锡方言，"家"字在"张家"一词中读"kɑ"，在"家去"一词中读"ku"，在"国家"一词中读"tɕia"，在"家人父子"一成语中读"tɕiu"。

五、在日常使用的词汇中，大多数是现代普通汉语口头上少用的异字同义语，例如"砍柴"说"斫薪"，"背柴"说"负薪"，"劈柴"说"剖薪"，"蚂蚁"说"蚍蜉"，"蚂蟥"说"蛭"，"蜘蛛"说"蟛"，如此之类不胜枚举，其为古语而非借词，可想而知，在这种选词既有异，读音又不同的情况下，于是铸就了一般汉人不懂民家语的结果，也就要花许多语言研究者的眼睛，使他们认不出各个词汇的根源，这就是他们把民家语的系属关系，各以主现的臆测立论的关键了。

六、民家语中有些词乍遇难解而是可以考出原来的汉字的，例如"你"说"no"，"no"就是"乃"字。它在上古音中属"哈部"，魏晋以前其元音本是圆唇的，故"老子、归根"以其同部之"殆"字同"道"字协韵，张衡《东京赋》以其同部之"栽、怠、裁"等字同"舟"字协韵，而日本的平假名"の"亦即"乃"字之草写，高本汉把它的韵拟测为"ə"是不足为训的，日本饭田利行等人有较高本汉稍为合理的见解。也有些词汇是考不出原来的汉字的，例如"这里"说"ata"又上党之党训所也，去鼻音尾亦成为"ta"，但这也不能说它是非汉语。这种现象现代吴语中也很多，"这里"与"阿堵"声近，无锡说"ita"、苏州说"eta"、嘉兴说"kɤta"、黄岩说"kata"之类，情况和"ata"相同，这明明都是汉语！

七、另有些意义极为具体的词，也常考不出原来的汉字，例如"鼠咬物"说"tɯ"，这也不足以断定它是非汉语。像北京语"la"，"讲故事"说"la kua"，"舀"说"k'uai"，也都是无字可考。

八、在语序方面，我们极小心地考查过了，完全同汉语相同，而同以前各研究者所涉及的各种语言不同。

九、在词序方面，我们也极小心地考查过了，是汉语的词序。例如现代一般汉语说"三个穿红衣服的老人"，民家语说成"穿红衣的老人三人"。有些人一见数词、量词都在它去限制的名词之后，就赶忙说，这便是它属于彝语系统的证据而不问其他，这正是不管汉语历史的表现。《离骚》载"余既滋兰之九畹兮，又树蕙之百亩"。《诗经》载"有子七人"，《卜辞通纂》五一三载"戊申方亦豈俘人十有六人。"这里数词、量词都是在它所限制的名词之后的。上面这个名词语要改成羌语或彝语时，词序就要变为"衣服红穿的人老三人"，这同民家的词序有什么相像的地方呢！此外，构词法或习用成语中偶然有同一般汉语微异之处，然为数极少，在整个语言中，处于无足重轻的地位。任何方言与方言之间，都有可以找得出来的小差异，尽管或多些或少些，总是没有据以为判定一种语言的系属的可能的。

十、民家语中也间有杂入的异语言词汇，这也是各种语言通有的现象。如苗语、僮语、彝语杂入的汉语词汇多得难以计数，但很显然地不能说它们是汉语。

## 二、由汉字演变的僰文

现存南诏大理国时期之金石文字，所见者都为汉文，如《南诏德化碑》、《元封年号摩崖》、《崇圣寺钟款》、《建极铁柱题字》、《罗筌寺塔砖》、《石城三十七部会盟碑》、昆明《地藏寺经幢》、剑川石宝山造像题字、楚雄《德运碑摩崖》、姚安《兴宝寺德化碑》、《稽肃灵峰明帝帝记》、祥云水目山《皎渊塔碑铭》、楚雄《高生福墓碑》，都为汉文。所知石刻已失者，亦都为汉文。或有梵字，则咒语或佛号而已。又南诏大理国时期写本，如中兴二年国史画卷，张胜温佛画长卷，所题字亦汉文，又见于记录南诏及大理国时期送出之文件，亦都用汉文，是知南诏大理国时期，应用之文字为汉文。

然有所谓"僰文"，亦作"白文"。李京《云南志略·白人风俗》说："蛮文曰，保和中遣张志成学书于唐。"所谓蛮文，即白文。杨慎《书滇载记后》说："求蒙、段之故于《图经》（疑所指为景泰云南图经志书）而不可得也，问其籍于旧家傅西岩，有《白古通玄妙年运》，其书用'僰'文，义兼众教，稍为删正，令其可读，可载者盖尽于此矣。"万历《云南通志》卷十八《南诏始末》（按录《滇载记》）后《附论》说："考《南诏始末》，出于《白古通玄妙年运志》者，其文用'方音'，缙绅罕解，成都杨修撰慎，谪居永昌四十余年，熟悉其语，因译文为书曰《滇载记》。"《滇略》薛承教《序》："俗有《白古通记》诸籍，皆臆创之文字，传其蛮僰之方音，学士大夫鲜能通之，询之闾里耆民，千百不一二谙也。"《白国因由》书后："逐段缘由，原是白语，但'僰字'难认，故译僰音为汉语，俾阅者一见了然，虽未见《僰古通》而大概不外于斯。"从上引诸家之说，可知《白古通玄妙年运》，用僰文写成，杨道安撰《三灵庙记》、《南诏野史》、万历《云南通志》、《滇略》、姚安《高氏家谱》诸书，并引《白古通》或《白古记》或《白史》。陈鼎《蛇谱》说："杨升庵先生留寓滇中数十年，通彝语，识僰文，乃译黑新逵《西南列国志》八百余卷，载蛇状甚详。予在大理浪穹何氏见其抄本，惜匆匆北还，不能尽录其书，入中原以为恨。"浪穹旧家所藏盖为《白古通》一类之书，清初尚有传本。王崧《道光志钞》卷三《封建志序》："《白古记》，不知何人所作，今亦罕有其书。"王崧搜罗滇中掌故之书甚勤，然未获见《白古通》。今传本有《白古通浅述》，赵藩家旧藏，归云南人民图书馆，已非《白古通》本来面貌。所记南诏大理国事迹，即本《白古通》而参酌史籍，与《南诏野史》《滇载记》《记古滇说集》诸书同，则所谓《白古通》，已不可得而见。

南诏大理国时期的记载，每有《国史》之说，如南诏中兴二年（公元899年）《画卷》题字："按：《张氏国史》，云南大将军张乐进求等九人共祭铁柱。"又说："谨按：巍山起因、铁柱、西洱河等记，并《国史》上所载图书，圣教初入邦国之原，谨画图样，并载所闻。"姚安《兴宝寺德化碑》："曾祖相国明公高泰明、祖定远将军高明清已备国史。"楚雄《高生福墓碑》："公之言行志节，恭友孝弟，备在史籍。"元欧阳玄《姚安路记》："尝考其载记，高泰相国六世至护隆。"在南诏大理国时期并有国史，所谓《白古通玄妙年运》，即据蒙、段国史编录，但不识《国史》即用僰文、抑《白古通》因求通俗而用僰文。

元初昆明筇竹寺雄辩法师传禅讲宗，杨载撰塔碑说："□乌、僰人说法，□□□《□严经、维摩诘经》，□□□□□以僰人之言，于是其书盛传，解者益众。"今碑文剥蚀，惟清初圆鼎《滇释记》，据碑文作《雄辩传》，说："师解㸑人之言为书，其书盛传，习有益众。"此谓以㸑文为书，知元初㸑文在民间通行，故雄辩用以传法。而雄辩之书今不传，不得知其内容。

㸑文之书，今不得见，然从前人所叙述，知为汉字写㸑音，所以说"其文用方音""译㸑音为汉语""以㸑人之言为书"，即用汉字记㸑音称之为㸑文，非别有一种文。而㸑语中汉语成分较多，故所谓㸑文，其用汉语者写汉字解汉义，其不同汉语者写汉字解㸑义。此种写法，南诏时已如此。樊绰《云南志》卷二："河赕贾客，在寻传羁离未还者，为之谣曰：冬时欲归来，高黎共山雪，秋夏欲归来，无那穹赕热，春时欲归来，囊中络赂绝。"原注："络赂，财之名也。"络赂非汉语，而以汉字对音写之。谢肇淛《滇略》卷二载此谣，改为"囊中资粮绝"。此即所谓"稍为删正，今其可读""译之为书""译㸑音为汉语"的办法。又《说郛》卷十七《玉溪编事》说："南诏以十二月十六日谓之星回节日，游于避风台，命清平官赋诗。骠信诗曰：'避风善阐台，极目见藤越（原注邻国之名也）；悲哉古与今，依然烟与月；自我居震旦（原注谓天不为震旦），翊卫类夔契；伊昔经皇运，艰难仰忠烈；不觉岁云暮，感极星回节；元昶（原注谓朕曰元，谓卿曰昶）同一心，子孙堪贻厥。'清平官（原注谓祠臣为清平官）赵叔达曰：法驾避星回，波罗毗勇猜（原注：波罗虎也，毗勇野马也，骠信昔年幸此，会射野马并虎）；河阔冰难合，地暖梅先开。下令俚柔洽（原注俚柔百姓也），献赕弄栋来；愿将不才质，千载侍游台。"（亦见《太平广记》卷四八三）此文所注者，用汉字而非汉字之义，同音写㸑语。所谓㸑文为书，大概如是。《滇载记·段功传》载梁王女阿襂为段功妻，功死（在至正二十六年，公元1366年）。襂愁愤作诗曰："吾家住在雁门深，一片闲云到滇海。心悬明月照青天，青天不语今三载。欲随明日到苍山，悮我一生踏里彩（原注锦被也）。吐噜吐噜段阿奴（原注吐噜可惜也），施宗施秀同奴歹（原注歹不好也）。云片波鳞不见人，押不芦花颜色改（原注押不芦花乃北方起死回生草名）。肉屏独坐细思量（原注肉屏骆驼背也），西山铁立霜潇洒。"（原注铁立松材也）。诗中杂蒙古语，与所谓白文者同。佛经元曲中译音字以及小说中用方言，都是同样方法。

今民家歌曲，有写为书者，即用汉字，其同于汉语者汉字汉义，其不同者汉字僰音，不识僰语者读之，略能领会，如读日本假名书，而不能悉晓，此僰文犹通行于今日。现存石刻，有不能尽晓其义者，以僰语读之，则文从字顺，所之者如：邓川石窦村摩崖段信苴宝立《常住记》，刻于至正三十年（公元1370年）；大理圣元寺《词记山花碑》，为杨黼作，刻于明嘉靖、隆庆年间；大理喜州弘圭山景泰四年《杨宗墓碑》、景泰六年《赵公碑》，并杨安道作。安道曾书《三灵庙记》，即熟悉掌故者。

大抵所谓僰文，即以汉字"传其蛮虬之方音"，士大夫认为鄙俗不典雅，但南诏大理国时期通行，元、明以来，民间亦习用未废。

其次，薛承教说僰文为"臆创之文字"，是何种字体？所见大理国时写本传至现在的张胜温《画卷》上题字，有别体，如佛字作仏，宝字作珤，册字作丗，菩萨有作艹（第九一及一一四幅），都是汉字别体或省笔；又国字作圀，乃唐武后时造字，已见于《王仁求碑》（此碑尚有其他武后造字）及大理国时期的石刻，赵与时《宾退录》说"今大理文书至广右者，犹书国为圀"，用于文书亦如此，这些只为汉字别体。公元1938年至1940年，吴金鼎、曾昭燏在大理考古发掘，出土南诏时期有字瓦，详见《苍洱境考古发掘报告》，是造瓦户的名号，或记年数，字体多与汉字相同，也有异体，如年字有年、午、半的异写，官字有官、盲、㝉之异写，成字有成、成、成之异写，又苜疑为苴，傍疑为傍，铎疑为鐸之类，汉字省笔，亦只为汉字别体。但有不可识的字，如亣、尸、㐁、𠙶之类，是由汉字省笔抑是新造字不能辨。又如𭕮、𫝀、𠃌之类，即新造字体。凡瓦上文字只用作瓦户名号，不识其字义。但这是劳动人民所创作的字，不能说不是字。曾昭燏说："文中有似是而非之汉字者，有绝不类汉字者，疑当时有一部分窑工，未曾读书，自己名字亦不能书写正确，故书一似是而非之字，刻模印于瓦上；其绝不类汉字者，如非他种文字，则当为窑工所做记号。"按：所做记号就是字，写下来的字体，在作者是代表着他要表示的意思，所有写在瓦上的都是字，不能说似是而非的字，也不能以汉字笔画来衡量。洱海民族吸收汉文化不是生硬的接受，而是创造性地发展本民族的文化，要自主地应用本民族语言文字，所以僰族应用的文字，受汉字传播的影响，但是创造性地接受，僰文中有些与汉字形体相同，有些不同，南诏时期造瓦文字所表现的如此。

由汉字发展为僰字，字形有与汉字相同，有与汉字不同，但是南诏大理国时期在统治阶级应用汉字汉义，传世的石刻写本都如此，没有僰族创造的文字流传下来。所可考的只是几个有关特别名词的字样，如樊绰《云南志》所载遵赕诏的"遵"字，禄㫻江的"㫻"字；又如昆明圆通山摩崖窑嵩的"窑"字，曲靖《会盟碑》娚伽诺的"娚"字，迁众镇的"迁"字，陀抳的"抳"字，为汉字所无，即新创字，而都是特别名词，这是由于写这些特别名词，已用定新创的字，就不能改作汉字中同音的字，所以保留了新创字，其余可解字义的，虽然民间通行新创字，也被改写汉字了。不过也可以推测僰族虽有造字，但还不是一般的取汉字新改一套形声会意字，如契丹、女真、西夏的国书，以及广西僮语、安南语一样的造成一套的新字，因为用汉字写僰语，而没有改变汉字的形体，只是添造了些字。

芹按：向氏注文谓"古代云南以赕名之地，就《蛮书》《新唐书·南诏传》《元史·地理志》及《嘉庆重修一统志》诸书所载已有四十余处。大都集中于金沙江南北、澜沧江、怒江、伊洛瓦底江上游之东西两岸，以及洱海附近，不能过今楚雄以东。皆古代吐蕃兵力所及，或吐蕃人移居之地。就带赕字地名，尚可以推见古代吐蕃势力在云南之一斑也"。按：向氏言过其实，以史实言，在洱海区吐蕃势力，其北只在浪穹城，其西最远曾达漾濞（且是短暂的）。以赕名之地，恰好在吐蕃兵力所未及之地为多，如南诏首府区之六赕。赕字，说详本书《六赕第五》补注。吐蕃之影响有之，然远非向氏言之广且深也。

# 后 记

  1980年完成《云南志校补》后，收入方国瑜先生主编的《云南史料丛刊》，刻印成第二十、二十一两辑，约30万字。同年《云南志校补序》刊于《思想战线》第五期，基本观点多被赵吕甫先生引入《云南志校释》一书。1983年对原作进行了一次大的修改，留下20余万字。至于小修小改，十余年不断。在得到云南社会科学著作出版基金的资助后，又作了一次大的修改，书名改为《云南志补注》，而字数已不足20万。同时将《校补序》做了一些增删。对前人的序跋和各时期人们研究《云南志》的成绩做了简评，有的保留了全文以备参考。向达《蛮书校注》未收入的《太平御览》、《新唐书·南诏传》所征引《云南志》之文，以及《白孔六帖》有关云南史事之文，现作为《补注》附录。另有数事说明如下：

  一、《补注》保留了向达先生《蛮书校注》的少数注文，都是与改字、补字和删字相关的。

  二、卢文弨《蛮书跋》、冯浩《书樊绰〈蛮书〉后》、沈曾植《蛮书校本跋》三文，向先生收入《蛮书校注》附录，《补注》则提于书前。

  三、《补注》全面征引了方国瑜先生关于南诏史的研究成果，这都出自他的《中国西南历史地理考释》（中华书局1987年）、《云南史料目录概说》（中华书局1984年）和《云南民族史讲义》

（1954年云南大学历史系油印本）诸书。另有《蛮书校注》的眉批若干条，再就是未见之于文字，平时他与我谈及的一些意见。

完成初稿过程中，一直得到我的老师方国瑜教授的指教，还在1980年，先生听审了初稿，并在《云南史料目录概说》中加以肯定。1993年是先师逝世10周年和他的90诞辰，仅以此书的出版，永志纪念。

丽江　木芹

1992年5月5日于昆明云南大学